我的香格里拉

自我发现的旅程

A journey of self-discovery

Yigeren De Moluoge

一个人的摩洛哥

新 桥 著

电子科技大学出版社

图书在版编目（CIP）数据

一个人的摩洛哥 / 新桥著. — 成都：电子科技大学出版社, 2015.3
ISBN 978-7-5647-2786-4

Ⅰ. ①一… Ⅱ. ①新… Ⅲ. ①散文集—中国—当代
Ⅳ. ①I267

中国版本图书馆CIP数据核字(2014)第307266号

一个人的摩洛哥

YIGEREN DE MOLUOGE

新　桥　著

出　　版	电子科技大学出版社 （成都市一环路东一段159号电子信息产业大厦 邮编：610051）
特约策划	好有文化
责任编辑	杨仪玮
装帧设计	华林设计
封面设计	张　勇
主　　页	www.uestcp.com.cn
电子邮箱	uestcp@uestcp.com.cn
发　　行	新华书店经销
印　　刷	四川煤田地质制图印刷厂
成品尺寸	226mm × 163mm
印　　张	16.5
彩　　页	0.5
字　　数	252千字
版　　次	2015年3月第一版
印　　次	2015年3月第一次印刷
书　　号	ISBN 978-7-5647-2786-4
定　　价	39.00元

◆本社发行部电话：028-83202463；本社邮购电话：025-83201495。
◆本书如有缺页、破损、装订错误，请寄回印刷厂调换。

我渴望时光能够为我驻留，我想毫无保留地成为我自己。

——〔葡萄牙〕费尔南多·佩索阿

马拉喀什。德吉玛广场，卖水者神气活现地走过来。

马拉喀什。街边悬挂着惊艳的摩洛哥地毯。

索维拉。海边的城堡。

撒哈拉沙漠。骆驼师和骆驼都在等我们。

阿伊特·本·哈杜筑垒村建于800多年以前，是当地柏柏尔人用来抵抗阿拉伯人入侵的堡垒。

古老的非斯。圆圆的屋顶下面，都是HAMAM，公共浴室。

非斯。细雨中，一个男子端着放着面包的盘子往前走。

梅克内斯。站在屋顶，远远近近的平常生活浸润在宣礼塔散发出来的神圣的祥和之中。

舍夫沙万。小小的山城，静静地被云雾拥抱。

舍夫沙万，一座蓝色的山城。在狭窄寂寞的巷子里到处都是绚烂的蓝色，时间去了哪里？人们去了哪里？

舍夫沙万。古城里，清晨一个小小的广场。

丹吉尔。从城门往外看，还是直布罗陀海峡。

艾西拉。这是从大西洋边拍摄艾西拉的一个经典的角度。

卡萨布兰卡。哈桑二世清真寺，以及前面浩大的广场。

阿特拉斯山脉。路边那些古朴的石刻，让人想起古老的传说。

目录

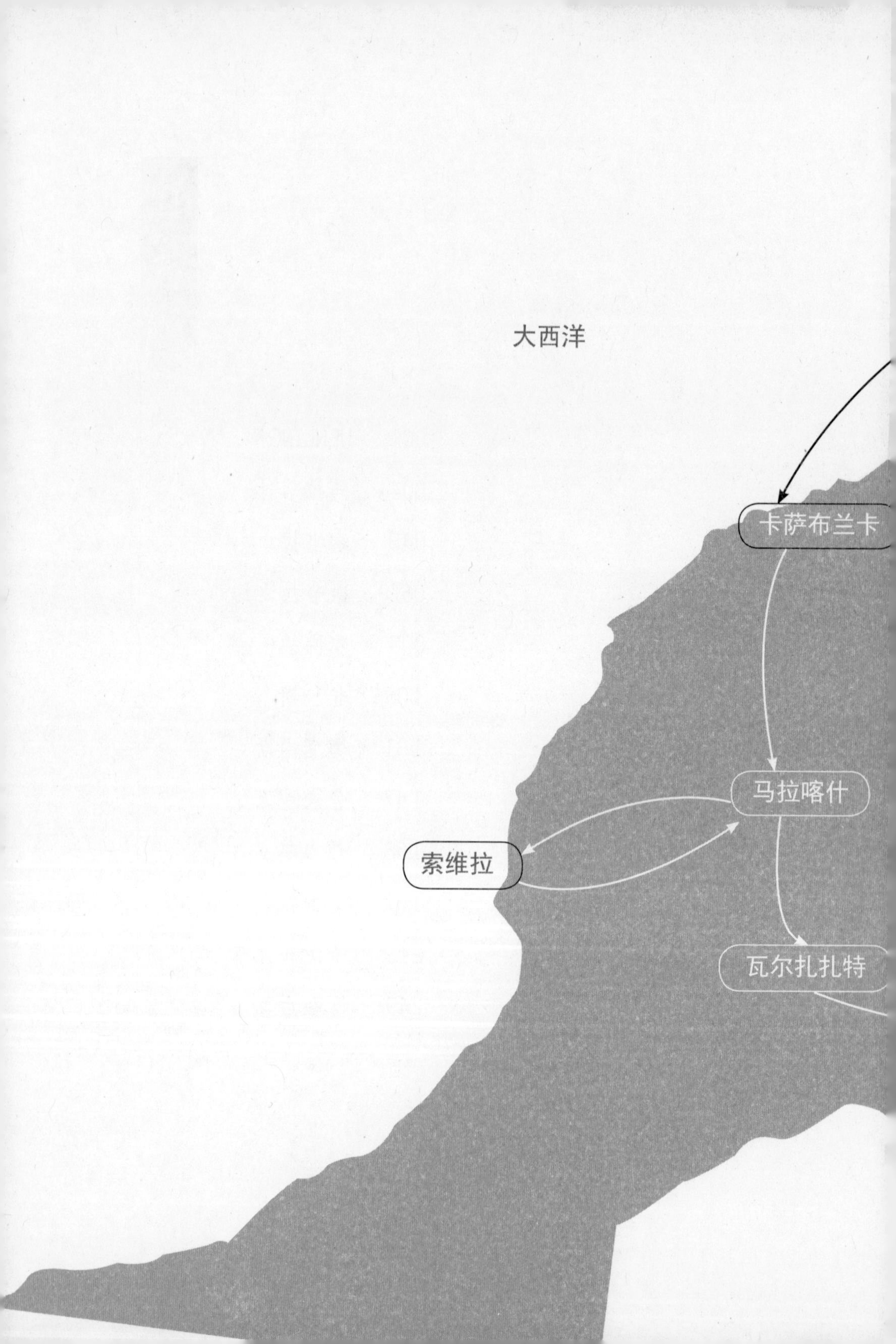
大西洋
卡萨布兰卡
马拉喀什
索维拉
瓦尔扎扎特

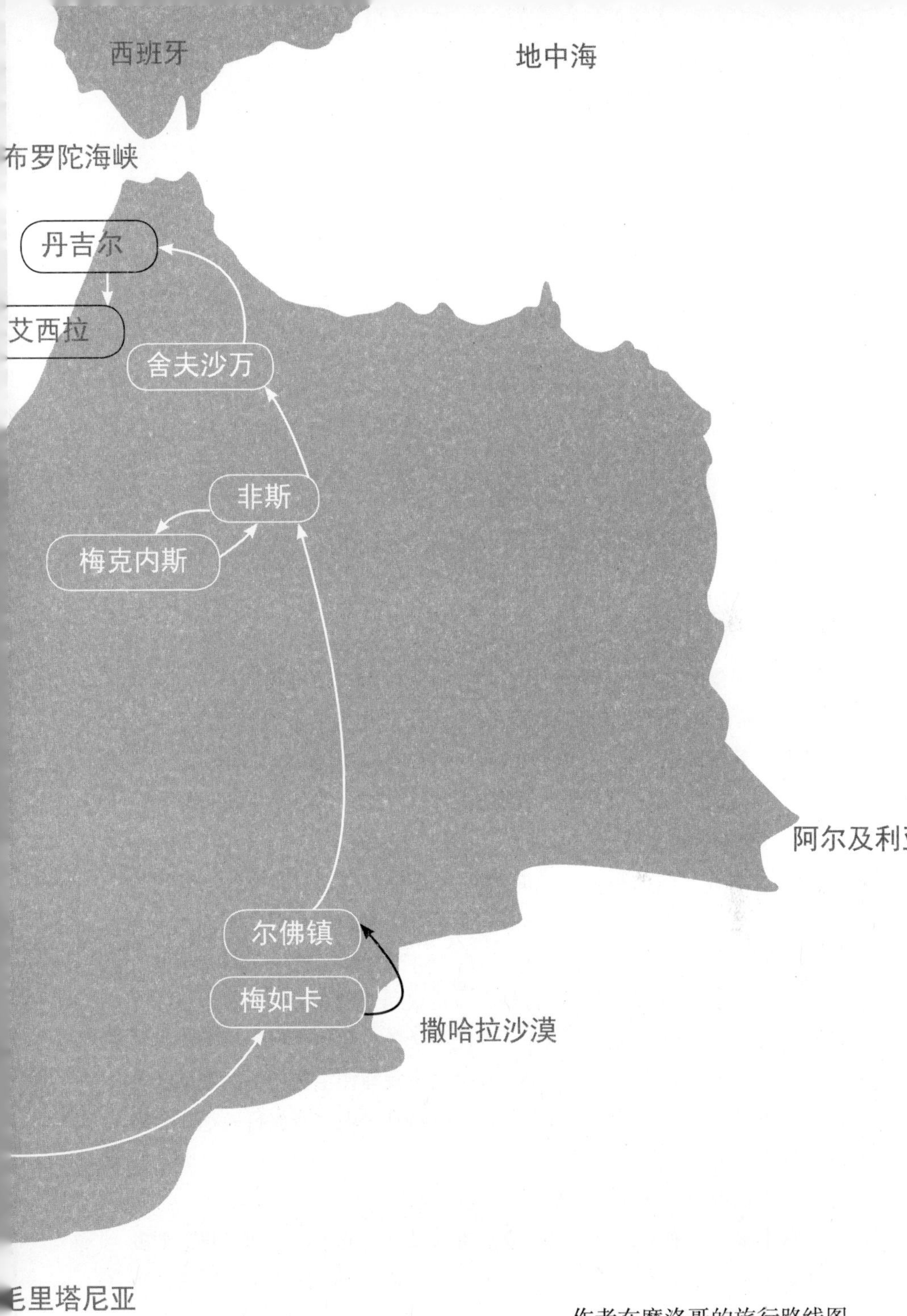

作者在摩洛哥的旅行路线图

写在前面

“我渴望时光能够为我驻留，我想毫无保留地成为我自己。”顺理成章地，费尔南多的这句话，成了这本书的一个缘起。我所殷殷渴望的，是借助文字的绵薄之力，让时间做一个短暂的驻留，并在记忆的隐隐光辉里，清晰地看见自己：曾经欢天喜地地走在去往远方的路上，风尘仆仆。

一个人，22天，摩洛哥。

我走过了一些色彩缤纷静谧的城，遇见了一个个形形色色灵动的人，遭遇了一些匪夷所思好玩的事。想记录下来，留有些余味，成了这本书的另一个缘起。

英国作家毛姆说：“我旅行是因为喜欢到处走动，我享受旅行给我的自由感觉，我很高兴摆脱羁绊、责任和义务，我喜爱未知事物；我结识一些奇人，他们给我片刻欢娱，有时也予我写作主题；我时常腻烦自己，觉得借助旅行可以丰富自我，让自己略有改观。我旅行一趟，回来的时候不会依然故我。”

毛姆说得对。回来的时候，不会依然是故我。

这本书，诚实地记录了我在摩洛哥一段日子的走过，回忆我二十多天在路上的快乐时光，讲述我在这个北非伊斯兰国家的所见，所闻，还有零星的感受。让回到原处的自己，已然不是出发时的那个故我。

WENLING?

从阿拉伯联合酋长国的阿布扎比国际机场起飞，飞往摩洛哥西北部城市达尔贝达（卡萨布兰卡）的航班EY613，起飞时间是当地时间的凌晨2:05。而在阿布扎比当地时间1:45，我还毛焦火辣地坐在从成都飞到阿布扎比国际机场的航班EY811上。

飞机纹丝不动地停在二号候机楼旁边已经有一段时间了。长夜漫漫，隔着机窗看着对面灯火辉煌的候机楼与我咫尺之间，一步之遥，而我却几近崩溃地看着紧闭的舱门。犹如困兽。

眼看离飞卡萨布兰卡的航班起飞时间越来越近，虽然内心被千万只猫抓着挠着，大庭广众，做人还是必须云淡风轻。没有临危不乱、举重若轻的风范垫底，游走江湖只是一句空谈。

与此同时，我已经做好了误机、改签、在机场流浪、打地铺睡觉等一系列的各种准备。反正之前早就经历过诸如此类，有实战经验，也见怪不惊了。我还顺势期盼着，接下来，说不定有好多好玩的事情正等着我去一一遭遇。

这样一想着，我在心底不禁笑了起来。

当然，我想我还是不能坐以待毙，做一番最后的努力还是必须的。我按下呼叫按钮，美丽的阿联酋空姐向我走来。我告诉她，我要转机去卡萨布兰卡。并且，我的飞机马上要起飞了。现在的问题却是，去卡萨布兰卡的飞机停在那边，而我还在这边。我问她，我可不可以离开座位，先在舱门口等着，等开了舱门，我可以第一个出去，争取那么一点点微乎其微的时间。

美丽的空姐极为认真地听完我所有的陈述，然后，她微笑着十分同情地告诉我，答案是否定的。正在这时，舱门打开了。旅客纷纷涌向舱门而去。随着人流，我奋力向前迈进。当我的前脚刚迈出机舱门，我的后脚就立刻朝着三号航站楼狂奔。从二号航站楼到三号航站楼，听起来是很恐怖的距离，万幸的是，阿布扎比国际机场不大，二号航站楼和三号航站楼不是独立分开的两栋楼，而是一体的，同属一个整体建筑。只不过，它们是在不同的区域。

我怀揣着背水一战的悲壮，像一颗在空中呼啸的子弹，在深夜的航站楼里快速地穿梭。只要看见穿着工作制服的机场工作人员，我就大喊“卡萨布兰卡”。

帅哥之一伸手指着他的左前方告诉我，飞往卡萨布兰卡的航班一般是在第三或者第四登机口。来不及说一声“谢谢”，我撒腿就往三、四登机口狂奔。

赶到通往三、四登机口的通道口，一个身着制服的帅哥站立于此。还没等我开口询问，他开口问：WENLNG？我一惊，差点冲他敬礼喊“到”。帅哥伸手一指，指向安检的地方。

我以迅雷不及掩耳之势奔到安检处。脚跟还没有站稳，帅哥之三问：WENLING？我来不及回答，赶紧脱外套，取出电脑拿出手机。走过安检门，安检人员也不拿着探测仪检查我的全身了。从传送带上拿上我的大包小包，我再度狂奔。

终于，惊魂未定，我拿着我的登机牌站在空荡荡的四号登机口前。高个子迷人的帅哥之四等在那里，看见我，亲切地问：WENLING？这一次，我终于有时间点了点头，带着我自以为最迷人的笑容，把登机牌递给他，对他说：谢谢你。

当地时间1:53，WENLING跨进了飞往卡萨布兰卡的飞机舱门。一边找座位，一边顺便搜索传说中的阿拉伯帅哥。果然，机舱里，散落着许多年轻的穿着阿拉伯服装的男子，个个面貌清朗俊雅。

我找到我临窗的座位，坐下。彻彻底底长长舒了一口气。什么叫作“如释重负”？我深深理解了。幽幽地狂喜啊。

回想2013年的夏天飞西班牙时，因为天气原因，成都飞北京的飞机延误，导致我没有赶上北京飞法兰克福的飞机，再导致我没有赶上法兰克福飞巴塞罗那的飞机。

凌晨两点过我到达北京。改签时，被告知北京飞法兰克福已经没有座位了。要么就在北京住一晚，改到第二天走，要么就排在等待名单上，如果运气好，可以等到有人临时不走我就补充上去。可是据我所知，等待名单上，已经有无数人的翘首等待。

两个选择都让我感觉彻底的悲凉。于是，我选择了曲线救国，把机票改签为下午一点飞意大利罗马，再由罗马飞巴塞罗那。反正条条道路都通向巴塞罗那。

如果搭乘原来的航班，我下午就到达巴塞罗那，入住家庭旅馆。现实的境况则是：因为改签，我在午夜的一点钟还在巴塞罗那街头流浪。预订好的家庭旅馆重门深锁。任凭我打电话，敲门，甚至后来在街上找到一个巴塞罗那女子用西班牙语帮我喊门，七十多岁的西班牙老太太就是“我自岿然不动”，用西班牙语绝情地拒我于一门之外。老太太的理由很充分：已经过了入住登记时间。

那一夜，完全是真实版的午夜的巴塞罗那。只是没有男主人公和浪漫的故事。

无奈，我只有在暗夜沉沉里，瞪着一双渴睡的眼，披头散发，在浑然不知方向的迷茫街道里穿梭。最后，在那位好心的西班牙女子的带领下，另外找到一家旅店入住。来回账一算，损失好多欧元。心酸得很。

达尔贝达（卡萨布兰卡）当地时间早晨的7:20，飞机平稳地降落在卡萨布兰卡穆罕默德五世国际机场。把全部的飞行时间加起来，我已经将近飞行了20个小时。

就在飞机落地的那一瞬间，机舱里响起了我们迷人的掌声，跟我过去乘坐的所有国外航班一样。掌声，送给机长和所有机组成员。掌声，也送给我们自己的安然无恙。谢天谢地。佛祖，上帝，真主，他们都在啊。

马拉喀什

一、“日本人！那个日本人！”

当出租车停在马拉喀什（Marrakech）的德吉玛广场（Djemaa el Fna）边上时，我还不知道到了目的地，以为只是半路上车的那对中年夫妇要下车。看见我坐着纹丝不动，司机笑眯眯地说，到了，这就是著名的德吉玛广场。

付给司机20个迪拉姆，我下了车。放眼望过去，噢，这就是之前传说中的德吉玛广场。可是，我并没有感觉到德吉玛广场的超强的魅惑之力。从我站着的位置望过去，在德吉玛广场的左边，有一排高大笔直葱茏的树，树下，有很多装扮潇洒漂亮等待游客的马车。再放眼往前看过去，广场上呼啦啦的是杂乱无章的人群和摊点。

我一边拖着行李箱往广场中央走去，一边给我在马拉喀什寄宿的民居主人加布里埃尔（Gabriel）发短信，让他来接我。

加布里埃尔很快回短信过来，要我在“法国咖啡”那里等他。刚下火车，已经有些晕头转向的我才不想肩扛手提地在浩大的广场里去寻找什么“法国咖啡”还是“英国咖啡”。我告诉他，我在靠近广场边上的一个卖鲜榨果汁的店铺前等他。

加布里埃尔问我在几号店铺前。我这才反应过来：广场上卖鲜榨果汁的店铺一家连着一家浩浩荡荡。如果不告诉加布里埃尔我在几号店铺，恐怕可怜的他要找到天黑去了。

他接着又问我：你穿什么颜色的衣服？我答非所问：广场上就我一个中国人。

几分钟的样子后，加布里埃尔向我走来。黑色头发，个子不高，瘦削的他，有着深深陷进去的眼窝。浅笑，他接过我的拉杆箱，说：我们走吧。他带着我往广场的左边走去。

我们和来来往往各色各样的人交错擦肩，经过一个紧挨着一个的品种繁多的小商铺，一路上拐过来拐过去，终于，拐进一条深深的巷子里。巷子的两边，是砖红色的墙，沉静。墙之内，有安静的人家。

再转了一个弯，一直快走到小巷尽头，我们来到位于巷子深处的76号：一个有庭院（Riad）的传统摩洛哥民居。

一进门，眼前是一个小巧庭院。走出我的房间就是庭院。加布里埃尔帮我把行李搬进房间后，立刻领着我去参观整栋房子。我们从狭窄的楼梯走上去，二楼全部是木质地板，踩上去咯吱咯吱响着，很有岁月斑斓的感觉。

再往上走，是一个小巧露台，地上放着许多盆植物。大约是因为季节的缘故，盆里的植物看起来都有气无力的。墙角有柔软的花布双人沙发，有宝蓝色的摩洛哥雕花座椅。坐下来，在阳光下喝茶，看书，小憩，想起来都很美。

我们登上屋顶平台，遥望着在并不强烈的阳光下的马拉喀什的旧城麦地那（Medina）。远远近近的，都是房屋的顶。每家每户刷白或刷黄的屋顶上晾着衣物，毯子。比比皆是的电视接收锅盖反射着阳光，闪着光。

我跟加布里埃尔要了一支烟。我们一边抽烟一边聊聊马拉喀什。寥寥数语后，我们停下来不说话了。午后的麦地那，四处安静。

回到庭院里，加布里埃尔告诉我WiFi密码，把大门和房门钥匙交给我，然后就跟我道别离开了。

直到两天后离开马拉喀什去索维拉（Essaouira），我都再也没有见到过他。不光是没有见到他，整栋房子里，除了偶尔和那个做卫生的摩洛哥女人打个照面，我就没有看见其他人。

加布里埃尔离开后，我立刻到厨房去找电水壶烧水沏茶。一天不喝茶，我会魂不守舍。我惊讶地发现，在厨房的窗边，放着好多大瓶矿泉水。欢喜的我赶紧拧开瓶盖，倒了大半瓶在电水壶里。转眼工夫水开了，我取出自己的白色日式茶艺杯，沏上了铁观音。

民居的庭院不大，小巧玲珑满眼是舒服。庭院中间有一个水缸一样大的花盆，种着一株看上去不是很精神的芭蕉树。庭院的周围也散落着一些植物，看上去同样是没有得到主人太多精心的照顾。植物旁边，是深紫红色的布艺沙发。

一只黑白花猫在午后的阳光下踡在沙发上打瞌睡，偶尔抬起头来，冷冷地瞟一眼初来乍到的我。然后，继续眯眼打瞌睡。

我打开电脑，拿出从中国带来的小零食，放上一曲轻柔的音乐。我准备坐在沙发上，一边喝铁观音，一边吃零食，一边上网查查索维拉的住宿情况。我刚坐下来，那只原本在对面沙发上打瞌睡的花猫竟立刻奔过来，非要趴在我的大腿上继续打瞌睡不可，任我怎么推它都不走。这我就弄不明白了：到底是喵星人太寂寞了需要陪伴，还是我太有亲和力了，花见花开，猫见猫爱？

几杯茶以后。

我拿出我的袖珍三脚架，拉开架势开始练习自拍。在过去没有带三脚架旅行的岁月里，但凡我想要留一张到此一游的照片，只能随机请路上的陌生人帮忙。基本上都要经历以下几个步骤：站在路边，耐心等待；小心选择，上前请求。结果是，得到一张并不太满意的照片还要发自肺腑感动地说拍得真好。如今有了三脚架，那就意味着，那一切的繁复与被动，都将成为历史一去不复返了。

喝茶之后，神清气爽。我准备出门去踩一踩地皮，打探一下周遭的地形。我非常小心地往外走，走一步就四处打望牢记标识。在容易混淆的街口我还特地拍下标志物的照片，如此谨慎是为了记住回来的路。

摩洛哥的麦地那的巷弄街衢都跟迷宫似的，街巷的门牌也非常不明确，如果一旦走丢了，再找回来是很困难的事情。所以，刚开始我还不敢走得太远。一般是走出去一段路程后，我就顺原路往回走。再找一条巷子往前走，走一段路又再倒回来走。这样，我基本上熟悉了小范围的环境，也开始慢慢放开手脚捕捉时机拍照。

一路上风光灿烂，一路上都有人热情地用日语跟我打招呼。见我摇

麦地那古墙角下，一个若有所思的蓝衣男孩。

头否定后，又赶紧热情地用韩语向我问好。我笑着再摇头，很认真地纠正说：我是中国人。

我站在一个小小的十字路口，这是一个信息量极大的十字路口。行人来来往往，衬以周围色彩鲜艳的建筑，有动有静，异域风情十足，极有拍摄价值。我对准前面的小巷子，举起相机准备咔嚓一张。我刚按下一半快门对焦，正要再往下按下一半快门时，忽然，坐在巷口右边的一个留着长长络腮胡子的摩洛哥男子指着我恶狠狠地大喝：JAPENESE！JAPENESE！（日本人！日本人！）

我浑身一哆嗦，手一抖，“咔嚓！”

紧接着，这个人冲着我身后的一个当地青年男子叽里呱啦一大堆愤怒的阿拉伯语。我感觉路口所有的人都用目光直指雕塑一般站立在那里的我。我顿时就成了十字路口的众矢之的。

那个青年男子快速走过来，站到不知所措的我的身边，轻轻地说：不要怕，放轻松。他向我解释，说那个络腮胡子的男子发现我拍了他身边的那两个蒙着面纱的卖小商品的女人，现在要我把相机拿出来检查我所拍的，并删掉图片。

平生第一次在大庭广众被人大喝，我觉得颜面尽失，心里更是鬼火乱窜。虽然我听不懂被络腮胡子男人骂了什么，但我知道一定是严厉而可怕的字眼。如果我拍的照片上果真是有那两个女人，我才是六月飞雪的冤窦娥，跳进黄河都洗不清了。

我打开相机，把我拍的相片给青年男子看了。照片的右下角处，的确是有两个模糊的女人的影子。我心想，这下完了，证据确凿，光天化日被人抓了个现行。

没有想到，这个年轻人并没有要求我删掉照片，只是冲着街口的那个男子摆了摆手，说了什么。之后，那个愤怒的男子嘴里嘀咕几句之后，就没有再言语了。我猜，年轻人大约是告诉他，我并没有拍那两个阿拉伯妇人。

然后，他再次温柔地对我说：不要怕不要怕，放轻松。

后来，当我从索维拉返回到马拉喀什，在这个路口又曾遇见过这位善良的男子。他也还认得我，远远地，我们俩会心一笑。

二、10个迪拉姆的演出

提起马拉喀什，人们首先想到的，一定是德吉玛广场。

德吉玛广场本身其实平淡无奇，就是一个光溜溜的广场而已。广场中间没有具有历史意义的碑和塔之类，没有优雅古老的喷泉，广场周围也没有可圈可点的标志性的历史建筑。可是，实际情况却是，德吉玛广场是整个非洲最为繁忙热闹的妙趣横生、故事百出的广场。

自11世纪以来，德吉玛广场目睹着马拉喀什人热闹非凡、趣味无穷尽的夜生活。由此，德吉玛广场还有一个名字，叫做“德吉玛疯人广场”，言下之意不言而喻。

德吉玛广场所蕴含的无穷魅力，确切地说，是源自这里无法阻挡的旺盛的人气，源自那些来自不同地方的活色生香的形形色色的人。

比如，这里有不少从阿特拉斯山（Atlas Mountains）走出来的柏柏尔族妇女。她们三三两两在广场摆摊兜售自采的草药，有的兜售文身和染发用的各种颜料。

这边有个披着满头小辫的黑人乐师，厚厚的嘴唇，满脸来自旷远的神情。敲着响板，拉着四弦琴，思绪却飘忽于遥远之外。那些穿着鲜艳的民族服饰的、载歌载舞的舞者们，曼妙于眼前。

那边有的在说书，有的在耍蛇，有的在套圈，有的在耍猴，还有斗鸟的，翻着跟斗杂耍卖艺的，喷着火舌的……

在广场上，还有另一道奇异的风景线，那就是三三两两的卖水人。一般而言，他们身材瘦削，面庞黝黑，表情丰富，身裹着一件炫目古怪的红袍子或者黑袍子，袍子的前襟上有细密的彩色绣花。袍子的前面，挂着成串的小铜碗。头戴着缀满了流苏的帽子，身后，则背着一个羊皮囊，里面装满了清水。他们一般两人同行，在广场上东游西荡，边走边摇铃，向人们兜售自己纯天然的饮料——水。

当然，现在人们感兴趣的早已经不是羊皮囊里的“纯天然”，而是这个独一无二、妙不可言的行当。与他们勾肩搭背合影留念，无非是通过这些卖水人，去想象一个遥不可及的过往。

德吉玛广场(Djemaa el Fna)这个名字很古怪。在阿拉伯文里，Djemaa el Fna的意思是“展示头颅之处”，也就是说，这个如今诗意盎然令人心驰神往的广场，曾经是处决死囚犯的地方，是鲜血淋漓之地。

在过去，死囚犯被处决后，他们的头颅被丢弃在这里示众，以达到杀一儆百的效果。据说这种做法延续了好几个世纪。我颇为好奇，那个时代的马拉喀什居民们，会以怎样的心情站在广场上看那些血肉模糊的人头呢?

2001年，德吉玛广场被联合国教科文组织列为世界文化遗产——“人类的重要无形文化遗产”。所谓无形，是相比较那些建筑的“有形”或者自然的“有形”等。有形，是凝固的；无形，可以是流动的。如今的德吉玛广场，是一个接纳百川的欢乐的流动的海洋，一个流动的盛宴。

傍晚时候的德吉玛广场，被映照在灿烂的夕阳之下。天空光彩夺目的火烧云为广场抹上炫目的色彩。此时的德吉玛广场，幻化为一个奇异的大舞台。转眼之间，太阳沉了下去，广场到处开始闪烁星星点点的灯光，人们各自为营，想方设法吸引游客。套圈的，卖草药的，吆喝着让你喝果汁的，穿梭着的穿着奇异服饰的卖水人，硬拉着你要给你画手纹的黑人妇女，敲着非洲鼓要你坐下来听音乐的小乐团，投入地讲着故事看似神秘的满头白发的老人……

大家要么站着围成圈，要么席地而坐，要么坐在摆设好的长椅子上。听完看完，放几个硬币走人。

我跟大家一起围成一个圈站着，听那个披着灰白长头发、穿着蓝色裙裤、脸上貌似还打了两团腮红的老人情绪极端亢奋地讲着什么。他不是站在原地或者坐着讲，而是在迅速移动身体的同时在讲。我当然是完全听不懂，但是太迷恋他老人家夸张的表情。他时而严肃时而诙谐地瞪着两只大眼睛，活脱脱摩洛哥版本的天真老顽童黄药师。

“黄药师”口若悬河，完全是一副“你信就信，不信也要信”的样子。我问旁边那个像是当地人的摩洛哥男子老人在讲什么，那个男子笑着说：他吹牛，别信。

听见那边有激越的非洲鼓敲击的声音，还有好听的至少三个声部的演唱，我立即扔下“黄药师”，穿过人群走过去。

已经有不少人坐在围成一个小圈的长凳子上。我刚走到跟前停住脚步，立刻就有人给我挪出一个位置让我坐下。

地上，铺着酒红色缀满花纹的旧地毯，地毯上放一盏岁月已久的铜灯，闪耀着极其温暖的光芒。铜灯的旁边，是一个破损的黑色琴套。

在我的左边坐着两个乐手，一个用鼓棒敲非洲鼓，一个弹四弦琴。右手边也是两个乐手，一个以手击打单面蒙皮非洲手鼓，一个人拍打铃鼓。

四个人边敲击边弹奏，用不同的声部唱着欢快的非洲歌曲。

天生的音乐家们。虽然听不懂他们唱了什么，但是，音乐，永远是无须解释的语言。心有灵动，有触碰，那么，就是自然的呼应与相随了。放在旁边的黑色音响，将这样充满野性与不羁的音乐，往远处更远处传扬。

我问我旁边那个装扮很时尚长发披肩的摩洛哥女子，我能不能给他们拍几张照。女子说，当然可以。自从被人当街骂成日本人后，我的心就有小小余悸，颇有点杯弓蛇影的后遗症。

在马拉喀什热情奔放的夜晚，站在德吉玛广场，听着如此风情浓烈的非洲音乐，我和那个穿着竖条纹吉拉巴击打铃鼓的男子勾肩搭背拍了一张。为我拍照的就是那位摩洛哥女子。她热情洋溢地让我摆好POSE（姿势），来一张，再来一张。

离开时，我放下10个迪拉姆在那个黑色的破琴套上，大约我是放钱

不太明亮的灯光，照亮击鼓者沉醉的脸。

放得最多的，乐手们都非常开心，每个人都含笑对我点头致谢。

对于大多数听完走人连一两个迪拉姆都不留下的人，乐手们顶多会冲着他们的背影小声嘟囔两句，更多的，是无奈地耸耸肩。夜色沉沉里，我看见热情奔放的音乐背后，是苍凉的无奈的人生。

可是，如此令人心动的音乐，何止值这10个迪拉姆，合7元人民币。

三、时光温柔地看着它

摩洛哥，也被称作马格里布（Al-Maghrib），意思是“太阳落下的地方”。它位于非洲大陆的西北端，是距离欧洲最近的非洲国家，也是阿拉伯世界最西端的国家。北边依傍湛蓝的地中海，西面濒临浩瀚的大西洋，在它的东南部，可以看见黄沙漫天令人怆然的撒哈拉沙漠。

在公元682年，倭马亚王朝（阿拉伯语：نويوما，中文又译作伍麦叶王朝、奥美亚王朝，是阿拉伯伊斯兰帝国的第一个世袭制王朝。在伊斯兰教最初四位哈里发执政结束后，由前叙利亚总督穆阿维叶所创建。统治时间自公元661年始，至公元750年终。该王朝是穆斯林历史上最强盛的王朝之一）远征军在奥克巴（Okba）的率领下，从突尼斯（Tunisia）的凯鲁万（Kairouan）出发，沿着地中海西征。他们一路行进到摩洛哥丹吉尔（Tanger）以西的海峡时，被大西洋所阻，无法再继续前行。傍晚时分，火红的太阳从壮阔的大西洋海面缓缓落下，苍茫一片中，自有雄浑之意。目睹此情此景的远征军，脱口而出Al-Maghrib，意思是“太阳落下的地方”，或者是“阿拉伯西方”。他们以为，他们已经走到了地球的尽头。

摩洛哥前国王哈桑二世曾经这样描述摩洛哥：摩洛哥像一棵大树，根部深植在非洲土壤里，枝叶却呼吸着欧洲吹来的风。

马拉喀什（MARRAKECH）是这个“太阳落下的地方”最为著名的

城市。它的名字源自于当地的沙漠民族柏柏尔人（BERBER）的母语，意思是“神的领土”。不仅仅是马拉喀什，整个摩洛哥，都当属于是神的领土。这不是空穴来风的无端想象。只要先想想非洲的大多数国家，气候恶劣的、土地贫瘠的、战火纷飞的、相互残杀的，诸如此类，再看看风调雨顺、温情脉脉的摩洛哥，就知道神是多么眷顾摩洛哥。

马拉喀什曾经是三个王朝的首都。在11世纪阿尔穆拉比物王朝出现之前，由阿尔穆拉比物王朝的领导者阿布巴克尔选择在马拉喀什建立新的都城。工程在1070年开工，并在穆瓦希德王朝的第三任苏丹雅库布·曼苏尔的统治下经历了最为辉煌的时期（Muwahhidun，是中世纪柏柏尔人在北非及西班牙南部建立的伊斯兰教王朝。穆瓦希德王朝的时间跨度是1147～1269年），至今已经有900多年的历史。穆瓦希德利用侵略西班牙所掠夺的财物进行城市的扩展，令马拉喀什成了首府与回教世界中最重要的艺术与文化中心。

在当时，不论是皇宫、寺院、浴场，都被要求必须建筑地下灌溉渠道。时至今日，马拉喀什的花园依然是引用阿特拉斯山脉水源来灌溉，单是想想那遥远诗意的千里之外的崇山峻岭，就觉得壮观气派。如今，马拉喀什长达十六公里的城墙饱经风霜，却依然高大威严。

马拉喀什又被称作“红城”。因为，它的城墙颜色是用当地一种特殊的红土制作的颜料涂抹上去的。独特的红色城墙长长地延伸在无垠的蓝天下。看起来，一场梦。

马拉喀什是靠近撒哈拉沙漠的内陆城市，自然景观和人文景观迥异于摩洛哥北方及西方的沿海城市，城市的气息是安静的古老。在历史上，马拉喀什是柏柏尔人长期生活的地方，处处都蕴含着丰富的柏柏尔人文化的元素。

在过去，马拉喀什曾经也是南方骆驼商队的集散地，在那些四海为家的骆驼商人们的眼中，马拉喀什理所当然是北部非洲最美的绿洲城市。很多马拉喀什的人，都跟我后来认识的朋友齐蒙（Chimon）一样，他们在心底一直固执地认为摩洛哥的首都不是拉巴特，而是马拉喀什。永远都是马拉喀什。

古老的浴室，两辆破旧的自行车，一个守着浴室的女人。

骑着破旧自行车安闲而过的老人。

马拉喀什的冬季平均温度12摄氏度，降雨丰沛，夏季23℃，大抵是地中海式气候。如此宜人的气候，加上丰富多彩的文化，深厚凝重的历史底蕴，难怪柏柏尔人会把它称作Marrakech——神的领土。

马拉喀什分为旧城和新城，各自生机勃勃，丝毫不相抵触。麦地那（Medina）是旧城，是马拉喀什最初最早的样子。新城是环绕着旧城而逐步发展起来的现代化都市，街道宽阔，浓荫如盖。新城里欧式建筑居多，欧化的生活，现代而摩登。

一旦进入麦地那旧城，立刻是原汁原味的映照在旧日时光中的马拉喀什。新与旧的转换丝毫不唐突，一切皆在自然而然之间。只不过，从一幅崭新的画面进入另一幅泛黄的画面而已。住在新城里的人和住在旧城里人，他们的心态并没有太大的不同。新与旧，没有冲突。相反，是自然的交融，相互的映衬。

时间的脚步一下子慢下来了，旧日时光温柔婉转地抚摸着斑驳的墙壁，破损的房门。凌乱着挤满了小商品的街边小店里老大爷打着瞌睡；推着架子车沿街叫卖的面包摊前，人们在买刚出炉的面包；两平方米见方的修鞋店里摆着修好的高跟鞋；一个穿着黑色吉拉巴的留着小胡子的中年男子骑着一辆破旧不堪的二八自行车从那面有鲜艳涂鸦的墙前经过；卖菜的和卖水果的两个男人在墙边斜斜地倚着，轻轻浅浅地说着话；一左一右两个公共浴室哈曼姆（Hamam）：左边的是女人的Hamam，右边是男人的Hamam。坐在墙角的老人家知道我不明白他身后墙上的阿拉伯文，他先指指这边的文字，又指指自己，再指指前面墙上的文字，再指指我……哦，这边是男人的浴室，那边是女人浴室。看我恍然大悟，老人得意地一笑。

一切的一切都是往日的模样，仿佛没有谁想着要去改变什么。任由它，随着它，时间会去打造。

我深切迷恋着的，是曾经在马拉喀什的旧城里住过的那些带有Dar与Riad的摩洛哥庭院式住宅。阳光从屋内的一方小小的天井施施然洒落下来，小小的铺着典雅的马赛克的喷水池在墙边，粗犷的小水缸一样的陶制花盆里施施然的绿色植物，而最迷人的，是流淌着的那一种陌生的异乡的静谧。

深深的巷弄里，常常遇见一两个穿着长长的吉拉巴的妇人，滚圆的身子转眼就消失在身边的某一扇古老的木门里了。在僻静的转角处，见到有几个小男孩在狭窄的空间里玩着花皮球，看见我，个子最高的那个男孩子把球直直朝我抛过来。或许这是对我别样的欢迎？

我遇见了许多在古城里悄无声息走过，或者眯着眼睛静静蹲在角落里的流浪猫，一个个皮毛光滑，浑身上下透着一种闲散中的淡定神采。它们从来不会惊慌地避开走过来的我，而是无比沉静地看着我从它们的身边走过。

怎么练就如此的气定神闲？

在旧城麦地那里找吃的，一定要去找当地人多的小食店。当地人吃东西吃的绝对是价钱和味道。价格，是便宜的；味道，是正宗的。当然，也有很豪华典雅的饭店能做出地道的摩洛哥菜，不过，那价格也许就不太会让人赏心悦目了。

多在街上走几圈，很快就能够判断出哪里是吃饭的好地方。比如门口摆着两个大玻璃货柜的小餐馆。门口烟熏火燎的，两个帅哥伙计正在炸海鲜，晚风中，飘扬着沁人心脾的无法抗拒的香味。无须吆喝，你看，进进出出都是当地人。

两个大大的玻璃货柜里，摆满了各种新鲜的海产品。走过路过就是不能错过，直接走进去，找了一个最里边靠墙的座位赶紧坐下来。不大的房间里，已经静静地坐了好些人。

小食店的桌子是用一块长木板被固定在墙上，大约只有一尺宽，围着小食店一圈。用餐的人都是面对着墙吃。也好，省得东张西望。这样可以排除干扰，心无旁骛地吃饭。

我要了一个海鲜拼盘，20个迪拉姆。附赠新鲜面包，蘸酱和矿泉水。我不知道矿泉水是不是真正的矿泉水，所以我决定去小卖部买一瓶凤梨果汁。等我买了果汁回来，我的晚餐已经摆在了我的桌子上。

味道真的很好，我吃得出食物原本的真正的香味。看样子就是裹了面粉加了盐，再放进油锅里一炸就完事，根本无须添加剂。如果嫌味道太淡，可以用附赠的蘸酱。

我的旁边坐着两个美丽的摩洛哥女孩，最多十七八岁。好看的大眼睛里闪动着明艳的光。她们先是好奇地看着我，然后冲着我直笑，指指盘中的海鲜，又竖起大拇指。她们看见我的手上画着手纹，就把自己画满了手纹的手给我看。嘻嘻哈哈着我们打了一会儿手语，加上零零星星的几句英语。她们吃完盘中的海鲜，和我说再见了。

马拉喀什的新城我没有刻意去游玩，只是在从火车站坐出租车往德吉玛广场，和从德吉玛广场坐出租车到CTM汽车站时，透过车窗，看到了一闪而过的简单的风景。

整个新城房屋都不高，但是都光鲜而整洁。街道上行人不多，听不见太多的嘈杂和喧哗，更没有汽车喇叭的喧嚣。

在马拉喀什，我一共待了三天三夜。刚到时住了两天，然后去索维拉住了一天，回到马拉喀什再待了一天一夜。

在马拉喀什的日子里，我在麦地那里发呆，游荡。活动范围基本上就在德吉玛广场一带。

古城里的生活气息比什么都让我暗暗欣喜若狂。我喜欢看古城里来来往往形形色色的人，喜欢随处可以撞见的经典别致的画面，一切足以令人长时间驻足，心醉神迷。整个马拉喀什的古城里，还萦绕着各种香料的气味：各种植物精油的气味、新鲜面包的气味、摩洛哥传统炖汤的气味、烤鱼的香味，冷不丁儿的，还飘过来一阵不知道是什么花的香味……

马拉喀什，这是一个有滋有味的城市。

四、Radouane和Chimon

我在马拉喀什认识了两个当地人：一个叫做齐蒙（Chimon），一个叫做拉德万（Radouane）。在我的观念里，体验当地风土人情比纯粹看风景更有意思。好风景没有搭配好人情，旅行是不好玩的。风景在那里，你看我看大家看都一样，最多是各自看的角度、观察的深与浅的不同而已。但人情的遭遇却迥异不可复制。

一段旅程结束，如果我连一个当地朋友都没有结交到，那么，对于我而言，这段旅程必然是寡然无味的。当一切沉淀下来之后，真正让自己无法释怀的，往往是一场情谊的绵延和怀念。

我在摩洛哥的时候，跟我当年在印度游荡时完全是一模一样。那就是，到处嘻嘻哈哈，和蔼可亲，漫无目的，瞎蒙乱撞。路边吃吃喝喝，跷着二郎腿跟人家东拉西扯话家常，被人拉着或者拉着人家要拍照。走一路，立刻一路新朋友。在印度南方城市果阿，三个高大威猛的“保镖”保驾护航的故事，在摩洛哥上演了类似的剧情。这是后话。真是春风得意马蹄疾。

我先认识齐蒙。他是我在梅拉区找博物馆时认识的。

那天，大约是中午12点，摩洛哥冬日的阳光从当空直下，目之所及，到处明艳。我暖和得已经只穿一件毛衣。在我经过的路两边的墙上，房屋的外墙上，悬挂着巨大的色彩惊艳的摩洛哥地毯。地毯图案和色彩诱人无比，我忍不住伸手去抚摸。触摸的感觉柔软，无比柔软。看见自己喜欢的图案和色彩的地毯，忍不住就停下来，架着三脚架给自己和地毯合影一张。

闲散的时光就是如此心旷神怡。

我路过了一个哈曼姆，也就是公共浴室。

哈曼姆土黄色的墙角下放着三个老式雕花木窗，木门。没有上色，看得见木头天然的颜色和纹理。这些雕花木窗木门，极像我在阆中这样的古镇里见到过的那种从旧房子上拆下来的木窗木门。我把三脚架支在地上，准备拍一张自己和这些木窗木门的合影。

正在这时，从对面的小商店里，走出一个高大的红衣男子。那张圆润的、晒得黝黑的脸让人看起来有点像我们的包拯包青天。这位洋“包青天”笑着挥着手跟我打招呼，说木窗木门都是他放在那里出售的。他还示意他要帮我拍照。

帮我拍了几张照片后，洋“包青天”请我去他的小店坐坐。

小店的风格像我在尼泊尔和印度见到的那种东方风情浓厚的小店。很多东西我很熟悉，比如佛珠、绿松石、蜜蜡等。洋“包青天”看见我胸前挂着的星月菩提佛珠，赶紧献宝似的拿出一大堆自己淘来的宝贝，指着其中一串十分有年代的蜜蜡加绿松石的饰物说：这个就是来自西藏。

说说话之后，我跟他道别。我们嘻嘻哈哈地站在小店门口合影，然后他指着左前方不远的石拱门对我说：要去博物馆，就从那里走进去。

齐蒙的小店就在石拱门的左边。一过石拱门，就看见戴着棒球帽穿着长长吉拉巴的齐蒙站在小店对面的背阴处。我经过时，齐蒙用日语跟我打招呼。

在齐蒙的店子外面，挂了好多吸引人的古董级东西。齐蒙告诉我，这些都是从阿特拉斯山脉的当地人那里收来的。很多都是那些人家一代代传下来的宝物，比如那一件挂在门口石墙上的绣满了五彩斑斓的饰物、像老鹰张开翅膀的黑色披风。

齐蒙的店子不大，又老又旧的东西满满塞了一屋子。一走进屋子就像到了另一个时空。屋内光线不太好，我仔细辨认那些木头雕刻的形象鲜明的头像；打磨得光滑的雕花的木头桌面；画工精细的阿拉伯风瓷盘；粗犷纯真的手工的皮具；玲珑剔透的铜制品……

屋外阳光刺眼，屋内黯然清凉。时光任意地穿梭。

看上去，齐蒙小店的生意并不好，冷冷落落。我问他，一般情况下，什么人会来买这些老而旧又价格不菲的东西。齐蒙说，更多的是经营旅店或者经营餐馆的人会来买这些古老的工艺品去布置环境。也有些游客会买些小东西回家做纪念。当地的居民，是不会来买的。

屋子里只有一个转身的空间，根本就没有办法摆下两把椅子让我们喝茶聊天。

于是，我们站在门口的阳光下说着话。

阳光刚好打在门口，一切都是暖色调，呈现出缥缈的淡淡的咖啡色彩。齐蒙告诉我，他的英语都是在大街上学的，一般的交流没有问题，但是如果要阅读和书写就非常困难。说着话，看见齐蒙的一双漂亮的蓝眼睛，还有在阳光下忽闪忽闪着长长的翘翘的睫毛，我异常羡慕。

交谈了不多一会儿，我对齐蒙说：时间不早了，我要赶快去博物馆看看。他说：行，你去博物馆吧，但是两点钟的时候，你一定要回来，我请你吃我亲手做的塔津（Tajine）。

一听说天底下有不要钱的午餐，我立刻紧紧握住他的手，发誓说我一定会在两点钟准时赶回来。说完，我大步流星地往博物馆而去，一路上都没有太多停下来拍照，就怕耽误时间，耽误了吃塔津。

到了博物馆，一看大门紧闭，感觉大事不好。仔细看了墙上的时间表，才知道博物馆逢周二闭馆休息。怅然得很。失之交臂的感觉委实不好。

我在齐蒙小店附近的小巷子里东游西荡拍照片，一心一意等待两点钟不要钱的午餐。捱到了下午两点钟，饥肠辘辘的我满脸笑容准时出现在齐蒙的小店门口。

齐蒙搬出一个古董雕花小圆桌的桌面放在地上，然后搬出一叠颜色暗沉但十分秀美的小方地毯放在地上，作为我的凳子让我坐下。吃一顿塔津，就是如此豪华。

雕花小圆桌上，摆上了齐蒙专门为我做的摩洛哥蔬菜沙拉。圆锥形陶罐里是蔬菜鸡肉塔津，小篮子里是新鲜的面包，在我旁边的地上，还有一瓶矿泉水。

“塔津必须要两个小时的蒸和焖才能做好。非得在起码两个小时的时间里，才能将鸡肉或者牛肉的香、小米的香与各种蔬菜的香完美地交融在一起。”齐蒙大致向我这样介绍。

他一边告诉我材料应该怎么堆放在圆锥形的陶罐里，一边把埋在蔬菜下的鸡肉都推到我面前叫我吃。吃这顿饭我们全部用手。这种和食物直接交流的方式，我第一次尝试是在尼泊尔。后来在印度旅行时，被我狠狠发扬光大。以至于我回到国内后，都常常喜欢用手去抓食物，并用手将食物放进嘴里。

吃完饭，齐蒙很快收拾完一切，又烧水为我沏薄荷茶。在他往杯子里倒薄荷茶的时候，齐蒙盈盈笑着，漂亮的蓝眼睛看着我。

我在马拉喀什旧城里那羊肠子一样弯弯曲曲的小巷子里漫无目的地走着。一路上，都有来自路边小商店里的人用日文韩文跟我打招呼，我也很有礼貌地用日文韩文回应着并继续迈步。

在一条拥挤不堪的小巷子里，拉德万叫住了我。他说：嘿，日本人，日本人。拉德万个子极高，脸很瘦削，黑头发，细密的小卷卷，黑眼睛，但是眼窝深陷。穿着一件黑色皮夹克，蓝色牛仔裤，时髦的黑皮鞋。浑身上下他的整个形象，跟之前身穿传统吉拉巴的齐蒙相比，拉德万显得非常现代与时尚。

我继续往前走，他说继续说：嘿，日本人，日本人。

我摆摆手，加快步子继续往前走。

他追上来，说：来我的小店看看。不用买东西，只是看看就好。

他跟着我往前走，没有放弃的迹象。我停下来。我想：好吧，不过，想让我掏腰包，那几乎是天方夜谭。

走进拉德万的香料店，满屋子的瓶瓶罐罐。瓶子有大有小，香料的颜色各不相同。他跟变戏法似的把一个一个装着天然香料的瓶子打开让我闻。每一个瓶子装着一种奇妙的香味。每一种味道，天然纯粹，难以描述，令人陶醉。

拉德万拿出一个朱砂色像陶杯盖子一样的东西问我：你知道这是做什么的吗？我当然不知道。

拉德万用右手无名指沾了一点口水，往那小玩意儿上一抹，再往嘴上一抹，哎呀，他的嘴唇变红了。

猛然想起来了，原来这是传说中摩洛哥奇妙的传统口红。

拉德万拿起一个口红装进一个小塑料袋子，说要作为礼物送我。我不知道我当时是怎么想的，反正我是很坚决地婉拒了。现在后悔死了，一念之差我和奇特的口红失之交臂。我想大概我是永远都不会原谅我自己的。

拉德万的小店子比齐蒙的大了些，至少还放得下一个长凳子。拉德万让我坐在凳子上，看他如何一步一步沏薄荷茶，他还建议我把每一步都拍下来存档纪念。

小店前，阳光渲染一切，欢乐的短暂遇见。

喝完薄荷茶，我跟拉德万道别，我要去满大街多如牛毛的旅行社打探去撒哈拉旅行的事。

我们约好晚上7点，在德吉玛广场见面，一起溜达。

晚上7点，我们在广场边的“法国咖啡”门口见面。我带着拉德万去德吉玛广场喝肉桂茶，吃甜食。

瑟瑟的寒风里，我说：拉德万，你带我去一家地道的摩洛哥小餐馆吃饭。反复叮嘱他：一定要价格便宜的小餐馆。

那个小餐馆的店家像极了憨豆先生，不单单是长得像，出来进去总是嘻嘻笑着，朝我挤眉弄眼做着怪相耍宝，真是像极了憨豆。我一看他，就忍不住笑。

吃完了饭，拉德万带着我去德吉玛广场边的市场逛了逛。拥挤不堪的市场，类似我们这里的批发市场。嘈杂拥挤，也没有太多的新意。

我们坐在街边喝薄荷茶。黑夜沉沉里，对面商店外，一个男子正使劲地叫卖满地的围巾：50个迪拉姆！50个迪拉姆！

我过街去翻了翻看起来花枝招展的围巾，没有看见喜欢的，倒是发现所有的围巾都是“made in China”。

第二天，我离开马拉喀什去了索维拉。等我再回到马拉喀什后，我没有再见齐蒙和拉德万。虽然之前我答应过他们，等我返回马拉喀什，会再去找他们玩。是的，爽约了。是的，食言了。

我想，在马拉喀什最后的时光，还是留给自己，一个人。即使独在异乡为异客，我还是愿意一个人，享受自己和自己在一起的时光。

看着手机上齐蒙和拉德万的电话号码，我在心底感谢他们，祝福他们，愿他们快乐。

五、在德吉玛广场的夜色里

后来拉德万毫不留情地嘲笑我，说我在德吉玛广场怎么可能吃到真正好吃的摩洛哥菜嘛。他说那些小食摊点都是为我这样的游客准备的。看着像那么一回事，其实根本不是那么一回事。

其实，这个道理拉德万不说我也是知道的。就像成都人，要想吃正宗地道便宜的成都美食，永远都不会到锦里到宽窄巷子去是一样的。可是，话说回来，如果去了马拉喀什，晃荡在德吉玛广场的夜色里，良辰美景，却没有在德吉玛广场吃吃喝喝一回，绝对会留下难以弥补的遗憾的。

每天傍晚六点左右，德吉玛广场的夜市如约翩然拉开序幕，广场上美食摊的各个摊位开始热火朝天地搭棚子支架子，在夕阳的映衬下，场面蔚为壮观。

不多一会儿，各种摩洛哥乡土美食和风情小吃悉数摆上。再过一会儿，热气腾腾青烟袅袅开始从各个摊位蔓延开来。各种吆喝、搭讪，混着各种食物的香味弥漫在德吉玛广场。

夜市上，人气最旺的，就是那一家连着一家，一张桌子紧挨着一张桌子的各种风味大排档。人还在远处站着，引诱味蕾的各种香气就毫无阻挡地扑鼻而来。

每个人所面对的难题就是如何选择。

逛完了所有的小食摊，我拿不定主意到底花落谁家，举着棋子却迟迟放不下去。每一个摊位供应的食物大同小异，包括饮料，无非是可口可乐和雪碧。在摩洛哥，除了在卡萨布兰卡能顺利找到啤酒以外，其他城市，喝一杯啤酒是登天的难。

最后，我还是回到42号摊位。之前路过42号摊位时，遇上前来拉客的小伙儿。为了快快走掉，顺嘴就答应了他。我的回答给自己留有余地。我说：我先逛一圈看看，如果我还能回来找到42号，就坐下不走了。

反正无从选择，何不干脆就回来应这个约。顺水人情。

自然，小伙儿看见我真的回到42号，非常高兴，正在忙碌的所有人也都对我点头微笑。小伙儿嘴十分甜，他说因为我们是一家人。

我点了一个蔬菜塔津，还有一份炸小鱼。面包免费，饮料免费。蘸酱，却要付费。

虽然蔬菜塔津的味道不怎么样，但是食物是吃得出来的新鲜。最好吃的是不要钱的面包，撕一块放进嘴里，满嘴的浓浓的小麦的馨香。

吃大排档的感觉总是激动人心的，绝对不是去餐厅饭馆能有的感觉。吃的就是闹哄哄、乱糟糟的气氛。那种闹哄哄乱糟糟里，有人情味儿，会有一种被接受被认同的亲切感。一张长桌子上可以有几拨儿来自不同国家的人同时用餐。各吃各的，对眼的就说上几句，聊上一会儿。吃到最后，互道再见就各自消失于暗夜之中。

在德吉玛广场上，我最喜欢的是热腾腾的肉桂茶。

肉桂茶是由很多香料加茶加姜熬制的。夜市开始，卖肉桂茶的摊铺才会出现。摊铺上方挂着店家的照片，还有肉桂茶配料的详细说明的图片。卖肉桂茶的同时，还配有卖一种摩洛哥甜食。深枣红色，软硬程度像蛋糕。很甜。

一杯肉桂茶，一小碟甜食，站着吃，站着喝。两三分钟，吃完喝完很快走人，把位置腾给新来的客人。

在料峭的寒冷瑟瑟的摩洛哥冬日夜色里，这样一杯接着一杯肉桂茶，再一口接着一口摩洛哥甜食，绝对热量猛增，心情大爽。每天，我都巴巴地等着夜色降临，然后直奔广场喝肉桂茶。

对于一个衣服单薄、浑身瑟瑟的人来说，滚烫的肉桂茶，是多么难以抗拒的诱惑。待喝到浑身热气蒸腾，便踏着轻快的步子离开。

在马拉喀什昏黄的路灯下，一个孤独的身影被拖得长长的，慢慢悠悠，向着幽暗、悠长、悄无声息的巷子，走去……

六、阿里·本·约瑟夫神学院

在其他国家旅行时，我只要拿着一本所到国家的《孤独星球》（Lonely Planet），再远的地方，只要脚力足够，99%我都能找到我要找的地方。但是，在摩洛哥的旧城麦地那，我却是黔驴技穷。按图索骥，99%以失败告终。

我手里的地图等同于虚设。明明在书上看得清清楚楚的地方，到头来却拼老命也找不到标在地图上的路和建筑。

书上写着：在摩洛哥，走在旧城麦地那里，就犹如走在迷宫里。很多小街小巷没有名字。还有些街道倒是有名字，但却不止一个名字。

本来就曲曲折折叫人晕头转向的巷子还有几种叫法，加上只说阿拉伯语、法语、西班牙语就是不说英语的路人甲乙丙丁，这叫我情何以堪。

情急之下，我常常就看看周围，快速选一个看上去比较机灵的人，上前去打听方向。只是一句话的事，只要他告诉了我大致方向，我就能慢慢寻了去。

可是，这一次，我刚向那个高个子中年男人问起阿里·本·约瑟夫神学院（Ali ben Youssef Medersa）朝哪个方向走，他立马就说要带着我去。我着急地说：不劳驾您带路，您告诉我方向就行。哪里料到，这个中年男人态度坚决，说自己不是坏人，请我放心。

我很感谢他的热心，可心底里，我很讨厌有人跟着我走。

于是，我再次告诉他，我自己去找，请你不要跟着我。

为了摆脱他，一路上我故意走得很慢，还常常停下来，慢慢拍照想甩掉他。他见我慢，他也慢；见我停下来，他也在前面不远处停下来；看我脚步一动，他也立刻开始往前迈步。一直就阴魂不散地在我前面几步远的地方。看来他是铁了心要跟着我。我想，罢了罢了，到时候看他到底要怎么样吧。

走了大约两三分钟，到了阿里·本·约瑟夫神学院。我对高个子男子说了声“谢谢”，就径直走到售票处买了门票，准备进去。男人上前就拉住我，伸出手，意思是要我给他钱。

我很义正词严地告诉他说：我之前告诉过你很多次很多次很多次不要你带路，是你自己跟来的。我从开始就没有请你为我带路。

虽然嘴上这样说，我还是伸手在零钱包里找零钱，想赶紧找些迪拉姆，让他离开。可是，事情就是这样无巧不成书，我的零钱包里只有一个迪拉姆，再也找不到任何面值的迪拉姆。当时，我脑子里什么都没想，就递给他这一个迪拉姆。

他很吃惊，我居然能给出一个迪拉姆的“天价”。我自己也是很吃惊，自己怎么就把一个迪拉姆递了过去。很明显的，这一个迪拉姆彻底伤害了他的自尊。

他甩袖离开，很自尊地拒绝要这一个迪拉姆。虽然我感觉一个迪拉姆是有些过分，但覆水难收，我也很自尊地立马连这一个迪拉姆也收回了。

为了弥补内心的一丝歉意，我只好冲着他的背影，再次大声地告诉他：我并没有请你带路，我告诉你很多次请你离开。喊完话，我转身往神学院里走去。

我走了大约十步，突然，我的身后，传来售票处卖门票老人“哈哈哈”狂放的笑声，他冲着我喊着：我爱你！我爱你！你太棒了，你是对的，就是不应该给他钱。

隔着十几步的距离，我冲着他也“哈哈哈”狂放地笑着。

“You who enter my door, may your highest be exceeded.”这是刻在入口通道的一段文字，大意是：当你走进我的大门，你将被赐予无上的荣

空落的庭院，寂寞无人。听见阳光走动的声音。

耀和襄助。六百多年以来，这迷人的祝福让每一个曾经流连这里的人念念不忘。

Ali ben Youssef Medersa，翻译成阿里·本·约瑟夫神学院，还有一种译音为阿里·本·优素福神学院，是一所在马拉喀什一个僻静的巷子深处的古老的伊斯兰大学。学校的名字，来源于苏丹阿里·本·约瑟夫，这一位对马拉喀什城市建设做出了超凡的贡献，对后世有着难以估量影响的人。神学院创立于14世纪，当时是和临近的清真寺结盟组建，是北非学习古兰经规模最大的学院。约瑟夫神学院于1982年作为历史古迹开放给游客。

走进阿里·本·约瑟夫神学院，很静，淡淡的日光也很安静。安静之中流淌着古意和诗意。

眼前是一个广大的庭院，庭院当中是伊斯兰风格的水池，四周是伊斯兰风格的两层楼建筑。我细细观察阳光停在建筑墙面所呈现的明暗变化，还有那些斑斓的细细密密排列在一起组成繁复图案的马赛克。

约瑟夫神学院里有许多教室，教室都不大，10个平方米的样子。阳光印在空落的木质地板上，时间空间都变得空灵。教师休息室一般在教室的旁边，大约四五平方米见方。学校里有学生宿舍，最多达到了130间，可以容纳900名学生学习。

我拾级而上，走过空落落的教室，走过空落落的学生宿舍，走过空落落的公共浴室哈曼姆，走廊里，四处张望，到处空空荡荡，难以想象当时900多名学生在一起诵读古兰经的神圣场面。阳光偶尔透过旁边的小窗投射进来，更显精巧。

在约瑟夫神学院里，也有公共浴室哈曼姆。推开拐角处的斑驳的绿色的门，就是哈曼姆。

一个年轻的摩洛哥男子静静坐在庭院右边的一张桌子之后。再仔细看，这里几乎就没有其他的人。偶尔有两三个游客从庭院走过，转眼消失在某处。

我拿出三脚架，到处找地方拍照。和这个有智慧而又神圣的地方，今生只有一次的遇见，真是不能错过，不能辜负了。

可是，我的自拍还没有拍成两张，我的自拍梦就破碎了。

估计看我拍得费劲令人着急，坐在桌边的那个年轻的摩洛哥男子走过来，黝黑的脸上泛着质朴的笑容，他轻轻地说：我来帮你拍照。

七、“请等我五分钟！”

摩洛哥之行，我很庆幸的是带了两样法宝：一是小巧玲珑的三脚架，二是贴心抓绒木乃伊式睡袋。有了三脚架，我一般自己想方设法给自己拍照，很少再去找人帮忙。自己给自己拍照，可以随时随地，也不会有太多面对陌生人的局促。而抓绒睡袋，无疑是让有些洁癖的我每天晚上都有了安稳踏实的睡眠。

走进阿里·本·约瑟夫神学院，四顾几乎无人，我立刻拉开架势开始自拍。因为只能把三脚架放在地上，所以，在我拍下的照片上，一律是高大威猛的自己。坐在庭院旁桌边的大眼睛男子估计不忍心看我折腾下去，微笑着走过来对我说：我来帮你拍照。

我把相机递给了“大眼睛”，在接下来的时间里，我的相机就完全被“大眼睛”掌控，我也就完全失去了任何属于我自己的意识了。

只听见“大眼睛”说：到这里来，你这样站，这样拍一张。我就到那里去，那样站着拍一张。“大眼睛”又说：到那扇门那里去，坐在门槛那里，这样拍一张。我就走到那扇门那里，老老实实坐在门槛上，那样拍一张。

应“大眼睛”的要求，我还站到石柱的后面，今生第一次深情地拥抱石柱拍了一张。甚至，“大眼睛”要我拍一张脑袋被门夹了的照片。所谓的脑袋被门夹了，其实就是人站在半掩的两扇门后面，伸出头，只露一张脸出来，冲着镜头笑。

见我对他的拍摄理念理解得还不是很明朗很透彻，“大眼睛”便亲自上前示范给我看。他走到古意盎然的那两扇门后，探出头来，咧着嘴憨憨地笑。

拍完了庭院的角角落落，墙靠了，柱子抱了，门槛坐了，地上也趴了，连头都被门夹了。

之后，“大眼睛”又领着我上楼去。

“大眼睛”一边帮我拍照，一边为我介绍神学院的各个部分。而我，则眼巴巴地看着一直握在他手里的我的相机。我并不在意要给自己拍多少照片，我在意的是我要用相机拍下我走过以及看到的一切，关于这个神圣宗教大学的一切。

好容易我找了机会要回了相机，拍了些阿里·本·约瑟夫神学院建筑内部的图片，但是很少。

依照我的性情，那些古老的洒满阳光的教室，那个刷着绿漆的哈曼姆室，本是应该走进去，坐坐，摸摸的。没有能够一个人坐在教室的地板上，静静体会那么一两分钟，直到现在，还深深遗憾。我还记得那条深深的走廊，那从天井投下来的日光。一切被渲染在神圣的氛围里。

我们下楼来，“大眼睛”回到自己的桌子旁坐下。我这才发现，他并不是我之前理解的，是这里的管理人员，而是一个为游人用阿拉伯文设计名字的人。

小小的铺着淡橘色的桌布的木桌上，靠右边摆着一个木制的长方形盒子，里面插满了竹子削成的笔尖粗细不一的笔和一支孔雀羽毛做成的笔。几盒深色的颜料，一把黄色透明的尺子，一把裁纸刀，一把剪刀，还有几张写好的样品。

一对西方的年轻夫妇走过来，很好奇这一桌子奇妙的东西。听完“大眼睛”简单地讲解自己如何设计阿拉伯名字的经过后，他们请“大眼睛”用竹子笔为他们设计名字。一般的光滑的纸是20个迪拉姆一张，好一点的更吸水更有质感的纸是30个迪拉姆一张。落笔之前，“大眼睛”先请他们选择字体的颜色，然后，蘸颜料，勾画，描线，一气呵成。

我们跟“大眼睛”聊着他的书法艺术，等着刚写好的字的墨迹在风

这是多么感染人的笑。

中晾干。我给“大眼睛”拍了很多工作照，心里想着：“大眼睛”照顾我那么长的时间，投桃报李，我想我应该也必须请“大眼睛”帮我设计一张。

于是，我请“大眼睛”为我用蓝色的墨水在20个迪拉姆的纸上写我的英文名字Wendy。

在我们等待墨迹风干时，走来一个个子高高气质很贵族的青年男子。棕色的长发齐肩，深蓝色牛仔上衣，浅蓝色牛仔裤，背着一个深蓝色双肩包，清清雅雅。

这个来自英伦的青年男子蹲下身来，淡淡浅笑和“大眼睛”细细交流起来。因为他是蹲下的，这样就可以和“大眼睛”平视交流，而不是高高在上的俯视。我为青年男子蹲下的这个细节深深感动。我没有打扰他们，听他们欢喜洋溢地细细低语，站在一旁，拍下这个温馨的场景。

我的英文名字用阿拉伯文字写成，优雅的线条让我的名字看起来像是一朵在纸页上盛开的蓝色花朵。“大眼睛”把墨迹已晾干的纸递给我，我举着它，请“大眼睛”为我以庭院做背景拍了一张照片。

我拿钱给“大眼睛”，“大眼睛”使劲摆手说，不要钱不要钱。他说：这是我送给你的礼物。

我使劲摇头。把20个迪拉姆塞到“大眼睛”的手里。“大眼睛”看着我，不停地说：谢谢，谢谢。

我跟“大眼睛”道别，告诉他：我还要去神学院旁边的博物馆看看，再晚，就要闭馆了。“大眼睛”说：那你能在博物馆等我五分钟吗？五分钟后，我去博物馆找你。好吗？

含含糊糊地，我并没有答应“大眼睛”。我想，一面之缘，也许就足够了。刻意的等待，那就不必了。如果还能遇见，自然是会再遇见的。

博物馆就在出门向左拐几步远的另一个门内。

在博物馆里，我只略微走了走，看了看。算好五分钟快到了，我就匆匆离开了。我不知道“大眼睛”是不是真的会来找我，也不知道如果他来了却没有见到我会不会失望。我甚至忘记了，问他的名字叫做什么。不过，我记住了他的“大眼睛”。

隔着千山万水，谢谢你，“大眼睛”！

八、皮革染制作坊

一路上，我的身家性命：护照、银行卡、欧元都在随身的蓝色小挎包里放着。挎包随时随地都在身前晃晃荡荡。浑身上下再值点钱的就是相机，也被我小心呵护地挂在身前。我的大背包背在身后，里面装着书、衣服、纸巾和果汁等东西，不值钱，并不担心被人拉开拉链取走什么。我常常忘记拉上背包上这个小包或者那个小包的拉链。

从索维拉返回马拉喀什的那天下午，我在熙熙攘攘的小巷子里跟路人摩肩接踵正走得欢，突然，一个青年男子轻轻拉住我，他告诉我说，我的背包的右侧包没有拉上。我道谢之后，他问我准备去哪里，我说去哪里不知道，随便走走。

青年男子并肩和我一同慢慢走着，他说你应该去马拉喀什的皮革染制作坊看看。当时我有些怀疑他的说法，不是有些怀疑，而是很怀疑。我肯定他就是想带我去那里，然后找我要带路费。

记得之前，在我和齐蒙吃塔津时，我提出想去看看皮革染制作坊，可齐蒙告诉过我，马拉喀什的皮革染制作坊是上午有人在那里劳作，下午就没有人了。所以当时我就打消了在马拉喀什参观皮革染制作坊的念头，计划到非斯（Fes）去看。

可这个青年男子说，下午时间是可以参观皮革染制作坊的。他说下午有一些柏柏尔人还会在那里工作。

他给我指了指皮革染制作坊的大致方向，然后，他在一扇门前停下脚步，打开房门，跟我道别，说他到家了。我看见他并没有要带我去的意思，我相信他不是因为要挣带路费而提起皮革染制作坊，是我误会他了。我想反正下午没有什么事情做，不如就去看看。

我正要顺着他指的方向自己去找皮革染制作坊，见正往屋里迈步的他停下脚步，叫住一个从我们身边走过的男子。他对那个男子讲了几句阿拉伯语之后，转而对我说，这个男子也要往那个方向去，让他带着你去。

我没有丝毫的犹豫就跟着第二个男人往前走了。

我们走的这条路是我之前没有走过的，有很多新奇吸引我。我一路东拍拍西拍拍紧跟在男子身后。每当我停下来拍照，第二个男子就微笑着停在不远处等着我。这样走走停停，走了大约十分钟，我们来到一个红色砖砌成的大门前。第二个男子朝门里喊了一句阿拉伯语，第三个男人向我们走来。第二个男人把我交给了第三个男子后，笑着向我告别，说自己还要继续前行。第三个男子年纪比前面两个大，估计四十多岁，个子也比前两个高很多。整体看，其实长得还算是器宇轩昂的。

第三个男子递给我一把薄荷叶，要我用薄荷叶抵挡一下整个皮革染制作坊弥漫着的刺鼻的气味。我接过薄荷叶，但是我并不愿意放在鼻尖来混淆气味。我觉得既然来了，那就好好闻闻这特殊的味道，说不定这辈子，能够闻到这种特殊气味的机会只有这一次。弥足珍贵。

而且，“入鲍鱼之肆，久而不闻其臭”。无妨。

围绕着作坊四周的是一圈低矮的毫无生气的平房。作坊的中间是粗糙的一个连着一个的用水泥隔开的小池。池子有圆形的，有正方形的，也有的不是规则形状。很多池子上面盖着肮脏的毯子，或者是毡子类的纺织物。没有遮盖的小池子里，有的注满黏稠的青灰色的液体，或是稍稍清淡的暗绿色的液体，还有的小池里的液体的颜色是棕黄色。几个小池里，飘荡着全是动物黑色的长毛。

作坊里到处堆放着尚未做脱毛处理的动物皮，不远处成堆的已经脱毛的动物皮堆得像小山。眼前的一切，在已经开始暗淡的日光下沉郁着。在这个皮革染制作坊，我并没有见到在明信片上见到的情景——在阳光下，整齐排列的五颜六色的巨大的大染缸。

整个作坊，大约只有二三十个工人在不声不响地劳作。

一个帅气的青年男子跪在我们经过的地方，他的面前堆满了被青灰色液体沾满的动物皮。右边是没有脱毛的，左边是脱了毛的，前面则是一堆被他扒下来的动物毛。男子穿着红色T恤，厚厚的工装裤，戴着一顶看不出本来颜色的鸭舌帽，浑身上下没有一处是干净的。他熟练地把动物皮扔在面前，三两下就把毛扒下来，整个过程最多几秒钟。

我问他，可不可以给他拍拍照，他不好意思笑着答应了。

这里是摩洛哥传统鞣革作坊，恪守着祖辈们传下来的鞣制方法。例如，用石灰浸泡生皮来除掉毛；鞣制软化，要借助鸟粪中所含的一种酶；染色时，将皮革放入调好染料的大池子中，染好后进行清洗，最后挂起来晾晒。

离男子不远处，有三个男子正跪在那里往动物皮毛上刷黏稠的刺鼻的青灰色的石灰水。带我参观的男人告诉我，先往动物皮毛上涂上这种刺鼻的青灰色的制剂，放置一天，到第二天，才能够轻松地将毛扒下来。三个男人见我走过去，停下说话，都笑着跟我打招呼，同意我给他们拍照，甚至不介意我拍他们的面部。见我拍完，他们三个又嘻嘻哈哈有说有笑地工作起来。

我琢磨并且自己亲自模仿实践之后发现，做以上这两种工作，只有跪着是最省力的，坐着蹲着都不好用劲。

一个穿着白色衬衫的英俊小伙子正在一个装满了暗绿色液体的池子里来回走动，搅动满池的浑浊。他穿着长长的黑色雨靴，黏稠的液体几乎接近他的大腿。他的双手戴着长长的橡胶手套，手撑在水泥池的池壁，身体微倾。我请带路的男人帮我问问小伙子是否可以给他拍照。白衬衫答应了。但是，他立刻转过身去，只要我拍了他的侧面和他的背面。

参观的最后项目，是我被高个儿男子带到了离作坊不远的皮革制品商店。男子说，即使不买什么，还是必须要到这里走一圈。他例行公事，参观的人也是例行公事。商店里摆满了各种各样的皮包，挂满了颜色款式各异的皮衣。这些产品都是当地的设计师设计，当地的工厂加工制作。虽然式样和做工都不是上乘，但是，摸摸那些皮革，是无比的温柔。

我们走出商店，原路返回，往作坊的大门走去。

到了大门口，高个子男人伸手跟我要100个迪拉姆的参观费。我吓了一跳，随即断然拒绝了。虽然之前忘记打听参观皮革染制作坊的价格，但是我很清楚，他给出的价格明显高过了应该的价格。我责怪自己，怎么忘记了商量价格，这应该是在一切开始之前而不是在结束的时候。

男子向我解释说，这100个迪拉姆不是他一个人得，他还要分给那些被我拍照的工人。我望着远处还在恶臭中工作的那些英俊的小伙子们，我不太相信他的说法。

最后，我答应给他50个迪拉姆，合情合理。可是我一翻包，又没有零钱，我又不肯把面额100的交给他去换零。

我说我去前面的小卖部买东西，找了零再给他。高个子男人说：我带你去找小卖部。走了一段路之后，在拐角处的一个小店里，我买了一大盒草莓酸奶。找了零，男人拿到我给他的50个迪拉姆，笑容可掬，很有礼貌地说了“谢谢”，然后离开了。

九、“对一切都发生惊奇”

2012年的冬天，我一个人在印度旅行。

住在瓦拉纳西（VARANASI）时，我几乎每天都要站在恒河边看烧尸体。我看见送尸体的队伍走来，男人女人孩子在哭泣。然后，裹着黄色绸布的尸体，就在离我四五米远的地方，被架在尸体下的柴火慢慢烧成灰烬。我的身边没有人。也有看烧尸的游客，他们站在远而更远的地方。

负责烧尸体的人偶尔走过去，检查一下尸体，或者翻一翻尸体，或者添些柴火。一阵风过来，会把柴灰和尸体的灰烬一块吹过来，扑在我的头上，衣服上。有一天，烧尸人一边烧尸，一边跟我聊天，说正在烧的这个人是得病而死的。他还再次叮嘱我，一定不能拍照，拍照会惊扰亡者的灵魂。

在离焚尸场不远几十米的地方，小孩子们在开心地玩自制的棒球，男人们坐在简陋的卖茶的摊铺边喝茶，女人们在河边洗衣服和床单。洗完衣物，把洗干净的床单衣服摊在地上晾晒。一幕幕生动的、温馨的、寻常的生活场面。

我很好奇眼前的一切。死与生出现在同一个活泼泼的画面里。死亡在这个画面里没有让我感觉到任何的突兀。死亡如此寻常，跟打棒球喝茶洗衣服一样是寻常事情。

好奇，是因为不了解。如果想了解，那就以更近的距离去观察。要想知道人们在恒河边是怎么烧尸体的，那就站在离尸体四五米远的地方或者更近；要想知道皮革染制作坊到底有多臭，那就动用所有的嗅觉细胞去闻一闻。只有这样，才会留有最为细腻与深刻的记忆，才有最后的“哦，原来是这样”的结论。

我在马拉喀什大街小巷东游西荡，映入眼帘的，比比皆是的，都令我倍感好奇。我坐在路边小店，东家长西家短地跟各色各样的人扯闲篇。被人倒手两次去皮革染制作坊拍照片做调查，很多朋友为此担心，惊讶我怎么如此大胆地跟着陌生人走，也不怕被人拐了卖了偷了抢了。他们感到好奇的还有：为什么摩洛哥人做什么都要伸手要钱？那皮革染坊如此肮脏与混乱，这样的作坊能生产出怎样的产品来？

我把这些问题细细地想了想。我想说的是：以我自己的经历看来，一个人在摩洛哥旅行很安全。尤其是在白天。因为三更半夜时我没有在街上游荡，对摩洛哥夜间的治安问题我没有发言权。我只能下结论说白天很安全。没有人敢光天化日之下把外国游客怎么样。在城市的很多地方都有当地警察把守，巡逻。另外，我觉得非常重要的一个经验是，在与人交流时，最好以积极开放的心态，最好抱着相信对方的态度。当你传递给别人的信息是坦诚、美好和信任，那么，一般而言，回报你的，也是坦诚、信任和美好。一般情况下，以心换心是行得通的。

只要你温柔说话，你到哪里都能找到好人。如果你遇到了坏人，继续往前走，直到遇到下一个好人。“If you speak gently, you'll find good people wherever you go. If you find a bad person, just move on to the next person.”真的，道理就是这样简单。

在旅行中，我总是遇见一个又一个的good person，他们善良对待我，给我以帮助。我不知道这是不是和自己的微笑，和自己的开放心态，和自己温柔的说话有关。当然，仅有开放的心态，仅有微笑和温柔

在马拉喀什一个寻常巷子里。

街边坐着四个大爷。白衣大爷正好奇地瞟着我。

的说话是不够的。智慧，观察，随机应变，该出手时就出手，这是独自旅行必须有的素养。不过，我相信良性循环。

摩洛哥的工业水平虽然在非洲名列前茅，但是，很多行业仍旧以初级产品的生产和加工为主。整个国家更多依赖农业、手工业和旅游业，就业机会并不是很多。在古城里，生活用品和消费都相当便宜。当地居民的生活基本上都是靠赚取游客的钱为主。稍稍有家业有实力的当地人开商店，开旅店，开餐馆。指路带路帮忙拿一下行李，算是当地人的随机赚钱的一个途径。他们不会觉得这样做不应该，摩洛哥男人从来不会拒绝任何挣钱的机会。因为，他们有一个大家庭需要自己去养活。

当然，并非所有的人都愿意去挣这份钱。更多人，只有善意的帮助，而不要回报。我在摩洛哥找人问路无数次，到最后真正跟我要钱的，也就两三回。我写的那两三件带路要钱的事，只是个例而已。

参观皮革染制作坊，必须有人带领，不是随随便便想进就进得去的，毕竟，染制作坊也是一个工厂。况且，皮革染制作坊已经成为摩洛哥旅游业的一个经典独特的景观，必须有相应的管理和规定。有人带领、介绍、再收取一定的费用，合情合理。

这个带领参观的人，必须是固定为皮革染制作坊工作的，不是任何人都可以带着游客走进作坊参观。带我参观的男子的胸前，还挂着类似导游证的工作胸牌。所以，在我参观完皮革染制作坊后，付给高个子迪拉姆是必须的。只不过我忘记了和他在参观前商定价格讨价还价。摩洛哥人并不会真正伤害你，他们最多也就是趁你不知道或者不注意，偷偷地多赚你几十迪拉姆而已。而以人民币来算，几十个迪拉姆不过十几或二十几块钱。这些钱，不算太多。

摩洛哥以其精美的手工皮革制作工艺而闻名于世。据说摩洛哥最早的皮革染制开始于18世纪，在马拉喀什和非斯，至今保留着全手工皮革制作的古老传统。鞣制，染色，晾干，裁剪等工序都是由工匠们全部手工完成。在皮革染制作坊里，五颜六色的大染缸整整齐齐排列着，无论春夏秋冬，工匠们都在那里日复一日地向我们展示着他们古老的皮革加工工艺。作坊里没有机械化，到处脏乱，污水四溢，但是，这里呈现的却是几个世纪以来一种古老的工艺。现在，除了马拉喀什和非斯，可能再没有地方能够看到如此原始的皮革加工作坊。所以，如果你有一天去了摩洛哥，一定要参观皮革加工作坊。只不过，但愿那时，它还没有消失。

紧挨着作坊的，就是皮革成品店铺。所有参观完作坊的客人，都会被带到这里参观。在商店没有强买强卖的事发生，静静地欣赏就好。如果能够遇见让自己心动的一款，那是千山万水的缘分，千万不要错过。所有的这些独特美丽的商品，都是在之前那样肮脏与混乱的地方生产出来的。必须要知道的是，摩洛哥的皮革作坊里生产出来的皮革，品质非常高，柔软细腻。款式都是由当地的工艺家自行设计，即使不太时尚流行，倒也粗犷而另类，价格又相对很低。

后来到了非斯，我再次参观了皮革染制作坊。那一次的参观和在马拉喀什的参观有所不同。在马拉喀什是走进作坊零距离参观，而在非斯，我是站在高处俯视整个皮革作坊。从高处看，更能感受无数巨大染缸排列组合的震撼。把两次参观皮革染坊的经历结合起来，才真的算是比较完美的对皮革染制作坊的观察和体验

旅行家兼作家布鲁诺·莫朗迪（Bruno Morandi）说过一句话："那些自主的人，必然喜爱冒险。"我想，自主的人，必然对万事万物充满了好奇，而这无穷无尽的好奇，必然成为他喜爱冒险的原动力。

通常，人们把旅行视为空间的转换。这个看法并不是十分妥当。旅行不单是空间的转换，同时也是时间与过去观念的转变。我站在一个陌生的地方，带着生手的天真与好奇，每天兴奋地看着自己周围陌生的一切，并深深着迷。这是转换的乐趣，这是冒险的乐趣。

旅行，不应该是单纯地走过很多表面上的距离，而是应该有一种深入的以自我方式进行的探究：一个一闪而逝的小插曲，一片风景的片段，或是一句偶然听到的话，可能就是了解及解释整个区域的唯一关键所在，如果缺少那个关键，整个区域可能就会不具有任何意义。

木心说："对一切都发生惊奇。"而人生，是以余味来定输赢的。

十、拍照梅拉区

摩洛哥大约有3000多万人口，其中阿拉伯人约占60%，多数都在平原地区生活。而作为摩洛哥这块土地上最早的主人的柏柏尔人约占35%，主要居住在山地高原地区。

在一些比较大的城市里，还生活着一小部分黑人，少数欧洲人和犹太人。

长期以来，温良的摩洛哥王室对外来的少数民族都奉行宽厚、平等、接纳的政策。生活在摩洛哥的外国人，都享受着受教育和参政等方面的平等待遇，没有人会因为肤色而受到种族歧视。

生活在摩洛哥的犹太人一直过着比较安定的日子，相比当地人而言，他们很富足而安逸。历史上，摩洛哥虽然屡屡遭受外来敌人的入侵，历代的王朝内部也时时战火纷飞，但是，从来没有发生过针对犹太人的不幸事件。由此，犹太人从来就怀着满满的对摩洛哥国王和王室无比深厚的感激之情。时至今日，在摩洛哥各大城市的大多数犹太人依然喜欢聚居在王宫附近，以便受到王室一如既往的庇护。

在马拉喀什旧城麦地那的东边，是犹太区MELLAH，翻译成中文是“梅拉”。在摩洛哥，但凡是犹太人集聚地，都叫作梅拉区，它的标志性区域是用城墙围起来的。在马拉喀什的梅拉区，目前还有200多名犹太人在这里居住和做生意。

公元1558年，撒丁苏丹王，阿部杜拉埃盖里布将犹太人都移到这个安全的地方，以城墙围绕，只留下了两个出入口，一夫当关万夫莫开。如此的体贴关怀如何不令犹太人日后感激涕零。慢慢地，就在梅拉区这一带，出现了不少通晓多国语言的犹太商人。他们经营珠宝，金银首饰，时装，古董，开办银行做银行家……

我到马拉喀什的第二天，到CTM车站买了去索维拉的车票后，直接打车来到梅拉区。出租车司机听说我要去梅拉区，快活地眨着眼睛说：

应该去看看，那里很美很安静。

梅拉区离德吉玛广场并不是很远，但是相对于广场周遭的嘈杂与凌乱，梅拉区的店铺明显精致耐人寻味，街道也明显整洁和静雅。

这里有摩洛哥古老的手工制品，精美的金银首饰，图案色彩阿拉伯风的地毯，各种奇特雅致的小玩意，画廊……安静的小巷子里随处可见高高的绿色植物。行人寥寥，小巷更加幽静，时不时有一段石板铺成的地面，洁净而光滑。著名的马拉喀什博物馆，以及阿里·本·约瑟夫神学院都是在这个区里。

路过店铺，坐在店铺门前的主人，花白的头发，只静静地微微笑，向我点头致意，然后，看着你走过。

在这里，我又开始练摊自拍。

我的三脚架是极端迷你的那种，大约只有20厘米高。如果现场没有可以把相机垫高的物体，我就只能把三脚架放在地上。这样拍照片，只有两种结果：要不就是把自己拍成高大全的威武挺立，要不就是委屈自己缩成一团或蹲或坐渺小得可以忽略。我在几乎无人经过的巷子里忙前忙后，冲着镜头无比深情地微笑。

坐在小店前无所事事的几个男人，看着我一阵忙碌，煞是觉得好玩。有几个走上前来，站在相机那边，看我的相机怎么自动拍照。其中一个跟我开玩笑，装着要抢走我的相机。玩笑之后，他很关切地对我说：相机这样放着很危险，很容易被人抢走，多小心。

那一次在大街上光天化日之下被人怒指日本人后，虽然没有谁知道我姓甚名谁，但我自觉扫了些颜面。后来在大街上拍照片，心里就有了些阴影，有了些余悸，拍照变得有些心虚加鬼祟起来。拍建筑拍风景当然没有问题，一旦涉及街上的人，尤其是女人和老人，这些我心里最想拍的对象时，就只能怯意地躲躲闪闪，伺机下手了。

在阿拉伯国家里，就怕稍不留神越了雷池半步，犯了别人的禁忌。有时候，即使只是想拍一拍路边摆放的典雅的画或者奇怪的木雕，刚举起相机，坐在隔着一条街的商店里的店家幽幽地一句：no photo。我转身一看，一个影子在那边的幽暗里。我只有放下相机，在心底叹息着。

隔着一条街回敬他一个幽怨的眼神，或者一个樟脑丸的秋波。

风景和建筑是凝固的，我可以慢慢审视，选择不同的角度去拍，慢慢的，半个小时或者一个小时都没有关系。可是我更喜欢的是鲜活的人。鲜活的人是流动的，一个动作一个眼神一个步伐稍纵即逝，几秒钟的事。眨眼工夫后，只能望着背影兀自兴叹。

如果想在摩洛哥的大街小巷不错过生动却又短暂的瞬间，必须练就毒辣的眼力，转过街角眼睛一扫，半秒钟之内就必须确定哪个地方哪个人你需要拍下来。

喜欢哪个背景，我就站在对面某个角落守株待兔。一旦有喜人的角色走进镜头，就按动快门，神不知鬼不觉，天知地知我知他（她）不知。如果正走在路上，看见迎面正徐徐靠近的非拍下来不可的某一个，或者路边坐着的必须闪存的某一个，那我就立刻转身往回快走，一边走一边快速调好相机，然后，再转身神情自若地迎面而去。待经过拍照对象之瞬间，以迅雷不及掩耳之势，按下快门。

很多时候，我选择在远处对好焦之后，走到待拍对象跟前进行盲拍。盲拍的照片很多是虚实不明缺胳膊少腿少脑袋的，不过也会因为没有刻意对焦而获得意外的惊喜。盲拍得好的照片，都别致、生动和有趣。后来翻看自己拍的照片，许多非常精彩的瞬间，往往都是盲拍得到的。

如果要拍的人物是静止的，想肆无忌惮地拍下，那就大大方方地站在人家面前。然后，把相机举得高高的，假装我不过是在拍高处的某一个地方。等人家对你手中的相机不再有兴趣时，就立刻将相机下移对准他（她）闪电拍下，闪电关机，闪电走人。也可以把相机高高举起，停在空中，但是把镜头悄悄往下对准目标。拍照一定要动作快，不要拖泥带水犹豫不决，先下手为强。当然，如果被人发现自己偷拍了他，人家不高兴了，那只能够厚着脸皮，看着别人生气的眼睛，真诚地甜甜地微笑，不停地道歉：对不起，对不起啊。还可以装出一副什么都不知道的茫然状，一边摇头，一边迅速消失。

慢慢地，慢慢地，等着地皮踩得有些热度了，脸皮更厚了，就可以大方地用别人无法拒绝的眼光看着对方，带着真诚的微笑，问：你好，我可以拍拍照吗？

一定要补充一句的是：千万不要以为在摩洛哥拍照很险恶，危险系数极高。不是的。摩洛哥人一般很亲切很和善也很热情，很多人会主动拉着你跟他们拍照。以上所讲的自己那些点点滴滴的做法，更多的是因为，我觉得自己是一个贸然的闯入者，不应该肆无忌惮地拍照去惊扰别人，唐突别人。

十一、温柔的夜

离开索维拉返回马拉喀什时，在旅行大巴上，我莫名其妙流下两行清泪。泪还没有干，回到马拉喀什的我已经拖着行李箱在曲折的小巷里左突右奔。

我刚走到德吉玛广场离“法国咖啡”不远的地方，突然，一个高大威猛的黑人女子闪电般地冲到我的面前，一团黑影罩住了我。她老鹰抓小鸡一般抓住我的右手就开始在我的手背上画手纹。我被黑老鹰突如其来的举动惊得大叫起来，想极力挣脱却被黑老鹰抓得牢牢的。黑女人说gift gift（礼物）。我一听是gift，心里立刻一喜，小算盘敲了敲：反正不要钱，那就随她画去吧。

阳光还是那么温情脉脉，我很享受地看着黑老鹰在我手背上畅意地作画，眼花缭乱的交错的线条在我的手背上呈现很奇异的图案。黑老鹰和蔼地问我的名字是什么。然后，她在我的手背的最上面加了一行蚯蚓一般的曲线说：这就是你的名字Wendy。

画完了，黑老鹰撒了一层金粉在我手背上，叮嘱我千万不能马上洗手，五个小时以后才可以洗手。然后，她和蔼可亲地伸手跟我要钱，50个迪拉姆。我再次大叫。我问她，不是说是gift吗？她耸耸壮硕的肩膀，一张大黑脸迎向我，锐利的眼光射向我，和蔼地说，只有最开始的那两笔是gift。

我心里大喊：上当了！得了，开始的那两笔占2%。其余的98%的部分不是gift。最后，我给了黑老鹰20个迪拉姆。

在后来的旅途中，每当有人问起我的名字时，我就把右手缓缓举起，把写着“Wendy”的蚯蚓字给他们看，不用我多讲。

一直以来，文身的习俗寄托着沙漠民族的善良愿望，也是他们崇尚朴素美的一种艺术追求。在过去，文身既是所属部落的标志，也表达他们赎罪的虔诚。还有的只是为了辟邪防身，寄望文身给自己带来好运。

在摩洛哥，文身以女人为主，尤其以柏柏尔女人为主。在摩洛哥的城市里，很多地方，几乎都能够看到摆着地摊给人文身的妇女。我见到的从事这个职业的人多以黑人女人为主。她们采用的颜料多是以黑色、褐色、红色为主，在额头、脸颊、手背和脚上、腿上纹上各种图案。当地女子文身的面积很大，两只手两只脚上，全部是图案非常复杂文身。像我这样有密集综合征的人，估计很难消受这种古老的艺术。

针对游客简单的文身，一般是在手背上，几天后就会消失。

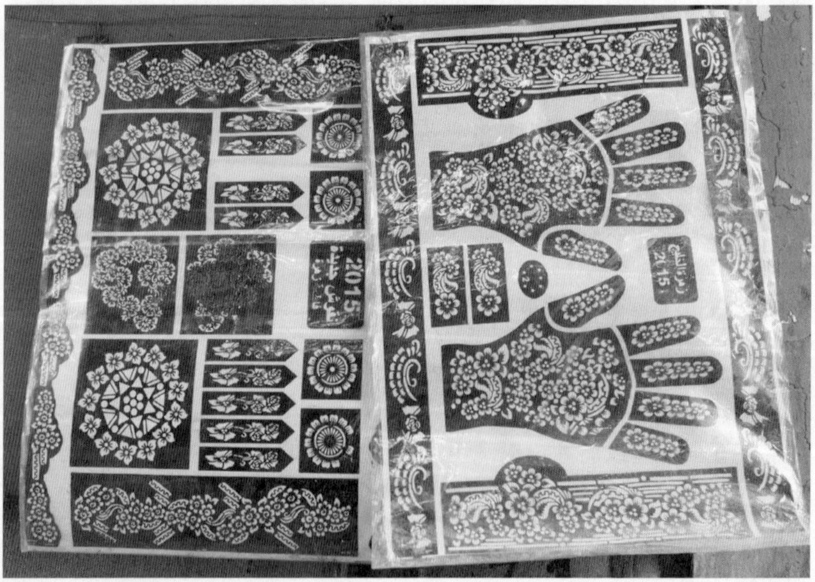

路边的一个文身店铺的招牌。

这一天是我在马拉喀什的最后一天。我必须尽快订好第二天去撒哈拉沙漠的旅程。在国内时，我计划是从马拉喀什坐班车到瓦尔扎扎特（Ouarzazate），再坐班车到梅如卡（Merzouga），再找骆驼进撒哈拉沙漠。

到了马拉喀什一打听才知道，去撒哈拉都是组团去。旅行团从马拉喀什出发，一路穿越阿特拉斯山脉（ATLAS），经过瓦尔扎扎特和德拉山谷（DRAA），最后到达撒哈拉沙漠最西边的村庄梅如卡，再换成骆驼进沙漠。许多著名景点，比如阿伊特·本·哈杜筑垒村等都包括在行程里，还有访问当地柏柏尔人村寨等项目。跟团去，包车，包两天住宿，包早餐和晚餐，包当地导游诸如此类，很安全，很划算。

我在街边找到的那家旅行社，看家的是一个独眼男子。虽然他长得不是很理想，但是态度很理想，给我开出的价格也理想，700个迪拉姆，合人民币不到500元。不到五分钟，我就定下了这家旅行社。

每每遇到付款，我还是比较谨慎。为了保险起见，我没有付给独眼男子全款，只付了订金200个迪拉姆。我要等第二天妥妥地上了车，再付余款。

我请独眼男子用他的当地电话帮我给我预订好的民居主人打电话，让人来接我。在马拉喀什的旧城里，如果想自己找到藏在七拐八拐弯弯曲曲巷子深处的民居，拼了老命都是白搭。放下电话没多久，独眼男人望着前面熙熙攘攘的人群对我说，我估计就是那个女人，你看，她一路在问人。

果然，一个矮小的摩洛哥妇人走到旅行社门口停下，先看了看旅行社招牌，然后把目光投向我，问我是不是Wendy。

独眼男人跟我一起去我住的地方，这样他才知道我具体住在哪里。我们必须约定好，第二天我在什么地方什么时间等待接我的司机。马拉喀什的旧城跟迷宫一样，就怕有一点没有说清楚，最后站错了街口，那就阴差阳错了。到时候耽误上车时间，耽误了去撒哈拉的行程，那才是不得了的事。

独眼男人拖着我的行李箱，我们跟在妇人的身后，依然是左拐右拐，再右拐左拐，再拐来拐去，走在寂静无声息的长长的巷子里。眼看快到巷子的尽头了，我们也终于到了。找到住处后，我又跟独眼男人一起走出巷子，确定好了明天清晨候车的街口和时间，我们就握手道别了。

这栋华丽丽的摩洛哥传统大房子里，只有我一个客人。比利时人杨Yann是大房子的主人，他还在英国旅行。他请那位来接我的摩洛哥妇人接待客人和打理房子。妇人住在一楼，我住在二楼。三楼是平台，可以眺望麦地那远远近近的风景。

整栋房子的布置非常华丽和典雅，到处随意放着精美的各处淘来的摩洛哥古老的工艺品。布艺沙发软软地在墙边，旁边是一个成色很旧木质却极好的书架，放着好多西班牙语、法语还有阿拉伯语书。二楼的采光是自然采光。一仰头没有天花板，是印着鲜艳花纹的玻璃天顶，阳光洒落，抬头就可以看到蓝天。

大房子倒是华丽，就是太冷清了，冷清到我想摇滚爵士重金属京戏川戏秦腔河南梆子苏州评弹一起上，锣鼓喧天。

每到一个住处，我最关心的是卫生间，尤其是浴室里的热水。在冬天，我喜欢在奔流而下的热水中长时间的激情高歌。在冬天里，把自己洗得烫烫的，于我而言，那是人生的一件妙事。

放下行李，我直奔浴室试试洗手池的热水，不错，热水来得很快，水量大，温度足够我激情四溢，很合我意。

我麻溜地脱得精光站在淋浴房里，哗哗哗的温水下来了，我还没有来得及欢悦地喊一嗓子，几秒钟之后，哗哗哗的温水变作了滚烫的热水倾泻直下，烫得我嗷嗷直跳。我拼命地拧冷水管开关，却发现没有冷水。我赶快关掉了热水开关。

立刻，寒风扑了过来，我浑身鸡皮疙瘩。

我裹着浴巾，研究了半天冷水热水的开关，反复试了很多次，最后得出结论：只有热水管里能放出可以褪掉猪毛的滚烫的水，而冷水管，根本一滴水也没有。

我感觉到彻骨的寒冷，裹着浴巾冲下楼去找妇人。妇人不说英文，只能说法语。我叽里呱啦连比带画之后，她好像明白了我的绝望，跟着我上楼来。她打开热水开关，滚烫的水奔流而出。她又去拧旁边的冷水开关，其结果跟我之前遇到的一样——冷水不知道去了哪里。

她在那里忙活了半天，我在这边颤抖了半天。最后，她抱歉地耸耸肩，表示自己也无能为力，示意我到楼下的浴室去洗。

热水哗哗哗地又下来了，这次的温度刚刚好。我欢天喜地地把身上打湿，抹上了沐浴液，正当我满身泡泡踌躇满志酝酿唱一支歌时，热水突然没有了，取而代之的全部是冷水。

我再次在浴室里嗷嗷大叫。正在看电视的妇人闻讯跑过来，我叽里呱啦连比带画告诉她这次没有热水了。她很同情地看了看光着身子蹲在浴室里正在与寒冷做着抗争的我。然后，妇人再次在冷热两个开关之间来回做了一阵子的无用功。

最后，妇人离开了，也没有告诉我去哪里。

我也不知道该怎么办，抱着身子蹲在那里继续颤抖。一边颤抖一边告诉自己要淡定。最后，我淡定了。最多，我对自己说，拼死就洗个彻底的冷水澡。

这时，妇人提了半桶热水过来。她示意我用这小半桶热水赶快把自己洗洗干净早点休息。

我赶紧用这半桶热水兑了些冷水。用温吞吞的水把身上的泡泡冲干净了，热水中的激情高歌我不再奢望了。

我钻进我温暖的睡袋，心爱的抓绒睡袋温情地呵护我。渐渐的，暖意涌上。读了几页书，有些倦意。关上灯，四周寂静，偶尔传来深巷里几声犬吠。房间里有藏香暗暗飘逸。我躺在宽大的木床上，想象着窗外月儿明。

这是我在马拉喀什，最后一个温柔的夜。明天去赴撒哈拉沙漠之约。明天离开后，就不再回来了。

索维拉

一、西蒙的房子

在我去索维拉的时间段，airbnb网站上没有适合我的住处。索维拉的房源不多，价格合理看着欢喜的房间早被人预订了。而余下的，要么是贵得不靠我的谱的豪华海景别墅，要么是价格合理却必须住三天以上的摩洛哥式精美旅店。无奈当中，我选择了住西蒙（Simo）的房子。西蒙的房子里，没有我想要的单人间，都是公共房间，也就是青年旅舍那样的多人间。100元人民币一张床一个夜晚。厕所公共，浴室公共。我只是住上一晚，即使再多的不方便，我想也是可以将就的。

从马拉喀什乘坐汽车，一个小时的车程，就到了索维拉。从汽车站再到旧城麦地那，步行不到半个小时。因为路不熟，我还是招了出租车。几分钟之后，出租车停在西蒙在短信里指定的我进入麦地那的城门口。

旧城门很高很厚，赭黄色，城门两边还各有一门大炮，虎视眈眈。一个推着宝蓝色木质手推车的男子站在城门口，他问我是否需要帮忙送行李。我拒绝了他的帮助。我手里有西蒙的短信指引，麦地那也不会太大，能省一个钱还是省一个的好。

上午十点刚过，下过阵雨的索维拉天空阴沉着，有丝丝的凉意。有些地方的地面有浅浅的积水，映照着并不太明朗的天空。街道两侧排满了颜色鲜艳的店铺，但是都是寥寥落落，开着店铺的，并不是太多。有一家刷着蓝色颜料的店铺紧闭，门口停着一辆还算半新的自行车，门口的挂钩上，挂着一件深蓝色的迷你的吉拉巴，是为几岁的孩子做的，可爱之极。

我一直想入乡随俗带一件吉拉巴上路，可是一路看过来，都没有喜欢的。正好，旁边，有一家经营吉拉巴的店铺。我走进这家店铺，想看看会不会有新的发现。老板向我展示了他认为好看的所有的吉拉巴，但是，用料款式做工都是跟马拉喀什满大街商铺里的差不多，没有一件能让我的眼睛为之一亮的吉拉巴。

按照西蒙短信上的指引，左转右转之后，我走进了更为狭窄的街巷。一眼望去尽是曲曲折折，幽幽暗暗。身两旁是安静的刷白的房屋，一扇接着一扇沉重的有历史纹痕的木质大门。石板铺就的地面并不是很平整，却非常洁净。右手拖着的行李箱在地面滑动时，不停地颠簸着。

我站在一个较大的路口，是想确定是向左走还是向右走。我知道，这里距离西蒙的房子已经近在咫尺了。我没想找人打听，可是我刚站稳，几个正要从我身边走过的年轻人就停住了脚步，热情地走过来，直接问我，你是不是在找西蒙的房子？看他们的样子和装扮，应该不是本地人，也是来索维拉旅行的年轻人。我猜他们也是住在西蒙那里的吧。

我不想麻烦他们，让他们告诉我方向就行了，可是他们非要热情洋溢地把我带到西蒙那里去。我们站在西蒙房子的那扇蓝色的木门前，几个年轻人不容分说噼里啪啦地拍门，拍门声顿时让幽静深邃的小巷更多了一份静谧。

终于，他们把西蒙从美梦里轰起来，胖乎乎的西蒙睡眼惺忪地开了门。几个快活的年轻人和我一同走进院子，站在院子里跟胖西蒙聊了几句话，才笑着跟我挥手道别。

胖西蒙穿着蓝色的外套，戴着一顶深蓝色滑雪帽，睡眼迷蒙。他很抱歉地对我说，昨天夜里玩得很开心，很晚才睡，所以嘛……

胖西蒙在有着湛蓝色窗子的厨房里快速洗漱之后，就开始给我煮薄荷茶。

比较规范的薄荷茶，是用煮好的茶水浸泡新鲜的薄荷叶，然后加大量的糖。简易的薄荷茶，则省去了“煮好的茶水”这个重要的元素，而是直接用开水浸泡薄荷叶加糖，也就是说，不是用茶水泡薄荷叶子。

胖西蒙给我沏的薄荷茶，就是属于后者。

不过，胖西蒙使用的茶壶跟别处不同，是搪瓷的，壶身壶把上有很多釉剥落了，看着有无比沧桑的美。我在摩洛哥用过和看过的茶壶大都是铜壶，搪瓷的，我还就只见过这么一回。矜贵。

院子里，有一棵青春靓丽的高高的大树，大树的枝叶已经伸到了二楼。因为枝叶繁茂，几乎把整个院子的光线都遮盖住了，像是搭了绿色的凉棚。大树下，是一张长长的桌子，铺着蓝红白条纹相间的粗布桌布。桌子旁边，是一把粗犷的木椅子。长桌子是整个小旅店的中心和灵魂所在。每天晚上，所有五湖四海的年轻人的大吃大喝和畅所欲言就是在这进行。进门右手边靠房间的墙边，摆着一排橘红色的布艺沙发，两个长头发的西方男孩子正安静地坐在那里戴着耳机用手机听着音乐。所有的窗户都被刷成明艳的蓝色。靠近厨房的墙角，有一张小木桌，放着铺满了灰尘的电视和音响。无数光碟散落在一旁。墙上挂着几幅有索维拉风情的色彩鲜艳的油画。几个华丽的冲浪板被随意放在转角的楼梯那里。有关冲浪的画片和信息印在彩色的纸上，钉在墙上。胖西蒙走过来问我，要不要去玩玩冲浪。我吓了一跳，他完全忘记了，现在是冬天。

趁着喝茶的空闲，我找胖西蒙要WiFi密码，我要在airbnb网站上预订第二日返回马拉喀什的住处。胖西蒙说，这里没有WiFi。他指着一根挂在树上从天而降的网线说，试试这个，看行不行。

我试了，结果是不行。胖西蒙说，要不你上楼去试试，那里可能有旁边咖啡店的WiFi信号。

胖西蒙帮我把沉重的行李箱搬到二楼我的房间。

整个房间里有五张床。两张床已经有人住。我的床铺在最里面靠近窗边的左边。房间的地上铺着厚厚的阿拉伯风情的红色地毯，床铺很干净。把行李箱塞到床下后，我去找公共浴室、公共卫生间。当然，完全是我曾经住过的青年旅舍那样的浴室和卫生间。浴室和卫生间其实是合二为一的。进门左边是两个卫生间，卫生间对面是两个淋浴房。但是我可以肯定水龙头流出热水的可能性是零。靠近门的右边的墙边有一排水龙头，当然，拧开水管开关，全部是冷水。站在空空荡荡、寒风穿梭的浴室兼洗手间里，我瞬间就打消了满身鸡皮疙瘩大义凛然洗澡洗头的念头。

我站在二楼的走廊上，接收虽然不用密码就可以加入却微弱得可以忽略不计的WiFi信号。只有零点五格的信号让我无法打开任何网页。我决定等会儿出去找个信号强劲的咖啡店再说。

这时，楼下院子里开始热闹起来，昨夜睡得太晚的各路人马，开始起床洗漱喝茶喝咖啡听音乐聊天了。一大群金发碧眼男男女女里，还有一张亚洲面孔——一个从越南来的二十岁左右的男孩。他告诉我，他已经在索维拉停留很长时间了。听胖西蒙介绍我是中国人后，个子矮小的越南男孩子立刻激情地比画了一下中国功夫给我看。

我的眼前晃过一个又瘦又高、披头散发、浑身上下散发着漂泊的艺术家气息的女子。令我叹为观止的是，寒风瑟瑟的大冬天，她穿着一件

走出西蒙的房子，是这样长长的巷子。

夏天穿的白色的轻薄的吊带长裙，还光着一双脚。在我看来，真的是一朵在冬天里灿然绽放的奇葩。

光脚女孩转眼间又飘回了院子里。胖西蒙为我们俩做了相互介绍。然后，我和这个西班牙女孩坐在旅店一个小小的房间里聊天。客厅里除了壁炉里透出的不太明亮的木头燃烧的火光外，没有其他的照明。沙发前放着一张低矮的木质茶几，茶几上放着的一个盘子里，是女孩还没有吃完的蔬菜沙拉。我对她说，你像极了《情迷巴塞罗那》里佩内洛普·克鲁兹饰演的玛丽亚。她听了，高兴得不得了。其实，我更想说的是，你披头散发迷迷蒙蒙的样子跟电影里疯疯癫癫的玛丽亚还真是神似。

西班牙女孩在索维拉快一个月了。她说自己游荡摩洛哥，是为了学习阿拉伯语，学习当地舞蹈。在和她相处的短短的时间里，除了说话的时候，她几乎都是耳朵里塞着耳塞，如同吃了迷幻药般摇头晃脑深度沉浸在音乐的飘摇里。一边听，一边轻轻吟唱，一边手舞足蹈。

我们说着说着，女孩忽然起身飘出了房间，不一会儿，她拿着一个塑料文件袋又飘了回来。她坐在茶几旁翻了半天，从一大堆纸页中翻出一本庞中华练字本递给我看。上面密密麻麻地写了好多汉字，她说这些都是她写的。我惊讶的大嘴巴还没有合上，她又翻出一张纸来，上面印着中文和中文发音对照的《同桌的你》的歌词。

接下来，她生生要我把每句歌词用英文翻译给她，还要把每个句子拆开成词语，逐一翻译，她则拿着铅笔，逐一认真地记录，并跟着我发音。我很有礼貌地接了招。但是，翻译了一段之后，我几近崩溃。比如以我惨淡的英文水平，如何将“多愁善感”准确地翻译成英文。关键是，英语都非我们两人的母语。

我在心里叫苦连天。我在索维拉只有不到一天的时间，时间比金子还宝贵，不能耗在《同桌的你》上啊。我百般无奈地对她说，学习中文最好还是从日常对话开始，掌握一些常用词汇就已经登峰造极，这些高端大气的词语对你不适用。

她终于收起了《同桌的你》。我长长地舒了一口气。可是没有料到，我这口气还没有吐完，她又吓了我一大跳。

她问我知不知道老子，知不知道《道德经》。我说我知道老子，知道他写了一本《道德经》。她说，那你给我讲讲老子的《道德经》。

我终于彻底崩溃了。我说，即使是我这样冰雪聪明无法阻挡的人，活到这把年纪，都还读不懂这本书。

这时，一个高个子瘦削的男孩子走进客厅，我们打过招呼握过手之后我这才知道，原来早晨迎接我的胖西蒙不是真西蒙。这位才是真西蒙。西蒙说，今天是他的生日。我赶紧祝福他长命百岁万寿无疆。西蒙顺手拿起放在沙发上的吉他，拨弄了几个音符，我想起西蒙是喜欢弹吉他的。我说西蒙你弹一曲如何。西蒙说，这吉他音准不够好。不过，他还是轻弹了一曲。

忽明忽暗的火光里，看不清西蒙的面孔，只听见西蒙飘忽的吉他声。

晚上八点过，我吃了晚饭晃回来。门口遇见胖西蒙，他告诉我说，Wendy，今天晚上旅店有大餐，到时候你一定要来参加。我摸了摸我滚圆的肚子，心里幽幽责怪他：好事怎么不早说，不然就可以省下一顿晚餐的钱了。

后来，已经是晚上十点过了，我都还没有看见大餐丝丝的影子，也没有闻到大餐的缕缕气味。

我用冷水刷牙洗脸，化妆水精华素眼霜晚霜一阵扑腾之后，用果汁下了一颗安眠药，妥妥帖帖地钻进了睡袋。

不知道睡了多久，估计不是半夜十二点就是一点，有人把我摇醒，胖西蒙在我耳边悄悄地喊：Wendy，Wendy，快起来，大餐开始了。黑暗里我昏头昏脑地支起身子，朦朦胧胧地看见床头站着胖乎乎的“西蒙”。我对他说，谢谢你，你们大餐吧，高兴哦，我要大睡了。

迷迷糊糊中，我看见房间里一支摇曳的红红的烛火，隐约听见楼下的欢声笑语。

第二天清晨醒来，推开百叶窗，一片金光，我心花怒放。我快速地起床，收拾行李，准备到大西洋边走走再离开。

整栋房子还在呼呼大睡。再一看，那个躺在我斜对面下铺的不知道来自哪个国家的老头已经起来，正坐在床边两眼发直发呆。

洗漱完毕回到房间，老头已经不知去向。等我收拾完毕拖着行李箱准备下楼时，吓我一跳，我赫然发现，老头裹着一张毯子，正木然地坐在二楼拐角的地上，依然两眼发直。我跟他说morning。他自言自语一般，问我：Marrakech（马拉喀什）？我点点头。

我们各自的人生，也许会在一段旅途中有或多或少的交集。遇见谁，错过谁，都是冥冥中的注定。遇到好玩的人，经历好玩的事，是旅行中最令人心动之处。我无法去想象西班牙女孩的人生，无法去想象越南男孩的人生，我也无法去想象我自己的人生。不过，我们曾经天涯海角同在一个屋檐下的感觉，真是奇妙。

直到现在，我还记得，半夜里，胖西蒙凑在我耳边轻轻地呼唤；记得，坐在角落里的那个老头眼睛里淡漠的眼神，和他小小的孤独的身影，记得他那“Marrakch”轻轻的一问。

二、借风之力

索维拉在大西洋的岸边，是古老的商埠和口岸。小城建筑的门窗大多是蓝色，连众多的渔船小艇也被漆成蓝色，于是，索维拉被称作“蓝色之城”。整座城市是伸向大西洋中的岩石结构，三面迎风，又被称作“风之城”。

叫作阿莉兹（Alizee）的强烈海风常常来光顾这个小小的城。借风之力的索维拉，在海风平息的时候，静雅与安宁，静若处子。

去摩洛哥之前，我的法国朋友劳伦特（Laurent）说，Wendy，去了马拉喀什之后，一定要去索维拉，不要错过它，那个在大西洋边小小的城。在索维拉，你能找到等待你的安静，他说。于是，我来到索维拉。

公元前7世纪，腓尼基人（Phoenician）发现了这个地方，取名米格尔多（Migdol），意思是瞭望台。因为一种从当地软体动物与骨螺萃取出来的极具经济价值的紫色染料，索维拉吸引了越来越多的居民来这里定居。

15世纪晚期，葡萄牙人进入城镇，改名为莫加多尔（Mogador），在此建立了贸易和军事哨所。但是，到了1541年，因为贸易转移，港口失宠了，城镇从此没落下去。1765年，为了要复苏港口，苏丹西迪（Sultan Sidi）雇用法国建筑师泰奥多尔·科尔尼（Theodore Cornut）来设计索维拉。泰奥多尔·科尔尼将索维拉的街巷设计成呈方格子棋盘状，并将索维拉建成一个摩洛哥风格与欧洲风格相结合的适合外贸交易的城市。改莫加多尔为索维拉，意思是巧夺天工。

1912年，法国在摩洛哥建立摄政体，将城市名字改回莫加多尔。直到1956年，摩洛哥独立后，才又把城市名称改回索维拉。名字改来改去，我觉得，还是索维拉最动听，有跳跃的音乐感。

几百年间，索维拉先后被葡萄牙、西班牙、荷兰和法国所占领，所以，整个城市建筑保留了各个时期、各个国家的不同风格：法兰西的古城堡，西班牙式的小客栈，葡萄牙式的室内设计……2001年，联合国教育科学暨文化组织把索维拉列入了世界遗迹名单。

如今，索维拉多姿多彩相互交融的不同的文化特色，让这里成了一个小小的艺术之都。在索维拉，常常举办雕塑、绘画展和各种文化节。虽然时光流逝，索维拉的城墙、堡垒、炮台、柱廊，依然在。在旧时的港口，渔夫依然忙碌，出海，归航，过着几个世纪以来几乎不变的生活。

每天的清晨，海边的渔民们会将他们出海打回的海产品送上岸。在港口等待他们的摊贩们立刻就将各种海产品分类摆放好。新鲜的鱼虾、贝类，还有鱿鱼章鱼等。其中最便宜的，就是沙丁鱼。一般而言，几个迪拉姆就能买到一公斤。有很多餐厅饭店的人也会在这个时候来进货。晨雾里，在海浪的拍打声中，是渔夫小贩们的洪亮的吆喝声，欢笑声。

我在摩洛哥的10个地方曾经停留，唯有在索维拉，我只住了一晚。现在，满是遗憾。闭上眼睛，依然真切地感受到那弥漫在索维拉的淡然愁绪。

那一天的傍晚，短暂的淡淡的日落后，乌云满天，海风卷着巨浪扑向岸边。堡垒上，一门接着一门的大炮整齐排列向远处延伸着，暗淡天

通往港口的古老的城门。静静的蓝色木船。

大西洋边，孤独散步的海鸟。

光里，寥落几个人在大西洋边。

我爬上高高的堡垒，把毛线帽子放在湿漉漉的堡垒上，然后，坐在毛线帽上。我的旁边，坐着一个悄无声息凝视远方的男子。海风肆意地翻卷着我的头发。天空与水面似乎只有一线之隔。海鸟在这一线之间尖叫着划过，似乎想挣脱这一种难以名状的重压。

慢慢的旋律在心里漾起，那是菲斯特（Feist）的《借风之力》（Caught a Long Wind）。我喜欢歌曲的间奏有像卡农（Kanon）一般的回旋与往复。一种很彻底很彻骨的荒凉感笼罩着我，笼罩着周遭的一切。

望着眼前苍然无边的大西洋，在心底慢慢悠悠浮上一句话来：人生，好一场提着竹篮子打水的长长的旅程啊。

三、和阿明一起的那个下午

从西蒙房子的蓝色木门走出来，顺着悄无声息小巷子往左走。刚走几步，看见一个很窄的木门，门边精心摆放着许多精致的杜亚木雕，却不见有人在旁边看守。杜亚木属侧柏类，适合在索维拉一带生长。据说这种树木对温度和湿度的要求极高，它的生长和制品保存以年平均气温23摄氏度左右为最适宜。我想了想，我实在没有足够的精力去照看这样矜贵的杜亚木雕，也不想在旅行刚开始的时候就把行李箱塞满。所以，我只是很认真地用目光把木雕一个一个地抚摸了一遍，就离开了。

走了不到五分钟，我来到一个不太规则的小广场前。也就是我在找西蒙的房子时停下脚步，然后遇见那几个热情地为我带路的青年人的地方。这里，也是通向堡垒、炮台的必经之路。广场的周围，有不少小餐厅，和满屋子摆着各种各样古朴典雅的摩洛哥工艺品的商店。每一样泛着旧日光华的艺术品，都让人有带走它的冲动。我站在广场的角落里，刚拍了几张堡垒的照片，从取景器里看过去，有一个高个子的年轻男子朝我走来。他先用日语跟我打招呼，听说我是中国人，他又改用中文说“你好”。

寒暄之后，我认识了他。他叫阿明。我也不知道他的名字是怎么拼写，反正他在告诉我他的名字时，就是发出这个音来。名字好记，非常中国，我就叫他阿明了。后来我总是拖着长长的腔调叫他阿明，还真是好玩。阿明的脸很小，戴着小巧的眼镜，文质彬彬，样子不太像我之前遇见的摩洛哥男子，倒有几分亚洲人的模样。阿明的头发短短的卷卷的，穿一件黑色的紧身防寒服，一条泛白的牛仔裤，一双枣红色的皮鞋。阿明的小餐馆其实是属于堡垒的一部分，就是把厚厚的堡垒往内掏出一个房间来。从阿明的餐馆往前走几步再往右拐，就是通往城堡的路。阿明说，我现在没有什么事做，我陪你走走吧。

沿着一条往上的路走过去，就是堡垒的最高处。一个戴着毛线帽穿着灰色绒衣大红色裤子的男子坐在高处，倚着高大的石壁看着书，前面，就是澎湃的大西洋。男子专心地看着书，他将古堡和大西洋作为读书的背景，真是奢侈之极。

阿明跟马拉喀什帮我拍照的“大眼睛”一样，也喜欢握着我的相机，也喜欢指挥我在这里拍拍在那里拍拍。阿明指挥我站到堡垒中心的小广场拍照，他说他要把我和整个堡垒全部拍下来。照片倒是拍下了整个堡垒，我的身影却小得可以忽略不计。在大炮前拍了几张后，阿明又指挥我爬到炮台的高处去迎风招展。特立独行惯了，我发现偶尔的顺从很好玩，有一种新意，我把这当作一种难得的享受。

阿明总是浅浅淡淡地笑着，很少说话，静静地跟着我，可是眼神里，嘴角边，怎么看，都有一抹淡淡的难掩的忧伤。

我们从城堡下来，阿明请我去他的小餐馆喝咖啡。咖啡杯非常别致，上面印着索维拉城堡的图案。杯口是方形的，杯里是滚烫醇厚的摩洛哥咖啡。我告诉阿明，我急需WiFi，如果再不订房间，说不定明天回到马拉喀什就要流落街头巷尾。阿明想了想，说：我知道一个好地方，我带着你去。

我和阿明穿梭在古老而宁静的索维拉的小巷里，阿明时不时地和路上遇见的朋友轻声地打着招呼。

忽而开始下起小雨来，我的头发转眼就淋湿了。出门前，没有想到把雨伞放到背包里。我看见在街边有一个卖帽子的小店，几十种花色图案的毛线帽子整齐地摆在街边。我左选右选，拿不定主意。最后，我听从了阿明的建议，放弃了那顶蓝色的，买了一顶棕色的绒帽。

我们站在咖啡店的前面，咖啡店屋里屋外几乎坐满了人。那么多人挤在咖啡店搭起的遮雨棚下面却安静得像没有人似的。许多人面前的茶杯和咖啡杯早就空了，但是，他们都还是一动不动地坐在那里，专心地凝视前方，却不知道到底在看什么。雨越来越大。在挤得紧紧的人群里，阿明硬是找了一个地方安顿了我和他。我们跟别人拼了桌子。

我和阿明，一人一壶薄荷茶。阿明抽着烟，几乎不说话，我也不说话。我听着哗哗的大雨声，看着前方不远处的空地，空地上的雨水已经

三块黑板边的小门里，就是阿明的饭店。

四处蔓延开来。我的心忧伤起来：我在索维拉只有短暂的停留时间，这样大的雨，我是根本迈不出脚步的。好端端的时光，就被雨水冲走了。

接了一个电话，阿明轻轻地说：餐馆有事，要回去一会儿。他请我不要离开，他会马上回来。

咖啡店的WiFi信号很好，我很快就选定了杨Yann的房子，并发出了住房申请。不过，我还要进一步等待杨给我的申请确认的回复。如果杨没有回复我，或者拒绝我的申请，我还是会在马拉喀什的街头流落的。

冷得不行，我的手冷得跟冰一样，不由得再次怀念我温暖如春的羽绒服。只有紧紧捧着杯子，再喝一口滚烫的薄荷茶，取淡淡的一些暖意。

雨还是如注，看起来没有停下的意味。路上根本没有行人了。咖啡店里的人有增无减，不过依然安静得如同只有几个人坐在这里似的。

我看了看微信，有朋友提到了我之前看过的视频《西藏生死录》，于是搜索了出来，再看一看。

等阿明回到咖啡馆，雨小了很多。虽然还没有完全停下来，但我已经迫不及待地要去旧渔港。阿明还是轻轻地说：我没有什么事做，我陪你去吧。

阿明跟着我，或者说我跟着阿明，我们沿着大西洋，一路慢慢走。有很多人远远近近地用日语跟我打招呼，也有很多人远远近近地用阿拉伯语和阿明打着招呼。

越是往前走，鱼腥味越是浓烈，海鸟也越来越多。然后是，大块大块的蓝色映入眼帘，太多太多蓝色的船出现在我的眼前。那些蓝色的船斜斜地摆放在那里，颇像一个个工艺品，看似随意却又有匠心地被摆在那里。无数的海鸥在天空盘旋，发出清脆的欢快的叫声，也有很多海鸥停落在矮矮的石墙上。石墙的下面，有两辆破旧不堪的自行车，车身上的漆已经脱落了一大半，大部分地方已经锈掉了。可是，怎么看，怎么都觉得这两辆自行车那么意味深长。

再往前走，是高高的赭黄色的城墙。城墙下面，又是一艘挨着一艘的蓝色小木船。许多木船上，停着白色的海鸥。它们大约已经在小船上做窝为家了。过了城墙的城门，阿明告诉我，这里就是旧海港了。

眼前是来来往往的渔人，忙碌着，表情严肃，极少有人面有笑容。几个男人站成一排，正在悄无声息地清理鱼的内脏，而在他们前面站着的，是等待买收拾好的鱼带走的顾客。

路上，有渔夫将各种各样的新鲜的海产品摆放在地上出售。我问那个一身腥味的渔夫，可不可拍一张照片。他答应了。但是，我的拍照仅仅是指拍他面前的海产品，而不是渔夫本人。来之前我了解到，索维拉的渔夫是不让人拍照的。他们只愿意让你拍他们的渔船或者是他们的出海所获，却拒绝你的相机对准他。因为他们深信一个古老的传说：渔夫如果被人拍了照，会影响日后捕鱼的。

在我们经过的修船厂里，停着许多待修的船，大大小小，都是机械船。隔着铁丝网，可以清晰地看见正在忙碌的工人。在路的右边，往上走大约十个阶梯，有一排蓝色的平房。一扇门紧挨着一扇门。打开后，门里面的空间其实很小。阿明告诉我，这是渔夫们用来存放打鱼工具的地方。

我们再往前走几十步，就面对着没有边际的大西洋了。大西洋还是那样，在风中波涛汹涌。我把双手张开，闭上双眼，幻想自己扶摇直上九万里的轻盈逍遥。

停留了几分钟的时间，我们慢慢返回麦地那去。

刚走进麦地那没有多久，阿明的一个朋友带着一个意大利青年男子迎面走过来。阿明的朋友说这个意大利人缺钱用，需要把手中的一些旧东西卖掉。阿明抱歉地对我说，他必须跟我道别去看看有没有自己需要的东西。我有些如释重负，我太想自己一个人走走，看看了。虽然阿明帮我很多，但是，我还是喜欢独自徜徉，独自散漫。

在我们分开之前，阿明要我答应他，晚上去他的餐馆，他要和我喝一杯啤酒。我答应了。阿明转身离开，我继续向前。

索维拉的麦地那不大，房屋都是很旧的两三层建筑，饱经了沧桑却又看起来风情万种。商贩们在路边贩卖用各种方法腌制的橄榄，卖五颜六色的围巾，卖香料的把装着香料的木方格子在墙角摆得整整齐齐。我在一家卖小食品的商店的玻璃柜里，居然看见了鸟叔的身影。他正在一种摩洛哥产的膨化食品的包装袋上，热情洋溢地跳着骑马舞。我刚想转身离开这里，一只海鸥从我的头上飞过，把鸟屎不偏不倚地拉在我的头发上。

我懊丧不迭地拿出湿巾纸，觉得晦气透顶了。我一边大声地叹气一边擦拭着头发。小店里的小伙计隔着玻璃柜台哈哈哈地笑我。我对他说，在中国，如果一个人的头被鸟屎击中，就要倒大霉了。小伙计听了，停下大笑，赶紧安慰我说：不会的，不会的，这里是摩洛哥，我们摩洛哥没有这个说法。再有，你是被摩洛哥的鸟拉的屎击中的，说不定还走运呢。

我听了喜笑颜开。有道理。好吧，借你吉言吧。

回到西蒙的房子，我放下大背包，休息了一会儿后，又走出来。我必须要找一个有WiFi的地方，查看我预订的马拉喀什的住处的房主杨Yann是否有答复给我，是否通过了我的申请。我准备去阿明的餐厅先吃点东西，算是答谢阿明一个下午的照顾。然后，再去找个茶馆咖啡馆坐坐。

我刚走出小巷口朝阿明的餐馆走去，一个陌生的摩洛哥男子向我走

阿明的眼神里，总是有莫名的淡淡的愁绪。

来，他问我是否找阿明。然后他说，他是阿明的哥哥，阿明出去办事去了。阿明临走时叮嘱他，如果那个中国女子来找他，请一定要告诉她，他会马上回来的。

我对他的哥哥说，我必须要先去找WiFi，顺便吃晚饭。等吃完饭，再回来找阿明。然后，跟他挥挥手，我向前走了。

我在一家装修华美极具欧式风情的小餐馆吃了一顿异常丰富和可口的晚餐。小小的餐馆不过10平方米见方，温温馨馨地弥漫着令人沉醉的酒意。那个中年男子的温文尔雅的服务，更是让人难忘。另外，这里的WiFi信号非常好，我顺利地收到了杨Yann接受我的申请的邮件。喝完薄荷茶，我怀着轻松的一颗心往阿明的小餐馆走去。

夜凉如水。当我走到那个寂寞冷落的小广场，看着阿明的小餐馆虚掩的木门，和从虚掩的木门里透出来的灯光时，也不知道为什么，我改变了走过去的想法。我站在广场的黑暗里，犹豫了几秒钟之后，右转向着西蒙的房子走去。

第二天离开索维拉，我走过铺满阳光的小巷，再次路过阿明的餐馆。这一次，餐馆紧闭，金色的阳光映在木门上。我停下脚步，远远地看着阿明的餐馆，在心里对阿明说：阿明，我不和你告别了。我欠了你一杯啤酒。

四、离开的时候，阳光灿烂

冬季的摩洛哥是雨季。雨随时而来，又随时而去。天空是转眼的阴沉，又转眼的明艳。我和阿明去旧渔港时，阿明告诉我，前两天索维拉的风浪惊人，似乎要撕裂这个城市。人们称索维拉是风之城，不是无缘无故的。

索维拉的麦地那和其他城市的麦地那相同的是，建筑都已经年迈苍老，但是在凝视之中，又能够感觉到这种由于苍老带来的凝重感和厚重感。能感觉到那些斑驳的墙面，裸露的砖块，破损的木门，坏掉的金属把手，倚在墙角里沉重而老旧的脚踏车，静静地讲述的都是和岁月有关但是和你无关的话题。

索维拉的麦地那跟其他城市的麦地那有所不同的就是，索维拉的小巷子简简单单，没有太多的复杂和深邃。索维拉显得异常的寂寞。我几乎听不见什么声音。在几乎没有人走过的小巷子里，仿佛只有风在走过。

在我的记忆里，有一个给我印象很深刻的画面：我和阿明一起在老城里默默地走着，忽然他右拐，走进一个院子里去。他孤独的身影停在院子的中间。他站在那里大约有半分钟，不知道他在想什么。我远远地看着他，忽然恍惚起来，感觉似乎再过一会儿，他就会原地消失不见了。

阿明告诉我，冬天的索维拉是这样寂寞而冷落的。但是，如果夏天来，你看见的是日日的晴空万里，日日的阳光鲜艳，连空气都是欢快的。每一天，都会有很多游人涌入索维拉，那时，他就会非常忙非常忙了。停了停，阿明问：Wendy，你还会再来索维拉吗？

索维拉，有摩洛哥最美的日落。劳伦特在短信里这样描述。在我停留的那一天的黄昏，我坐在高高的堡垒上，看见暗云沉沉下的大西洋天水相接的地方，一颗惨淡的太阳缓缓落下。在短短的时间里。

第二天清晨七点钟，我准时醒来，看见从百叶窗的缝隙里钻进来的阳光。再看睡在靠近门口那张床上的西班牙女子，还在熟睡。我左边的单人床上，躺着一个年轻的西方女子，应该是半夜入住的吧。烛台上的蜡烛早已熄灭，推开房门，看见的是碧蓝如洗的天空。

不到半个小时，我悄无声息地收拾整理好一切，将行李箱挪下楼梯。院子里虽然已经没有了昨夜大餐的痕迹，不过，放在长条桌上空空的啤酒瓶让我能够想象昨夜青春与激情的肆意。我悄无声息掩上西蒙的房子那扇蓝色木门，不做告别，也不必告别。

大箱子滑过还是寂静的小巷，我往城堡而去。一想到海边湛蓝的一片，金色的一片，心跳的速度就极度加快。我看见城堡下有个商店已经开门，两个摩洛哥男子正在整理房间，烧水沏茶。我连忙把行李箱拖过去，请他们帮我把行李箱放在商店里，我去城堡上看看，拍拍照，马上就回来。他们开始时不太愿意，但是我坚持温婉地请求，不达目的决不罢休。最后，他们做了让步，其中一个男子帮我把行李箱放在了商店的里屋。我两步并作三步上了城堡。

大西洋边没有人。西班牙大炮一字排开在金色的朝阳里。碧蓝的天空下，大西洋的波涛如雪般在岸边无声地翻涌。在海边我酝酿了堆积了很多的情感，却不知道想要说什么。大美无言，我印证了这个真理。

后来，走来了一个清扫地面的老人，我请满面慈祥的他帮我拍了一张站在阳光里的照片。再后来又来了两个当地的小女孩，她们欢快地笑着，坐在高高的炮台上，兴奋无比地讲着什么话题。而就在这个位置，昨天坐着的，是那个在肆虐的海风中认真读书的男子。物是人非，却一样的美。

我拖着笨重的行李箱，寂寥地走过一个又一个弯曲的小巷。路上看不见行人。在一个小十字路口，我看见一个茶室，门口摆放着几张铺着格子桌布的小方桌，一个老人坐在那里正安闲地喝茶。

我走进茶室，里面的空间很小，也只有三四张桌子而已。我向柜台里的男子要了一杯薄荷茶。我问他有没有吃的供应，回答是没有。

索维拉。清晨。我一个人的大西洋边。

我坐在狭小的座位上，饥肠辘辘地喝着薄荷茶。一个女子从楼上下来，手里端着一个大盘子。她把大盘子放在我旁边临窗的桌子上，我不经意地转头一看，盘子里赫然有两张新鲜的摩洛哥传统大饼子。我顿时很生气，想起之前那个男人骗我说这里没有吃的供应，这明明白白摆在那儿的不是吃的难道是看的吗？我口水滴答地盯着饼子，告诉女人，我也要买一个这样的饼子。女人吃惊地听我说完后，摇摇头，说不可以，这是他们自己的早餐。

我无话可说了。我使劲咽着风起云涌的口水，直视前方，不再侧头看放在窗边的阳光下的大饼子，更不想看那两个相对而坐的女人，一口大饼子，一口薄荷茶。她们的惬意，对我而言简直就是噩梦。

忽然，我的桌子上多了一个盘子，盘子里有半块大饼子。我侧头一看，一个女人微笑着指指饼子，又指指我。看着我惊喜的样子，女人笑着肯定地点点头，再指指饼子，又指指我。OMG（oh, my god, 天哪），天上果真是掉馅饼下来了。我赶紧还给她比阳光还灿烂的微笑。旋即，我差一点就扑在大饼子上了。埋头三下五除二，我吃完了这半个大饼子。

临走结账，男子只收了我薄荷茶的钱，7个迪拉姆。

顺着城墙，我一路走在阳光里。出了麦地那的城门，我去找SUPRATOURS车站。CTM公司没有返回马拉喀什的早班汽车，最早也是中午12点。于是，我转而买了SUPRATOURS公司的车票。SUPRATOURS车站其实并不远，但是因为我的记忆出了错，我走错了路。等我拖着行李箱气喘吁吁跑到汽车站，已经快到发车的时间了。早知道这样折腾，就不省那几个迪拉姆打的的钱了。我快速买了行李票，交付了行李，上车找到座位坐下。然后，我感到再次袭来的空前的饥饿感。

我摸出一袋香香嘴豆腐干，打开木心的书，打开手机听歌。当听到南方二重唱悠悠唱起《不要问我过得好不好》时，看着车窗外刺眼的阳光，我突然莫名其妙地流下泪来，惹得旁边的那个西方男人不解又有些紧张地看着我。我镇定地两下抹去眼角的泪水，撕开豆腐干的包装，狠狠地吃起来。

撒哈拉之约

一、去往撒哈拉

去撒哈拉沙漠的那天早晨，我和接我的司机约好清早七点在巷口等待。我把房门钥匙放在门口的小桌上，再放了20个迪拉姆作为小费给那个摩洛哥妇人，这是房主杨Yann叮嘱的。

六点五十分，我站在马拉喀什清晨的寒冷里，在昏暗的路口翘首以盼。巧的是，这个路口，正好是第一天到马拉喀什时，被人大骂“日本人”的那个路口。

月亮在高空，天空是墨蓝色，我很少见到如此深沉多情的黎明。几步远一个街边商店的墙角下，一排大约四五个男人坐在那里，全身裹在吉拉巴里，一动不动，大约都是睡着了。我很奇怪，他们是不是就这样坐了一晚上。家在哪里呢?

偶尔有早起的人裹在长长的吉拉巴里从我身边轻轻走过，转过街角不见了。那感觉像极了法国的诗人克劳德·穆沙的一句话：就像深夜走过雪地的猫的印迹。

昏暗的路灯映照下，那飘忽的身影，有一丝鬼魅。

七点过几分，一辆崭新白色小面包车开过来，在离我几米远的地方停下。司机下车，走过来问我：“撒哈拉？三天两夜？”我点头。

等司机帮我把行李搬上车，我上车坐在汽车的第一排。司机开着车继续前进，车里只有我一个人，司机也没有再多说一句话。左拐右拐，右拐左拐之后，司机把车停在一个小岔路口。他走进路边的一个旅店，不一会儿，司机带着金发碧眼的父子俩出来。父子俩上车后，分别跟我友好握手问候，坐在我的后面一排。车继续前进，司机还是没有多余的半句话。到了麦地那的城墙边，车停下，司机下车，没有说一句话，就向远方走去。这时候，天色开始亮起了。

我总是感觉饿。当务之急，是要立刻买面包充饥。我已经饥寒交迫得连打个哈欠都没有力气了。遥遥望见，隔着两条街的路口有人推着车卖面包，趁着司机不见踪影这工夫，我赶紧下车，朝对面街口的面包摊，用尽全身力气撒开腿狂奔过去。

刚烤出来的面包摆在推车上，一个个看起来都喜滋滋的。一个迪拉姆一个大面包，热乎乎软绵绵，嚼起来却是无比劲道，满嘴的小麦香。如果想吃更热的，就请卖面包的人撩起小棉被，从棉被下取面包。

我带着我的面包相当满足地走回来，坐在车里专心致志地狼吞虎咽，佐餐的是昨天吃海鲜时没有喝完的凤梨果汁。来自英国的父子俩正悄悄地交谈。父亲停下来，问我：你的早餐哦？我嘴里包着一大块面包，含含糊糊地“嗯哪”。

“哗”地，司机拉开车门，对父子俩说：你们得去另一辆车，你们的行程是两天一夜的。父子俩起身，友好地跟我握手道别离开了。我继续嚼我的面包。

“哗”地，车门又打开了，司机对我说：下车，你得去另一辆车。原来这并不是带着我去撒哈拉沙漠的车，而只是收集和转运客人的车。司机拖着我的行李箱在前面飞奔，我嚼着面包抱着果汁瓶在后面飞跑。到了另一辆崭新的白色福特面包车前，站定，车门打开着，车上已经坐满了人。司机示意我坐在第一排的侧椅上。我是这个东拼西凑的撒哈拉旅行团的最后上车的那一个。

好了，在清晨无邪的阳光里，汽车启动往撒哈拉沙漠。我拿出手机看出发的时间：八点三十分。

汽车启动的一瞬间，我还是不由得想起三毛来。

虽然，我要去的撒哈拉沙漠是在摩洛哥东南部和阿尔及利亚交界处的撒哈拉沙漠，而不是三毛曾经定居的西撒哈拉沙漠。可是，撒哈拉沙漠的情结，确确实实来自三毛，也来自《小王子》这本书。我长久以来的梦想就是，把和沙漠的第一次约见，留给撒哈拉沙漠。

跟我坐一排的，是两个来自秘鲁的小伙儿，他们的后面坐着的是他们的两个伙伴。车里还有三个西班牙小伙儿，一个德国小伙儿，一对西班牙夫妇。一对意大利夫妇坐在司机旁边的副驾驶室，他们好像是司机的朋友，一路聊天，连吃饭他们都在一起。两个韩国小伙儿一前一后坐在车子右边的单独座位上，两个在挪威做交换生的中国学生和那对西班牙夫妇一起，坐在最后一排。我有时悄悄地和旁边的秘鲁小伙儿说几句话，更多的时候，我的眼睛直勾勾地看着窗外的风景。贪婪。我心下雪亮，这一次走过，就不会再来。

摩洛哥，拥有长达1835公里的海岸线，长达2017公里的陆地国界。北部有海拔2700米的富利山脉（EI FURI MTS）和里夫山脉（RIF），中部和中北部则是由南至北的陡峭的阿特拉斯山脉群。这一带，是肥沃的高原盆地，海拔4165米的图卜加勒山（le Jbel Toubkal）就在这里。东部和东南部，是由阿尔及利亚延伸过来的撒哈拉沙漠。而因为斜贯全境的阿特拉斯山脉阻挡了南部撒哈拉沙漠的热浪，摩洛哥常年气候宜人，花木繁茂。说摩洛哥是神的领土，不是没有道理的。

阿特拉斯山脉将摩洛哥分成地中海南岸和近撒哈拉半沙漠两个部分。阿特拉斯山脉由三个部分组成：非斯（Fes）—塔扎线（Taza），自东北向西南延伸的是中阿特拉斯山；中部是大阿特拉斯山，从西南方向的大西洋岸边向东北延伸；从阿加迪尔（Agadir）—瓦尔扎扎特（Ouarzazate）—拉希迪那（Er Rachidia）以南，是小阿特拉斯山。我们要去往撒哈拉沙漠，就必须要穿行在大阿特拉斯山。

关于阿特拉斯山脉的故事很多，其中有一个是这样的：在古希腊神话中，阿特拉斯是泰坦神族（Titans）的一员。因为带领泰坦神族攻打奥林匹亚神族（Olympia）失败，而被奥林匹亚神族惩罚将天空扛在肩上。日复一日的肩负天空的任务，让阿特拉斯感到乏味和疲惫。直到有一天，希腊神话中的最伟大的英雄海格力斯（Heracles）来到世界最西的国度寻找阿特拉斯，希望他能协助取得海丝佩拉蒂（Hesperides）花园中的三颗金苹果。阿特拉斯极度地渴望能够卸下肩

看似浑然天成的艺术之作。

看见雪山，总是让我心里陡然升起久违的情愫来。

上的重负得到自由，也深知海格力斯是唯一和他一样拥有肩负天空能力的人，所以他毅然答应了海格力斯的请求，并请海格力斯暂时帮他肩负扛起天空的使命。阿特拉斯果然如期帮海格力斯取得了神圣花园中的三颗金苹果，但是刚刚享受到卸下重担的阿特拉斯不甘心自由如此短暂。于是，他跟海格力斯展开了一场“输的，便扛天空”的斗智较量。无奈阿特拉斯输掉了较量，又扛起了天空。接下来，又是一场漫长的等待。直到宙斯（Zeus）之子帕修斯（Peseus）取下魔女美杜莎（Medusa）的头颅要献给雅典娜（Athena）时，途径阿特拉斯扛起天空的地方，阿特拉斯忍受不了长久肩负天空的孤独与沉重，请帕修斯让他看看美杜莎的双眼。于是，阿特拉斯化作一座高山，就是现在的阿特拉斯山脉。

车从马拉喀什开出去没有多久，我们就穿行在大阿特拉斯山。车一直盘旋而上，远处的雪山连绵起伏，越来越清晰。转眼间，晶莹剔透的雪山来到我们的眼前，近在咫尺。曾经一度，我们完全行驶在雪地上，两边全是积雪，皑皑一片。我竟然恍惚起来，以为是到了西藏了。面对雪山，就是面对圣洁，我一直把这种面对看成是灵魂的洗礼。

从2007年到2010年的这四年里，我独自四次进藏。 2007年和2008年的夏天，坐着班车晃晃悠悠走川藏线、滇藏线。2009年搭送新车进藏的越野车走青藏线。2010年搭乘从新疆叶城到西藏狮泉河运蔬菜的大货车走新藏线。

刻骨铭心的新藏线。我和三个男人凌晨两点从叶城出发。四天三夜，我们四个人窝在驾驶室里。每天我们四人分为两组，上半夜下半夜轮流挤在驾驶员的小床上休息。那天半夜里，货车停在海拔五千多米的死人谷。前面的道路在施工，所有车辆禁止通行。我头痛欲裂，心跳几近一百三。浑身冰凉，我裹着脏毛毯坐在副驾驶室，望着漫天的星星，泪水长流。我悲凉地问自己：我为什么要坐在这里。我为什么会坐在这里？

唯有那一路上连绵不断的雪山为伴。雪山也成了自己孤独的旅途中极大的慰藉。

最早对雪山的眷恋，是从去岷山的雪宝顶徒步开始，再以后，去贡嘎山，去年宝玉则，去梅里雪山，去慕士塔格峰，去雨崩，去珠峰大本营，走阿里大北线，去冈仁波齐转山……我曾经遇见过多少知名或者不知名的雪山，已经难以计数。雪山，已经尘封在我的记忆之中。念兹在兹，全是晶莹一片。

而当绵延不断的非洲的雪山突然出现在我的眼前时，我竟没有丝毫的心理准备，它带给我的惊喜和谦卑之感，跟西藏的雪山带给我的感觉是同样的神圣。我的心依然是一如既往狂跳不已，奔涌着对雪山的激情澎湃。在非洲看见雪山，是多么令人空前惊喜的事情。空气清冽，呼吸一口，畅快无比。虽然寒冷，却因为阳光的无比慷慨，让我感觉到不一样的温暖。

司机长年累月在这条路上奔波，做司机兼导游，熟悉路况就跟熟悉自己的手掌一样。沿途，在他认为漂亮的地方，他会停下车，让我们拍照休息，也让大家彼此之间联络感情相互交流。

我就是这样认识了两个韩国男孩子，认识了在挪威做交换生的小夫妻俩。之前我把高个子的韩国小伙儿当成日本人，他长得实在不像韩国人。在我的印象之中，韩国人是很闹的，看见什么都会大呼小叫，日本人是很安静的。而这两个韩国男孩子的性情，实在是太不像韩国人，太安静，而太像日本人了。

我和俊杰、邵蓉在路边用英文交流了好一阵子。我们都把彼此当成外国人，他们以为我是日本人，我以为他们是韩国人。我们用英语东拉西扯聊各自的旅行计划。绕了好大一个圈子之后，我们才想起确认彼此是来自哪里。“哎呀”一声之后，恍然大悟之后，我们大笑，闹了半天……俊杰说：嗨，早知道都是中国人还说什么英语，这费劲。

二、阿伊特·本·哈杜筑垒村

我们在阿特拉斯山脉穿行，一路听着司机很有分寸地耍贫嘴，一路欢声笑语。我们马不停蹄，我们要去找阿拉伯的劳伦斯。天空蓝得触目惊心，不久，远远望见天空下的土黄色的阿伊特·本·哈杜筑垒村，如一抹隐约的静静的苍凉在天地之间。从马拉喀什出发，往南大约七十公里的路程，就到达阿伊特·本·哈杜筑垒村。

车刚停在路边，一个穿着蓝色吉拉巴的高个子男子向我们走来，司机和他用阿拉伯语简单地交流后，我们就被移交给了这位当地导游的手里。司机开车到前面等我们，我们跟随着这个貌似阿拉伯劳伦斯打扮的当地导游往城寨而去。

AIT BEN HADDOU城寨，被翻译为阿伊特·本·哈杜筑垒村，是距离瓦尔扎扎特32公里处的一个奇异的地方。在整个阿特拉斯山脉地区，阿伊特·本·哈杜筑垒村是最具有异国情调，并且保存得最为完善的城寨。联合国教科文组织对城寨进行了专门的保护。从很早开始，这里就成了许多电影的拍摄地。比如《阿拉伯的劳伦斯》《神鬼战士》等。整座筑垒群建于山坡上，山脚下有条河，叫做瓦尔扎扎特河。河面不宽，水也很浅。河床上铺着细沙卵石，踩上去很是舒服。十几个装着沙土的袋子放在河上，算是一座桥。一个大约七八岁的当地小男孩站在那里，我们经过时，他怯怯地伸手想来牵我们的手送我们过河。我不知道这一牵手是不是也要给钱，就跟小男孩笑着摆摆手。倒真不是怕给钱，实际情况是，走过那座土袋子做成的踏踏实实的桥，诚心想摔下河去也难。而且，即使摔下去了，河水连脚背都不会没过。

所谓的卡萨（Ksar），叫做城寨，是指用红土夯筑的建筑群，顺着山势依次而建，层层叠叠，所有的建筑形成一个整体，其规模相当可观。筑垒群的外围，有着一道蜿蜒而坚固的城墙，高大，巍巍耸立。城墙外还有环城的沟壑，使城寨多了一道屏障保护。城墙上建有瞭望塔和多处垛口。垛口很小，非常隐蔽。

阿伊特·本·哈杜筑垒村建于800多年前，是当地柏柏尔人用来抵抗阿拉伯人入侵的堡垒。城墙内有指挥所、士兵营房和老百姓的住宅，还有昔日的马厩、粮草房和弹药房。这个卡萨，是摩洛哥保存最完整的卡萨，一景一物，凝聚的是柏柏尔族人民打垒建筑的高超工艺。

面对阿伊特·本·哈杜筑垒村，会自然而然想起四川羌寨的碉楼群。不过，无论从远处看城寨，还是走进城寨看内部的结构，四川羌寨的碉楼无疑显得更加坚固，内部的构造更完备和复杂。

一群养眼的金发美女帅哥在前面三三两两，我还是一个人有意无意地落在最后。走在最后，为的是有一些不被打扰的自由自在。

我有过不少到了国外再跟当地团的经历。在独自的旅行中，偶尔插入一个短时间的随团旅行，我不拒绝，我很喜欢。突然之间，十几个人就同舟共济了。天远地远，大家来赴百年修得同船渡之约。彼此分享美好，彼此珍藏怀念。很快的，大家又各自散去，各奔东西，天南地北，永远不再见。瞬间迸发的情感是一种令人眩晕的记忆。而我常常眩晕。

在团队当中，更多的时候是大家统一行动，绝不能我行我素。但如果能够见缝插针，偶尔片刻拾到一个自我的空间和一段自我的时间就显得弥足珍贵。对于我而言，一个人静静地走在800多年前的狭窄的

坐在阳光下，画家悠闲地用瓦斯炉烤画。

街巷，去想象柏柏尔武士发射的火枪响声，阿拉伯远征军战马的阵阵嘶鸣，是一件非常浪漫的事情。曾经的惨烈残酷的斗争之后，如今在这里看见的，是柏柏尔人和阿拉伯人的融合。一切，都尘埃落定。

整个城寨，前前后后似乎就只有我们这十几个人的身影。黄褐色的城寨，在异常湛蓝的天空下，寂静无声，有一种莫名的荒凉感。城寨里有不少摩洛哥风情的小店，很多店铺打开着门，却不见主人行踪。看到最多的是猫，感觉看到的猫比人还多。流浪的猫虽然居无定所，一个个却很神奇地长得神采奕奕。它们几乎都是静止在一个角落，默默地打量着周遭的一切，目光相当沉静。

虽然我一再告诫自己不要散漫不要影响整个团队，可是，看见怡人之处总是会忍不住停下来，拍照，或者驻足凝视。等我再举步前行，四下打望，发现大部队转眼就没有踪影了。我几次站在岔路口，仔细思考大部队可能的走向。而每当这样的小忐忑出现的时候，前方总是会及时闪现一个身影，有人退回到我的视线之内，在远处大喊一声：Wendy！这个救星必是三个西班牙小哥儿中的其中之一。他们怕我和大家走散，常常会在拐弯处留下一个人等着我。

跟当地团旅行，一般时间不长，一天，两天，最多三天，如此短暂的时间不会影响自己的独断专行，却常常会让我结识很多朋友，更重要的是省下很多的钱。从马拉喀什去撒哈拉沙漠，99%的游客选择跟团，一般选择三天两夜的行程。费用包括汽车、司机、当地导游、沿途所有的景点、两天的住宿（一天住宾馆，一天住撒哈拉沙漠帐篷）、骆驼、每天的早餐和晚餐。如果一个人前往撒哈拉沙漠，安全问题先不说，一定会花很多钱，而且游览不见得全面。

小小旅行团是一支由来自五湖四海的人组成的大杂烩团队，大家来自不同的国家和地区，拥有不同的文化和人生经历，交流的话题活泼而新鲜。良好的教育以及宽松自由的生存环境，让同行者的举手投足之间，折射出温文尔雅和善解人意。

来自秘鲁的男孩们不是很爱说话，但是看起来很爱买东西。我刚转过弯，就看见他们围在一个挂着五颜六色的长围巾的小店前。走近了看仔细，原来是一个包着蓝色头巾的店主正在用蓝色的长围巾给其中一个秘鲁男孩包头。店主一边叽里呱啦说着什么，一边用长围巾熟练地缠来缠去。几分钟之后，秘鲁男孩变成了一个站在阳光下的劳伦斯。大家赞叹不已。店主极力想说服秘鲁男孩买下围巾，秘鲁男孩则极力想压低围巾价格。店主要100个迪拉姆，男孩只给20个迪拉姆。最后，生意不成，不过，大家笑脸还是在。

我和秘鲁的男孩们一同往高处走。十多米远的一个小斜坡上，我们看见一个小房子的侧面。小房子的小窗户打开着，小窗子下的土墙上挂着几幅画。走到斜坡上，看见阳光下，一个赤着脚穿着凉鞋，身上却穿着厚厚毛衣的男子坐在门口，正在用瓦斯炉悠闲地烘烤着手中的水粉画。他旁边的椅子上，还放着许多已经烘烤好和准备烘烤的画。他身后的门内，是他的小小的画室。

画室外的土墙上，挂了些色彩鲜明的画。画面内容都不是很复杂，画工也不是很精致细腻，但是每一张画都极具因为民族性带来的生动和独特。走进他的画室，最吸引我的是那扇透进宁静阳光的小窗户。自然的光线由窗户倾泻而入，我痴迷这种瞬间感觉时光停滞的状态，站在那里很是恍惚了一阵。整个房间空荡荡的，满墙都是画家的画，大幅的，小幅的。还有一面墙是直接用画笔在上面涂抹，俨然印象派风格的画面。靠近窗户边有一个木架子，上面堆放着作画的颜料，五颜六色的油画颜料在阳光下凌乱着，看着就像一幅画。

在悬挂的众多小幅画当中，我看见了一双蓝色的忧郁的眼睛——白色的纸页上，一个被蓝色头巾紧紧裹住、只露出一双忧郁眼睛的阿拉伯男子。我买下那幅画，30个迪拉姆。

我拿着我的劳伦斯，秘鲁小哥儿们拿着他们买的画，一起往城寨的高处走去。越是往高处走，所感觉的苍茫寥廓越是激烈。四周的荒凉连天，黄色的起伏连绵在蓝色的笼罩下。我站在阿伊特本哈杜最高处的一角，望见了远处隐隐约约的雪山。这是最让我迷恋的情景：午后的风静寂地掠过，天地之间是一望无际的空旷。环绕着阿伊特本哈杜的是铺天盖地的荒凉，整个阿伊特本哈杜沉浸在无边的沉寂之中。站在最高处，我也是荒凉的组成部分。天地玄黄里，自己如尘埃，随时随风而逝。前无古人后无来者，鼻涕眼泪准备一起下的感觉非常强烈。

我在哪里？

三、路过瓦尔扎扎特

阿伊特·本·哈杜筑垒村，是属于瓦尔扎扎特。OUARZAZATE，瓦尔扎扎特，也被翻译成欧萨萨特，估计还有很多种译名。OUARZAZATE是一个怪异的名字，发音像童话里某个巫师的名字。OUARZAZATE这个名字来自古柏柏尔语，意思是“没有丑闻”的地方。它位于阿特拉斯（ATLAS）、德拉（DRAA）与达德山脚（DADES）的交汇点。在历史上乃至现在都有着非常重要的战略位置。这里的一切似乎由赭红色主宰：沙砾是红色的，卵石是红色的。到处安安静静，没有络绎不绝的人流，没有光怪陆离的时尚，在这样的环境之中，的确很难有丑闻。

直到20世纪30年代，瓦尔扎扎特才由法国人将其建立为行政中心与驻防要塞。而现在，瓦尔扎扎特成为一个风水宝地，有极其丰富的旅游资源，几乎所有到摩洛哥的人，都要到这里停留。其原因是，瓦尔扎扎特一直被人们视为沙漠的入口。以瓦尔扎扎特为中心，越野车旅行、骑骆驼、健行等，都是吸引游客的亮点。

于是，现在，瓦尔扎扎特成为摩洛哥旅游局大量投资的地方。瓦尔扎扎特还是摩洛哥的电影中心，有许多制作成品上映。国王穆罕默德六世很喜欢电影，积极向世界推销摩洛哥南部作为拍摄电影的地点。《遮蔽的天空》《神鬼战士》《神鬼传奇I &II》《基督的最后诱惑》《撒哈拉，王者天下》等片子，都是在瓦尔扎扎特进行拍摄的。这里搭建了许多国家许多地区的场景，甚至还搭建了西藏的寺庙。为了得到远古洪荒年代和若干个世纪前的场景，来自世界各国的艺术家们常常不远万里来到这里取景。

从阿伊特·本·哈杜筑垒村出来，我们来到餐厅吃午饭。行程当中，只有早餐和晚餐是包含在全部费用里，午餐要自己付费。在进入饭店之前，我们分别和当地导游合影道别，感谢他的照顾和帮助。轮到和我合影的时候，导游笑着大叫说自己太高（大约一米八），和瘦小的我站着照不好看，落差太大，就扎马步跟我差不多一般高地拍了一张。

我们全部人马坐在餐厅二楼露天的平台上，头顶是巨大而深沉的蓝天，远处是辽阔而沉静的旷野。中午的阳光异常炽热。除了我们几个亚洲人，那些来自欧洲南美洲的小哥儿们个个都脱得只穿一件T恤，更有一个秘鲁小哥儿，索性穿短袖了。

各自点餐之后，各自点喝的。无比心旷神怡的我，忘记了伊斯兰国家的禁忌——公共场所不能喝酒。异想天开地想来一小瓶摩洛哥啤酒配我的库斯库斯（cous cous）。服务员说，没有啤酒，只有矿泉水、可乐、雪碧供应。好吧，那就矿泉水吧。

库斯库斯的分量巨大，埋在蔬菜堆里的那一大坨鸡肉让我无计可施。我试着跟旁边的高个儿韩国小哥儿商量，请他帮我吃掉鸡肉，我自己奋力把蔬菜吃完。后来我总结出，以我的胃口，根本吃不下主食，我吃白送的蔬菜沙拉、白送的面包、白送的水果、喝白送的矿泉水，就能够吃得喜上眉梢了。可是，话说回来，不点主食，哪里来的白送呢？这就很纠结了。

离开餐厅的时候，我又忘记我老爸"起身三看座"的谆谆教导，把我在阿伊特·本·哈杜筑垒村买的"蓝色忧郁"的水粉画遗忘在餐厅的座位上了。还好，最后离开的秘鲁一小哥儿一路追着喊着给我送了过来。

因为行程的安排，也因为时间关系，我们在瓦尔扎扎特只做了短短的停留。吃过饭，我们继续往前。路过瓦尔扎扎特电影厂，司机问我们要不要参观著名的电影厂。我跳起来积极响应要去，可车厢里其他人全部是沉默。司机只好对我耸耸肩，做了个怪相。我只有看着在图片上见过的电影厂从我眼前一闪而过。

我们的车停在瓦尔扎扎特博物馆前面。博物馆前面是一个很宽的平台，有长长的台阶下到不远处的大街上。而穿过大街，是很大面积的如同阿伊特·本·哈杜筑垒村那样的建筑群落。司机说这里只停20分钟，让我们不要走远。

台阶上，已经稀稀落落坐了些人，有穿着吉拉巴的当地人，以及花花绿绿穿着的游客。数了数，加上我们有二三十个人。零零落落的游人坐在斜斜的日光里，西班牙三个小哥儿以及跟他们一起来旅行的德国小哥儿，索性就躺在干干净净的地上，完全放松开来。想着只有20分钟的停留，我不敢走远。在博物馆前面去拍了些照片，和那只蹲在大门口的优雅寂寞如没落贵族的白猫说了说话，再转回到台阶那里。20分钟过去了，不见司机的踪影，丝毫没有要出发的迹象。我再次坐在台阶上晒太阳，和俊杰、邵蓉说说话。后来，我和德国小哥儿及三个西班牙小哥儿走过宽阔无比的大街到广场对面去逛了逛，在那些寂寞无人的巷子里走了走，便匆匆返回到我们的汽车旁。

我们到达夜宿的旅店时快七点钟了，天色已经完全暗了下来。旅店已经是处在沙漠的环境里了，昼夜温差大，寒意沁人。旅店在两座山之间的峡谷里，周围没有更多的建筑，显得分外孤独。旅店大厅很大，光

西班牙小哥儿帮我拍照。结果成了我和他的影子的合影。

线很暗淡，大家忙着填入住的个人资料，等着领房门钥匙。我一个人，我不着急，等着大家都领完了钥匙，才递上去我的资料。我的房间在一楼，一张双人床、一个床头柜、一个瓦斯取暖器，一个木架子上放着两床毛毯。摩洛哥人睡觉都是用毛毯御寒，不是用棉被。

七点半吃晚饭，趁着有一点点时间，我快速地洗澡洗头换衣服。令我惊讶的是，如此简陋的沙漠旅店，热水居然如此丰盛。我终于洗了一个完整舒适畅快淋漓的热水澡。

去餐厅吃晚饭。餐厅里，已有不止两个团队的客人在用餐。昏暗的灯光里，我四处找我的小伙伴。忽听那边墙角有人喊Wendy！Wendy！西班牙小哥儿他们都已经喝完摩洛哥菜汤了。

不一会儿，我的其他伙伴们都陆续来到餐厅，我们聚在餐厅左边的餐桌前。欢声笑语加上滚烫浓烈的摩洛哥菜汤把所有的寒冷都赶走了。新鲜的面包、好吃的摩洛哥蔬菜沙拉、管吃饱吃好的库斯库斯，对我来说，一切太完美了。

库斯库斯，其实是Semoule，一种粗粒的小麦粉，它的口感有点像沥干汤汁的小米粥。不过，库斯库斯还要淋上炖煮入味的汤汁，加入鸡肉或者牛肉，以及许多种蔬菜。吃库斯库斯和吃塔津一样，都能吃到食物原来的味道。我身边的西班牙小哥儿手持自拍杆，用相机拍下我们的合影，大家对着镜头喊着cheese。再来，再来！再来一张。大家喊。

一场生动的旅途，离不开身边这些可爱可亲的朋友。即便是转眼各自天涯，曾经的一场就是永远的怀念了。

回到房间里。我用香皂洗干净了袜子，把袜子搭在床头柜边。然后，把瓦斯取暖器拖到离床头柜大约十五厘米的地方。这样一夜的烘烤，到了第二天早晨，就可以穿上干干的暖暖的袜子了。瓦斯取暖器散发出来的热量并不足以让房间温暖，但是，这是我在摩洛哥旅行时，第一次见到屋内有货真价实的取暖器。看着它泛出的幽幽的蓝色的光，心底是满满的暖意融融。真是欢喜得很。

把睡袋铺好，把木架上的两床毛毯抱了过来，小心地搭在睡袋上。环顾屋内，一切都简单，一切都妥当。关掉电灯，躺在睡袋里。四周安静，我可以清晰地听见自己平静而缓慢的呼吸。当一颗心安静下来，就是在天堂了。

四、真实地存在着

清晨。山谷里的七点。我站在旅店外等待集合。四面轻雾弥漫，一个套着灰色吉拉巴的高个子男人从我身边飘然走过，像一个梦的逝去。转眼间，朝阳的灿烂光辉从天空轰然倾泻直下，一地金光。晨光里，我们一车子幸福的小伙伴往撒哈拉沙漠奔驰。

早晨上车时，我意外地发现第一排临窗的位置居然空着，秘鲁两小哥儿俩坐到第二排去了。其他的位置上都已经坐满了小伙伴。于是，我只好乐不可支“勉为其难”地坐在了这个好得不能再好的位置上。我按捺不住狂喜在心里高兴地哼起了小曲。西班牙小哥儿之一和德国小哥儿最后上车，他们坐在我旁边——全车剩下的最后两个位置。我身边这个身穿黑色North Face外套，三个西班牙小哥儿中最具艺术气质的小哥儿是整个旅行团里，除开俊杰和邵蓉以外，跟我讲话最多的一个。德国小哥儿坐在我最初坐的位置上。

这个长得清秀的西班牙小哥儿明显小我很多，可是每次一见我，总是用和蔼可亲的语气老气横秋地来一句：Hi，Wendy，how——are——you？每当我落在队伍后面东瞧西看，眼看要与队伍失联时，往往会是他在拐弯处等着我，大喊：Wendy，快点，快点啊！黑衣小哥儿上车一坐定，马上系上安全带。结果把我也传染了，只要落座，也第一时间把自己绑在座位上。黑衣小哥儿但凡轻微一咳嗽，立刻把头埋在外套里。细节处都是教养在。趁我犯困时，这小哥儿手持自拍杆偷拍我打瞌睡的样子。他把照片拿给我看，然后，就听他呵呵呵地在一旁坏笑。

依然是山路弯弯，阳光将眼前的壮丽风光都染成流光溢彩。怎样陌生而令人心动的荒凉层层叠叠铺展在我的眼前。雪山已经在远远地方成为白色的一条起伏的线条。近处是连绵起伏的没有太多植被的高山嶙峋。阳光打在光秃秃的山上，发出耀眼的光。也会有一小片树林伴着寂寞的山体，树干的枝丫细细密密地伸向天空，静默不语。我们会在风景壮丽的地方停下，大家哗啦啦地下车，拍照，远眺，抒怀，嬉笑。在光影之间，遥遥望见小小的村落。

当车子启动，我更多听音乐，没有任何意识地看着窗外飞逝而过的缥缈的大地，温柔起伏的山峦，在落尽绿叶之后苍凉的枯木林……一切转眼都在身后，时间之后。

在一个村落的路口，车停下来。一个年轻的柏柏尔男子向我们微笑着走来。我们知道，他要接我们去一个古老的村庄参观柏柏尔家庭手工地毯纺织作坊。在进入村庄之前，年轻的男子叮嘱我们，请不要对着村庄里的女人拍照。虽然村子里常有游客进入，但是当地人尤其是女人还是不愿意随便被人拍照。

导游带着我们穿行在恬静的摩洛哥乡村。远远的青翠的山脉、清澈的流水、苍翠的田野，快要进入村庄时，一条清澈的溪水亮晶晶地展现在我们的眼前。河边，两个健壮的柏柏尔妇人正在河边洗衣服，两大盆子待洗的衣物放在河滩上。

这是一个普普通通的村落，四处安静，几乎见不到有人走过。走了不多久，我们来到一座房屋前。走进正门，顺着房屋里幽暗而狭窄的楼梯爬上二楼，走进一个宽大敞亮的房间。房门的右侧，放着两个织机，两个包着头巾、穿着吉拉巴的妇人，正坐在织机前，专心地织地毯。依然是在房间的右侧，有两扇大大的窗户，光线自然地流入，让挂在四周墙壁上的漂亮手工地毯有了更绚烂的色彩。五颜六色的羊毛线卷、骆驼毛线卷挂在织机的上面，地面铺着厚实柔软的地毯，整个屋子生动而鲜艳。

我们十几个人靠着墙壁坐下来。一撩门帘，走进一个五十多岁的柏柏尔男人。打过招呼后，男人说大家先来一杯薄荷茶吧，问我们薄荷茶需不需要加糖。在统计了多少人加糖，多少人不加糖之后，他喊来一个十五六岁的男孩子。吩咐之后，不一会儿，男孩子托着盘子过来，这次是加糖的薄荷茶。杯子不大，薄荷茶也就半杯多一点，以我牛饮的习惯，大约这样的十杯喝下去，才会让我有喝茶的感觉。

我们一边喝茶，一边听男子讲述柏柏尔妇人手工生产地毯的经过。他甩出各种质地的地毯来教我们如果辨认地毯。哪种地毯是羊毛毯，哪种是骆驼毛毯，哪种是棉线毯，哪种是蚕丝毯。其中，baby骆驼毛毯是他着重介绍的。Baby骆驼毛毯一般都不大，但是柔软得惊人。男子还教会我们分辨，一张地毯上，哪里是开头处，哪里是收工处。

男子不断地抱来一叠一叠的大大小小的地毯，展示给我们看。每当他“哗啦”地铺开一张，都会让我们眼睛一亮，让我们“啊”地叫一声。如此多风格鲜明、色彩艳丽、做工精致的手工地毯铺在眼前，除了眼花缭乱，还是眼花缭乱。我们赞叹，拍照，抚摸，还被盛情邀请到地毯上亲自踩一踩。

我们十几个人一边踩着地毯，一边啧啧赞叹，一边聊天，场面看起来像是一群人在无伴奏地跳着交谊舞，很是有趣。

踩了半天地毯，大家除了欣赏之外，似乎没有人真的想要带走一张。男子没有放弃，他继续叫小男孩抱来地毯，这一次是比较小的，价格稍稍便宜的。他们两人继续不知疲倦地在我们的面前卖力地铺展美丽与奢华。男子说：我们这里可以刷卡，万事达、维萨……我们这里包邮，无论哪个国家哪个城市都可以寄给你。

踩完地毯，无心也无力买地毯的我想下楼去四处看看。楼梯转弯处，我发现有很多颜色很正的棉质长围巾挂着出售。我看上一条枣红色的。正好小男孩经过，我顺口问他多少钱一条。他开口100个迪拉姆。眼睛不眨，我还价20个迪拉姆。邵蓉走过来，她说她也想买一条围巾进撒哈拉沙漠。

即使我们说买两条，小男孩也不肯以20个迪拉姆卖给我们。本来我们俩买围巾是为了拍照搭个颜色，可买可不买。价格不合适，我们就放弃了。离开时，小男孩突然叫住我，很认真地说我可以用我的苹果手机换一条围巾。当时我的眼睛珠子还有邵蓉的眼睛珠子差一点一起掉在地上。我以为我听错了，赶忙很严肃地一字一句地问：你——是——说，我用——我的——手机——换你——一条——围巾？他很认真地点点头：是的。OMG。我被小男孩超乎寻常的想象力彻底震撼了。他的想法实在是太颠覆，太剽悍了。

离开村庄前，我们一群人坐在河边看两个柏柏尔妇人站在河里洗衣物。她们一边洗，一边跟那对西班牙夫妇聊天。说着说着高兴了，兴起了，只见那个身材娇小玲珑的西班牙女子，一不做二不休脱了运动鞋挽起裤脚就走进小河里，学着这两个柏柏尔妇人洗起床单来。直到这时，我才发现，柏柏尔妇人根本连脚上的黑色大皮鞋都没有脱，直接穿着袜子和鞋就踩在水里。

到底是冬天。我和俊杰用手去试了试溪水，冰凉冰凉，沁骨头的冷。西班牙女子无比享受地站在冰冷的河水中，迎着阳光奋力地涤荡着手里的床单，脸上洋溢着比阳光还灿烂的笑容。虽然西班牙女子只是临时客串洗床单，我仍是深深地被折服了。我无法领略到西班牙女子脱了鞋子走入溪流的回肠荡气，我能做的，就是坐在河边，跟柏柏尔妇人装满衣物的大盆子合影一张。

在到达撒哈拉沙漠之前，我们去了达德峡谷（Dades Gorge）。由于我们必须在下午四点到达梅如卡（Merzouga），这个位于撒哈拉沙漠里最西边的小村庄，再换成骆驼进撒哈拉沙漠，所以，在峡谷里，我们停留的时间不足半小时。

炽热阳光难以照射进几十米深的达德峡谷。在峡谷里，光线暗淡，唯一的光亮是崖壁上日光明暗变化的光点。越是往峡谷里走，越是觉得一股沁人的寒气。拍了些照片，我们就赶紧往回走。在路口，我们和第二个当地导游握手道别。

我们没有买任何东西，但是他的脸上丝毫没有写着不满，依然微笑着与我们道别，祝福我们一路珍重。我们分别给了他一些迪拉姆作为小费，然后，看着他转身离开。看着长长的吉拉巴消失在峡谷的远方。

五、梦中的撒哈拉

我们到了梅如卡，撒哈拉沙漠里最西边的小村庄时，已经是下午的四点过。车停在沙漠边上的一家旅店前，司机说驼队已经在等我们了，叫我们快速办理进入撒哈拉沙漠的相关手续。我们各自领到了一张纸片，一面是英文一面是阿拉伯文，要求我们填写自己的各种信息。大家散落在没有灯光的昏暗的旅店大厅各处，悄无声息地填写，然后把纸片交给旅店总台。

司机叫我们迅速清点自己的行李，把过夜必带的简单的东西放在小背包里带走，其他行李就留在汽车上。对我而言，重要东西就是睡袋和果汁。

背着背包，俊杰、邵蓉和我穿过旅店，走进旅店的后院，穿过后院，眼前豁然是一片金黄的沙海。虽然还不是茫茫无边际的壮阔浩瀚，但是这里的每一粒沙确确实实都属于撒哈拉沙漠。一想到此，就心潮起伏，怦怦乱跳。

在这之前，我没有去过沙漠。“大漠孤烟直”那种销魂的画面一直定格在我的想象之中。我很固执地要把自己和沙漠的第一次遇见留给撒哈拉沙漠。而今，世界上最大的沙漠——撒哈拉沙漠，就这样毫无悬念地展现于我的眼前了。

赴撒哈拉之约是我这次来摩洛哥的最大心愿。换句话说，去摩洛哥，就是为了去看撒哈拉沙漠。有些心绪很难理得清。三毛把撒哈拉沙漠诗情画意无以复加地刻在我灵魂深处。而安东尼·德·圣埃克絮佩里（Antoine de Saint-Exup é ry）的小王子曾经来过撒哈拉又悄然离去的故事让我对遥远的星空下的一抹玄黄有更多的缥缈的念想。我寄予希望能在茫茫的撒哈拉沙漠里，看见一颗流星自幽蓝的天空落下，那个可爱的小人儿再一次来到撒哈拉。

有两个骆驼师在等我们。他们都穿着轻柔的蓝色吉拉巴，沐浴在夕阳金子般的光辉里。在他们的身边，静静地趴着一排温顺的骆驼。广而无边的寂静，在我们周遭蔓延开去。

一支骆驼队一般只有五六匹骆驼。我们和其他小伙伴已经分散，前前后后各自出发。我、俊杰、邵蓉、一秘鲁小哥儿以及一对陌生的中年西班牙夫妇是一个骆驼队。

骆驼师从后往前，一个一个安排，帮我们骑上骆驼。秘鲁小哥儿最后，然后是邵蓉、俊杰、西班牙妇人、西班牙男子。我看骆驼师把大家都妥妥地安排着上了骆驼，很是着急。最后我才知道，他是有意要我坐最前面的那一匹。

骆驼趴在沙地上，我抓住固定在骆驼头部两侧的扶手，一屁股稳稳地坐在骆驼背脊上的羊毛坐垫上。骆驼师啪地一拍骆驼的屁股，骆驼开始慢慢站立起来。骆驼最后直立的那一瞬间，惊心动魄。好像也是啪的一下，我突然就高高在上了。我在风中欢快地尖叫着。

骆驼师牵着我的骆驼，我们缓缓悠悠地向撒哈拉沙漠里走去。太阳的光已经在逐渐消退，风吹得有些紧，寒冷慢慢涌上来。在开始暗淡的天光里，晃晃悠悠的节奏中，已经很难拍好一张图片。我收起了相机。用眼睛和心灵去收纳眼前的每一个瞬间，全力注视全力感受彼时彼刻。享受。

法国作家热拉尔·马瑟在《简单的思想》一书中这样写道："在阿拉伯语中，Sahel的意思就是海滨。Sahara（撒哈拉）因此听起来像是一片海洋。穿越沙漠，便成为一次航海旅行。这个名字，或许是哪位沙漠旅人的偶得吧。字面和隐喻的完美结合，令一个词成就了一个诗歌现象。人们开口吐出一个名字，最准确的现实刹那间变成了幻象——这正是类比的魅力。"

我眼前的撒哈拉沙漠，烟波浩渺。

"四周一大片空白。刺眼的白色，是我带着我的沙漠旅队缓缓穿越思想的空间。"

骆驼师很积极地跟我讲话，跟我开玩笑。可是因为我高高骑在骆驼上，声波的传递有些障碍，为了听得清楚，我们的说话变作了喊话。撒哈拉沙漠寂静不语，我们的一问一答、一言一语在沙漠的荒芜里穿梭。不知不觉中，我们就把太阳走下去了。

夕阳余晖下的沙漠边缘呈现玫瑰般的暗红色，渐渐的，一切失去了轮廓，犹如从天空垂下一块长而大的布幔，一直盖到沙漠上。大约，这时候，就是叫作“暮光”吧。

撒哈拉的夜很快笼罩下来。似乎在一眨眼之后，四周已经完全黑暗。我们经历从民用暮光，再到航海暮光，很快的，我们就沉浸在天文暮光里。

这三种暮光，是分别依据日光减退所造成越来越深的夜色作为分类的。民用暮光，表示汽车该开亮车头灯的阶段；航海暮光，表示天色暗到可以看见导航的星星的阶段，比如看见金星（Venus）；天文暮光，则表示天色暗到可以在夜空中看见微弱的星星的阶段。

无边的寒意慢慢包裹我的全身。

我们还在沙漠里默默前行。

我不知道还要这样颠簸多久，未知带来的不确定感让我很清晰地不安起来。我不停地问骆驼师，还有多久可以到我们的营地。他总是回答，很快了，很快了，还有一个小时……

遥遥无期的一个小时。

夜晚里，清楚觉察到撒哈拉沙漠无边无际的无法估量的力量，那是一种吞没一切的力量。这种力量导致我感觉到无边的寒意，更感觉到无边的饥饿。

一抬眼看到璀璨的星空，一颗比一颗晶莹剔透的星星就在我头顶的苍穹，伸手可触。比我在西藏的阿里地区看见的星星还要亮，还要接近我的双眼。骆驼师的话少了很多，几乎不再说话。他要认真地辨认方向。他没有带任何照明工具，偶尔用手机的光照照前面一步之遥的脚下。我问他是不是要以星座来辨认方向，他否定了。我问他用什么来确定方向呢？骆驼师没有回答我。

越走越黑，越走越冷，越走越饿。四顾苍茫，感觉到好多个一个小时过去了。

忽然，前面有光电的快速移动，然后，我们听见汽车强劲驱动的马达声，肆无忌惮的欢快的叫声越来越近。只见一辆四驱车从前面的沙丘上快速地俯冲下来，朝着我们的驼队直奔过来。车灯雪亮，照亮眼前的一切。几个年轻人坐在四驱车上，半个身子从车窗里伸展出来，对着沙漠狂放地大笑着，尖叫着。转眼之间，四驱车洒然离去，只留下在夜空里回荡的具有无比感染力的笑声。

我们的骆驼——沙漠里最好的出租车（骆驼师语），还在不缓不急一步一步地走向下一个一个小时。

俊杰叫我，他叫我传话给骆驼师，说走在最后的秘鲁小哥儿晕骆驼了，秘鲁小哥儿想要停下来休息再走。可是，即使我不问也知道，秘鲁小哥儿的请求肯定是不会被接受的。在这种情况下，骆驼队是不可能停下来。换做任何一个骆驼师，甚至换作是我，都会拒绝这个看起来于情于理的请求。毕竟，我们是在暗夜无边的撒哈拉沙漠里饥寒交迫。沙漠变化莫测，谁也不知道接下来会发生什么。我们必须要尽快赶到帐篷营地去。

骆驼师牵着我骑着的骆驼，慢慢走在撒哈拉沙漠。

一个小时终于到了。

帐篷营地几乎是伸手不见六指。没有半星半点的光芒。竭尽全力看，也只隐约看见大约10顶帐篷围在一起，中间是一个小小的空地，空地上有几张石桌子，旁边有石凳子。骆驼师叫我们赶紧随便选一个帐篷，先把东西放好，再去中心大帐篷里吃晚饭。

我和俊杰、邵蓉匆匆选择了一个帐篷钻进去找铺位。帐篷不小，至少一个帐篷里并排着可以连躺20个人。我们选择左边最靠里的三个床位。我们把搭在帐篷中间木架子上的毛毯取下来，摸摸索索地在黑暗中整理床铺。所有的照明就是手机的微弱的光。我将一床毯子垫在床垫上，再铺睡袋，然后在睡袋上压了两床毛毯。在摩洛哥见不到轻柔又御寒的棉被，睡觉取暖的就是毛毯。多压一床毛毯，就感觉喘不过气来。这个时候，方才彰显睡袋巨大的力量。我们正在整理，一对西方的情侣钻进了帐篷。真好，人多有人气，人多体温高，空荡荡的帐篷里就显得不那么寒气逼人再逼人了。我睡在最靠近帐篷边的床垫上，然后是邵蓉、俊杰、那对情侣。

洪荒般的饥饿感让我几乎摇摇欲坠。我穿着已经装了不少撒哈拉沙子的鞋子到主帐篷吃大餐，我已经没有时间和精力去把鞋子里的沙子抖出来。脱了鞋子就扑进主帐篷，我看见我们团队里其他的小伙伴们都已经坐在桌边了。

帐篷里大约有10张大圆桌子，每一张桌子上放一盏马灯照明。我们亚洲人还是自然坐在一起，加上骑骆驼一起过来的西班牙夫妇。桌子上摆着摩洛哥面包，摩洛哥沙拉，一大盘摩洛哥库斯库斯。我问有没有矿泉水供应。回答是有，但是要自己另外买。一想起沙漠里的水比油贵，想想省一个是一个的道理，我忍住了。反正背包里还有果汁窖藏。

狼吞虎咽之后，身体暖和起来，我也有力气说话了。

同桌的西班牙老哥儿啧啧夸我骑骆驼的姿态真是潇洒漂亮，问我在中国是不是经常骑马。虽然我骑马的次数屈指可数，也实在是不喜欢骑马，不过我一点不含糊地说：那是当然。我说：在中国我经常跟朋友去藏区徒步穿越扎营，骑马嘛，是很容易的一件事。透过马灯暗淡的光芒，我分明清晰地看见了西班牙老哥儿迎向我的、那无比崇敬的目光。

接下来，是欣赏当地人表演非洲打击乐。雄浑激烈的鼓点刚一敲起，就有人走进帐篷中间的小空地开始跳起非洲舞。开始我们还含蓄地坐在那里欣赏，后面局势发生了巨大变化，几乎所有的人都上场了，围成圈跟着领头的人载歌载舞。

我的骆驼师走过来，不容分说，直接把作壁上观的我拉进了跳舞的行列。几圈手舞足蹈之后，我发现我自己在队伍里的确是滥竽充数。一旦陷于热闹之中，我就找不到北。

我跟韩国的李承恩退了出来。我们走出帐篷，站在帐篷外中间的空地上，各自点燃了一支烟。这支烟的意义如此重大，如果以后要写回忆录，我就会写道：2014年1月25日，我在撒哈拉沙漠的璀璨星空下，抽了一支万宝路。

我抬头久久仰望着绚烂之极的星空。我看到的夜空如此有立体感，看得出夜幕在无限地延伸，那些星星，真的是如凡・高形容的那样，如一颗颗闪耀光华的宝石。清晰可见的银河完整地呈现于我的眼前，我看见它往夜空的最深处绵延而去。在此之前，我对银河清晰而完整的记忆，要回溯到我年幼的时候去了。

一颗流星从天际划过，清晰的划痕印在天幕之上。等了很久，也不见小王子向我走来。倒是看见旁边的俊杰和邵蓉正在苦苦地研究怎么拍下头顶上的那些繁星点点。

直到现在，我都以为在那个撒哈拉之夜我所见到的漫天星光，是一场奢华的梦境。那个夜晚的情境难以用笔墨来形容。在我血肉之躯的脑海里，那是一种让人屏息以对的虚幻，而又华丽真切得让人难以置信的刻骨铭心，我站在摩洛哥撒哈拉沙漠的夜空下，身体感受到夜晚凄冷的风，感受到夜晚最深沉的黑，感受到星光的灿烂光辉。那是一个让人终生难忘的夜晚。只差泪流满面。

等我们再次返回主帐篷，敲鼓的人已经换成了那个西班牙黑衣小哥儿。无比具有艺术细胞的他，两三下就掌握了敲击非洲鼓的节奏和技法。好几个西方小美女无比崇敬地围着他看他击鼓。在巴西工作的高个子韩国男孩，一直安静地微笑着坐在一旁，静静地看着，听着，有时候，随着音乐节奏微微动动身子。

浅浅的睡意袭来，跟大家道别后，我回帐篷去睡美容觉。嚼两粒口香糖算是漱口，一口果汁咽下一粒安眠药。帐篷里就我一个人，我缩在睡袋里，只露出了鼻子和嘴巴。但是，我依然能够清晰地感觉到撒哈拉沙漠的风从帐篷下面的缝隙里拼命地钻进来，又轻轻地扑在我的脸上。不一会儿，邵蓉和俊杰也回来了。我跟邵蓉简单地说了几句话，我们就像撒哈拉沙漠一样沉默了。从离得不远的主帐篷里，隐隐约约的鼓声传过来，欢乐的笑声传过来。

在《小王子》的最后一段这样写道：仔细地看这幅画，如果有一天到非洲旅行，你可以在沙漠中，再次认出这个地方。如果你刚好经过那儿，请你不要匆匆走过，在这颗星星底下等待一会儿。如果出现了一个笑着的小人儿走向你，如果他有着一头金发，而且从不回答问题，你将会知道他是谁。然后，如果你心地善良，就不要让我活在悲惨之中！请立刻写信告诉我，告诉我：他回来了。

而今，我辨认出这个地方，我刚好经过了这个地方，我在星空下等待很久，却最终没有见到那个金发的小人儿向我走来。倒是，在那个时候，在隐约的鼓声和欢笑声中，我感到莫名的一种悲伤。

因为撒哈拉沙漠吗？大约是吧。

六、撒哈拉，我们不要告别

清晨六点半，骆驼师在我们的帐篷外喊：起床了，起床了。他叫第一声的时候我就惊醒过来，翻身起床，快速收拾好一切走出帐篷。撒哈拉沙漠的清晨依然是一片黑暗，一片静寂。

黑色帐篷的轮廓隐隐约约显现在星月的清辉下。我用手机拍了两张月亮还弯弯地印在墨蓝色天空的照片。非常粗糙的画面，留住的是永不再来撒哈拉沙漠的清晨。小王子说：沙漠美丽，因为在沙漠的什么地方隐藏着一口井。“What makes the desert beautiful is that somewhere it hides a well.”可是，撒哈拉沙漠黑暗沉沉，在哪里能找到这口隐藏起来的水井呢？

再次望向浪漫灰的月亮，它似乎向下跌落了一些，浮现在一片墨蓝色的汪洋中。宁静至极的景象，终生难忘。

小小的等待之后，我们又排着队，准备骑上高大的骆驼。这一次，骆驼师从第一匹骆驼开始安排我们，我又是最后一个骑上骆驼。骆驼师安排我骑最后一匹骆驼。一头一尾，总是比处在中间的人多一份自在和更广阔的视野。我在心里深深地感谢这个胖乎乎的柏柏尔男子。

即使是在清晨，撒哈拉的太阳也极为耀眼，不戴墨镜根本不敢迎向它。我们的驼队还是慢慢前行，但是我已经没有了来时的那种着急紧迫感，反而希望慢些，再慢些。

路上，遇见了另外两支驼队。两支驼队里，都有我们团的小伙伴。认识的，不认识的，我们打着招呼。因为撒哈拉沙漠，我们做了一次擦肩的相遇。虽然是走在渐行渐远于撒哈拉沙漠的路上，却并没有离开的伤感。撒哈拉，让我们无所思，无所念。

沙丘随着日光的变幻，幻化成超现实的场景。此情此景，人绝对会陷入永恒的情境。写《小王子》的法国作家安东尼·德·圣埃克絮佩里常常飞越撒哈拉沙漠送邮件。他常常从飞机上俯视眼前这永恒的撒哈拉沙漠，那铺天盖地徐徐舒展的玄黄。我突然懂得为什么在他的笔下的小王子的世界那么天真，纯净，可爱与伤感。我看见的撒哈拉沙漠，就是单纯简单可爱而伤感的。

驼队停下来，停在一座沙丘前。太阳正在缓缓升起。我们的骆驼师走过来，从第一匹骆驼开始，帮我们一个一个拍照。骆驼那么高，我要使劲俯下身子，才能把相机递到他的手上。又走来一支驼队，他们也停在这里，两支驼队交织在一起。另外的那一队，正好全部是我们团队的小伙伴们。

两个骆驼师坐在沙丘边，说着话，我们正好利用这个静止的机会拍一拍周遭无尽的泛着金光的沙漠。四周一片寂静，广大无垠的蓝天下，是广大无垠的撒哈拉沙漠。忽而，那一队的骆驼师起身向远方走去，沙地上，留下他两行深深的脚印。我突然觉得遗憾，我竟然没有像他们那样，在撒哈拉沙漠里这样走一段路程，没有小坐片刻，没有静静地一卧。

我们回到了出发时的旅店，丰盛的早餐已经准备好了。我又是极度的饿，极度的冷。选了一个阳光能猛烈打在背上的位置，我迫不及待地去拿摩洛哥面饼、奶酪、黄油、咖啡、面包、薄荷茶，还有水果。跟我们一个桌子的，有一个我刚认识的马来西亚的又黑又瘦的小男孩，他来摩洛哥学阿拉伯语，已经有一年的时间了。我们边吃边聊，聊得彼此眼睛里闪着光。五湖四海的短暂相遇，简直是像演电影一样过瘾。

之前在马拉喀什订行程时，我告诉过旅行社的独眼男人，结束了撒哈拉之旅后，司机必须要负责把我送到能搭车去非斯的尔佛镇（Erfoud）。独眼男人拍着胸脯答应了，他信誓旦旦地说：那是必须的。在第一天旅行途中休息时，我就把自己的行程告诉了司机，我说自己不再随车返回马拉喀什，而是要去尔佛镇，搭车继续北上去非斯。司机爽快地答应了说没有问题，并且还说，他可以帮我问问，车上还有没有人也要去非斯，这样就可以和我搭伴而行。结果，他问来问去，最后问到的也要搭车去非斯的，就是我的同胞俊杰和邵蓉。

吃过饭，司机帮我把行李从车顶上拿下来，直接放在我的座位旁边，这样，等到了尔佛镇下车时，就可以很快下车，不耽误大家的时间。我和俊杰、邵蓉分别和司机合影留念，旁边是载着我们一路风尘的白色福特车，还有一棵苍劲的树，远方，是更加辽阔的荒芜。

坐在我身边的德国小哥儿和黑衣西班牙小哥儿很奇怪我的行李箱。我告诉他们，等到了尔佛镇，我要下车，不再和他们同行返回马拉喀什，而是在那里搭夜车去非斯。说到即将到来的永远的分别，我的心里还是有一丝丝的酸酸涩涩。虽然我经历过的相逢和别离已经太多太多。

而我也分明看见，他们脸上写着的失落和难过。三天两夜，人生之中短短的一段旅程，一场相遇的插曲，定格住太多迷人的瞬间，太多的不舍。就像E.B.怀特的那句话：一段一段的回忆，挥之不去啊。

汽车驶进一个安宁的小城，司机回头对我说：这里就是尔佛镇了。

话音落下，车厢里安静了下来。

汽车在几乎无人的大街上行驶几分钟后，司机把我们送到当地汽车站。车停在汽车站对面，司机帮我把行李箱提下车去。我跟坐在我旁边的西班牙小哥儿和德国小哥儿左亲亲右亲亲道别，车厢里顿时响起了其他小伙伴们善意的意味深长的笑声。我挥着手，跟一路相伴的朋友们告别，保重啊，永远都不再见了。临别，我们跟司机紧紧地握手，深深地感谢。

然后，白色的福特车启动，加速，远离了我们，在我们的视线里消失了。

后来在非斯，我意外遇见同车的那对西班牙夫妇。刚一见面，他们就着急地告诉我，那天我离开后，西班牙男孩子们难过极了，他们说，总是微笑的Wendy走了。回去的一路上，都再没有听见男孩子们之前的欢声笑语了。

走在旅行的路上，遇见的，是一个又一个的相逢连着一个又一个的别离。有多少次的相逢，就有多少次的别离。接纳每一个相逢，也接纳每一个别离。天下没有不散的筵席。

撒哈拉沙漠，今生与我也许只有这样浅浅的一面之缘。千山万水万水千山之后的相见，转眼就是一生一世的别离。

深深地深深地，跟撒哈拉说声再见，想起三毛那支歌：我们的一生已经满盈。不要抱歉，不要告别，在这灯火辉煌的夜里，没有人会流泪，流泪……

尔佛镇

一、带上一件吉拉巴

到了摩洛哥，才知道摩洛哥的冬天有多冷。之前，一直以为即使是冬天，非洲大地也是炽热如火。虽然也查了当地的气温，但是我还是傻兮兮地带了好多衬衫，甚至还带了一件短袖。到了这里才知道，要想在冬天的摩洛哥穿衬衫是异想天开的事情。羽绒服、防寒服毛衣才是正常的穿着。当然，白日里阳光灿烂时，穿件毛衣还是足够了。摩洛哥的冬天，早晚温差大，加上冬天是摩洛哥的雨季，雨如果一绵绵，心里就拔凉拔凉的。到了晚上，皮衣加毛衣的感觉还是透心凉。看见别人穿得暖暖和和，我泪眼婆娑地想念我软软的羽绒服、柔柔的防寒服。

离开卡萨布兰卡之后，我就开始琢磨着给自己买一件吉拉巴。既入乡随俗又能驱寒取暖，拍起照来，也有异乡感漂泊感加归属感认同感。吉拉巴（Jelleba）是指从头到脚的袍子，人裹在吉拉巴里，风雨无阻潇洒穿越。真正意义上的吉拉巴，也就是摩洛哥人穿的吉拉巴，都是用羊毛布料或者丝绸做的，从头盖到脚的那种，后面还有一个尖帽子。其他的材料没有那种柔性和飘逸感。因为季节的缘故，羊毛布料做的吉拉巴满大街都是。丝绸质地的吉拉巴我只在撒哈拉沙漠时见到过，骆驼师穿的就是蓝色丝绸布料做的吉拉巴。

在马拉喀什，街上有很多定做吉拉巴的裁缝店。以我后来的观察，摩洛哥本地人穿的吉拉巴大致都是在这样的裁缝店量身定做，都是细密手工，精致无比。做吉拉巴的布料颜色不多，大多是黑色、驼色、棕色、灰色。我并不是要买一件货真价实的吉拉巴来穿：第一，我没有那么多时间等待定做。第二，定做的价格肯定很贵。第三，吉拉巴也是应景而已，回家就束之高阁。所以，我想买的是那种价格便宜的，专门为游客设计的迷你吉拉巴。迷你吉拉巴只有一件普通外套的长度，穿着很方便。不过，做迷你吉拉巴的布料都比较粗糙，不太柔软。

马拉喀什满大街的迷你吉拉巴都几乎是一样的花色，一样的质地，一样的做工，没有独特与个性。以我"宁要仙桃一个不要烂梨一筐"的拧巴个性，要在大街小巷形形色色的店铺选一件让我感觉舒服另类的吉拉巴，不是一件容易事。

有一天，浑身鸡皮疙瘩在风中飘摇的我路过一个寻常小店，发现了一件花色和款式看起来有些个性的吉拉巴。冷得快要支持不住的我试穿又试穿，在镜子前照了又照，心里在快速地权衡到底买还是不买。就在我狠下决心准备掏钱的最后一瞬间，我还是放弃了。就这样，我一路鸡皮疙瘩走到了尔佛镇，之前，还在撒哈拉沙漠里哆哆嗦嗦地度过一晚。

为了打发在尔佛镇漫长的等待时光，吃过午饭，喝过咖啡加薄荷茶，把背晒得滚烫浑身冒汗之后，我跟邵蓉和俊杰开始在尔佛镇悄无声息的大街小巷东游西荡消磨时间。一路走来我一直很纳闷，摩洛哥每家每户至少有三个孩子吧，算下来人口不少，而摩洛哥国土面积也不大，跟四川的面积差不多，可是为什么走到哪里都是静悄悄的，人都去了哪里呢？

偶尔一辆汽车从身边驶过，偶尔有男人骑着一辆加重自行车经过，然后，整个画面又回到静止状态。我们三个人，就成了偌大的静止画面上唯一在移动的三个点。

就在我们百无聊赖穿过一条街时，我偶一回头，发现一件挂在一家商店外面的蓝色的吉拉巴。

我立刻站在了这件蓝色吉拉巴面前。当我提出要店家老大爷取下这件蓝色的吉拉巴时，老大爷小小地吃惊了一下。他没有立即取下吉拉巴给我，而是告诉我说，店里还有很多新的、更好的吉拉巴供我选择。我以为老大爷的商店里还有类似的蓝色吉拉巴库存。

于是乎，我巴巴地等大爷翻箱倒柜拿出他认为更新更好的吉拉巴。

结果，老大爷放在柜台上的一大摞吉拉巴，都跟我一路看过来的那些吉拉巴如出一辙，完全不是我的路子。我对老大爷说：取下那件挂在门口沧桑无比的蓝色吉拉巴。

这件吉拉巴很旧很脏很多地方开线，初步估计是当地人穿了之后不要了，然后挂在这里仅仅是做招牌用的。蓝色的吉拉巴洗过无数次，加上长时间的阳光曝晒，让整件衣服的蓝色不是十分均匀的蓝，而是有深有浅，很有渐变色的感觉。颜色也就很自然很柔和。也是因为太旧了，洗过很多次，棉质变得软软的，手感极好。在吉拉巴的帽子、袖子和前襟上，还有手工的绣花。只需看一眼，就知道这件吉拉巴和市面上流行的那些为游客打造的吉拉巴完全不同，所有的细节和做工都显示出与众不同。在我看见它的一秒钟之内，我就知道这件吉拉巴是我的。

我问这件吉拉巴多少钱。大爷迟疑了一下。大爷冰雪聪明，他立刻就知道，多年卖不出去的滞销品终于有咸鱼翻身的出头之日了。老大爷眼睛不眨毫不含糊地就开出了200个迪拉姆的价格。明显贵了。我说100个迪拉姆。来来回回之后，大爷说120个迪拉姆。我说不，100个迪拉姆。我指着衣服对他说：看这里看这里，你的衣服又脏又旧还破，我要花钱找人去补，还要洗了才能穿。大爷不让步，坚持说120个迪拉姆。相持不下，我便说不买了。我把吉拉巴放在柜台上，然后往商店外走去。我对俊杰、邵蓉说：看着吧，他绝对会叫住我的。果然，我还没有走到三步，大爷就叫住了我。掏钱的时候，我很贪心地想：早知道该还他80个迪拉姆。

晚上，灯火阑珊，我们继续坐在汽车站边的那个小餐馆，等八点的夜车去非斯。邵蓉和俊杰一心一意忙着上网，我百无聊赖，就跟他们说：我去周围溜达溜达。我拎着我的吉拉巴，顺便想看看能不能找到一家裁缝店，趁着时间还富裕，让人帮我把吉拉巴补一补，这样到了非斯，洗干净晒干就可以穿了。

走了没有多远，在离CTM售票处几步远的地方，我发现了一家小裁缝店。裁缝店里有两个男裁缝：一个在踩缝纫机，帮一个当地女子加工窗帘；一个卷卷头发的黑人裁缝正在用针线缝衣服。

我把我的吉拉巴交给卷卷发黑人裁缝看，问他可不可以马上帮我补一补吉拉巴，把开线地方用线过一遍。卷卷发黑人裁缝不太能说英文，但是他大致知道我的意思，他害羞地点点头。我问他大约需要多少时间，我说我的汽车八点要离开尔佛镇。旁边的女子帮忙翻译给他。他想了想，说10分钟吧。我问他要付他多少钱，他说20个迪拉姆。

我坐在卷卷发旁边欣赏他的飞针走线，看他那双灵巧的手细细密密地做针线。卷卷发很快就把吉拉巴角角落落脱线的地方都用线加固了。与此同时，我拍了几张卷卷发的手部特写。等待时，我请那位等待窗帘加工的美丽女子帮我拍了两张跟卷卷发的合影。照片上，可爱的卷卷发憨憨地笑着。

这件蓝色吉拉巴太拉风了，我敢说，整个摩洛哥，绝对找不到跟这件重样的，彻底的特立独行。在后来的日子里，这件蓝色的吉拉巴

穿上吉拉巴，意气风发。

成为我在摩洛哥的当家衣服，一路穿回到卡萨布兰卡。当我回到卡萨布兰卡，当纳吉彼（Najib）打开房门，看见裹在吉拉巴里的我，都“相见不相识，笑问客从何处来”了。他问我多少钱买的吉拉巴，我怯怯地说100个迪拉姆，我怕他责备我买贵了。哪知道他说：你赚大发了。是的，只不过人民币70元而已。

二、尔佛镇的伊利亚斯

从上午九点半过到达尔佛镇，到晚上8点过离开尔佛镇，满打满算，我和俊杰、邵蓉在这里停留了10个小时。粗略地想了想，这10个小时，我们在汽车站旁边的小餐馆吃饭喝茶上网发呆就花去了大约六个小时。余下的四个小时，只是敷衍地在街上逛了逛，连街边那些看着不错的咖啡店都没有坐下来喝一杯。试想，如果我一个人在尔佛镇，估计会把整个儿尔佛镇翻个遍，一路走下来，不知道要结识多少当地朋友。

我一直喜欢一个人在陌生的地方悠悠荡荡。这样极大地给了我自己无限量的自由的空间。偶尔在路上遇见陌生朋友，同行一段，但是时间不能够太长，时间一旦拉长，我的独断和专行就会原形毕露。想来想去，我还是适合单打独斗。

尔佛镇距离梅如卡大约50公里，是小而朴实的地方。在梅如卡还没有成为沙漠旅行的焦点之前，这里曾经是游客主要停留的地点。那个时候，凡是要进入撒哈拉沙漠的人，几乎都会选择在尔佛镇停留。但是现在，大部分游客会选择住宿在撒哈拉沙漠最西边的村庄梅如卡，或者直接就骑着骆驼进沙漠住在沙漠帐篷里。尔佛镇越来越冷清，很少有外国游客会在这里停留。之前我在计划自己进入撒哈拉沙漠时，曾准备在尔佛镇住一晚。当时在airbnb网站找住处，找来找去，只有三四户人家提供住处。

尔佛镇是盛产被穆斯林奉为“圣果”——椰枣的地方。椰枣长在炎热干燥的北非靠近撒哈拉沙漠的地方。果实不大，入口绵绵的甜味，口感细腻。椰枣的生长无须浇水施肥，它所有的生长依靠根部吸收大地深处的养分。椰枣采摘后风干就可以吃，不需要任何的加工，更不需要任何添加剂。除了含有大量的糖分，椰枣还含有丰富的矿物质和微量元素。在椰枣的表面，有一层皮薄如蝉翼、密不透风，这样可以保护里面的果肉，让水分不挥发，巧妙保鲜。

在去往撒哈拉沙漠的途中，几乎每一个餐馆都会提供免费的椰枣给客人餐前或餐后食用。刚开始，俊杰和邵蓉不知道这是什么水果。我告诉他们这就是著名的摩洛哥椰枣，很营养，很美味，吃吧吃吧，大把大把地多吃点。

我们站在尔佛镇的当地汽车站前时，已经快要十点钟。汽车站的门面很小，很旧。车站周围完全没有人来人往的热闹。之前我翻了翻《孤独星球》，知道CTM和SUPRATOURS有车从尔佛镇到非斯。不过，两个公司的车都是晚上从尔佛镇发车。我从来都比较中意坐夜车，一来可以省住宿费，二来可以节省时间，三来可以利用白天等车的几个小时，在当地简单地逛一逛，了解一些当地的风俗民情。

邵蓉和俊杰却担心夜车不安全，所以，他们决定要去当地汽车站查看发车时刻表，看看当地汽车站有没有白天的班车往非斯。如果合适，就坐白天的班车走。虽然我一直是一个一意孤行的人，但是，我的独断专行也只是用在我自己身上。一旦在人群里，一旦有人与我为伴同行，百分之九十九，我会随顺别人。所以，虽然我很喜欢坐夜车，但是，如果邵蓉、俊杰不愿意，我就和他们一起坐白天的车，无所谓。

我们在车站旁边讨论时，有两个二十岁左右的当地小男孩向我们走来。他们很热情地带着邵蓉和俊杰到车站里去看时刻表，看长途汽车的车况。我则留在车站外等候，拍照和看行李。一个人时，我单打独斗做孤胆英雄。一旦我身边有人同行有人操心，我会偃旗息鼓，万事不再过问，怎么都可以。等着俊杰、邵蓉从车站里出来，我已经跟车站边一个小店的热心肠的大哥说了好多话。他帮我拍了好多张照片——我坐在一个洒满了阳光的破落角落里熠熠生辉。

从车站出来后，邵蓉改变了想法，她也赞成坐夜车去非斯。原因是，当地班车车体比较破旧，汽车在沿途会停靠很多地方，乘坐汽车的人99%都是当地人。

于是，我们决定去找CTM和SUPRATOURS两个公司设在尔佛镇的售票处。我走向站在一旁的那两个小男孩，问他们可不可以告诉我们CTM和SUPRATOURS的售票处在哪个方向。

这两个小男孩并没有直接回答我的问题，而是悄悄地一本正经地对我说：让他们两个去非斯，你留下来，好不好？我的眼前立刻闪现出三个巨大的感叹号。之前，我连半句话都没有跟他们讲过，他们一开口竟然就是远方的客人请你留下来。摩洛哥孩子们惊人的天真的想象力令我叹为观止。在惊叹之余，也被他们单纯的大胆直接深深感动了。可是感动归感动，我独自留在尔佛镇当然不好，非斯必须要去的，售票处是必须要去找到的。

两个小男孩说CTM和SUPRATOURS的售票处在另外一条街上。他们接着又说，一般而言，售车票的工作人员会在下午的时候才上班，因为两个公司的车都是晚上才发车。我们不太相信，坚持要立刻去看看眼见为实才罢休。于是两个男孩子热情地说带我们去。我们三个心领神会地交换了一下眼神，心里不约而同地想：嗯，无非又是想赚带路费。我用中文跟俊杰、邵蓉说：那就让他们带我们去好了，到时候给他们一些带路费就可以了。

走了不到五分钟的路程，我们到了售票处。果然，两个公司的售票点都是门窗紧闭。我们对两个热情的男孩子说：谢谢你们为我们带路，我们会在这里等候。我们给你们带路钱吧。

然而，我们万万没有想到的是，这两个男孩子竟然坚决拒绝我们递过去的钱。我们再三递过去的钱被他们再三“无情”地挡回来，一脸写着“如果接受了你们的钱就是我们的奇耻大辱”的神情。无论我们怎么说，他们都不肯接受这笔我们之前以为他们想得到的而且本该他们得到的钱。俊杰和两个男孩子把钱推来挡去，站在一旁的我感动得泪水晶莹，同时为自己的小人之心而自责不已。

正在这时，剪着平头的小男孩碰碰我的手，指了指不远处一个正在锁自行车的男子，小声地对我说：那个人就是SUPRATOURS公司售票的人。我一听大喜，连忙走下阶梯去问他，果然是。很快，我们顺利地买到了晚上八点从尔佛镇去往非斯的车票。

拿到票，我把行李箱寄放在售票处。走出售票处，看见两个男孩子还站在那里等我们。我不知道怎么感谢他们，就回到售票处，拖出行李箱，打开，拿出两张“成都民谣”的明信片，送给他们，还拿出两个写着“万事如意”的红包送他们。我告诉他们，中文的“万事如意”就是“BEST WISHES”的意思。这一次，轮到他们激动和感动了。后来真是后悔，早知道，应该换12元崭新的人民币放在里面，祝福他们岁岁平安。

那个剪着平头、穿着黑白方格子套衫的大眼睛男孩子对我说，他想与我合影。这个当然可以。拍完照，男孩子在我的本子上认真地写下了他的名字和邮箱地址。原来他叫伊利亚斯（ILIAS）。

伊利亚斯很认真地请求我一定要把照片发给他。我很认真地答应了。伊利亚斯和朋友离开后，我们三个就在售票处旁边的餐厅喝咖啡，喝薄荷茶，上网，晒太阳。我们问清楚了，售票处所在地，就是汽车发车的地方。

坐在炽热的阳光下，我喝着咖啡，跟非斯的马克（Mark）联系，帮俊杰、邵蓉订好了在非斯的住处。联系好之后，我想趁着没事可做，就把照片发给伊利亚斯。可是，尝试了很多次，却总是被退信，说邮箱地址有误。

晚上八点，天已经完全黑了。在下午和我们聊了许久的餐厅的老板匆匆走来告诉我们：快，你们的车来了。去往非斯的车，只是过路车，停留的时间短暂。我们拖着行李箱飞奔过去，放好了行李箱，排着队往车上走。

就在我快要走到车门前时，突然，伊利亚斯出现在我的面前。夜色里，他的大眼睛闪闪发亮。他小声地对我说：Wendy，给我你的手。我赶紧把手伸出去，他轻轻地把什么放在我的右手心。我来不及细看，只是紧紧地握在手心里。我们快速地互道珍重，左亲亲右亲亲，我抬脚往车上走。透过车窗，我看见伊利亚斯穿过大街，消失在夜色之中。

我找到自己的座位，安顿好自己。我拿出伊利亚斯送给我的礼物——一条细细的黑色皮绳上，挂着一枚深蓝色的菱形的小坠子。我看见我喜欢的孔雀蓝，我的眼泪就下来了。

伊利亚斯，你怎么会知道我喜欢蓝色呢？

满大街的吉拉巴都是这样的款式。

非　斯

一、FES路漫漫

我一直以为到达非斯的时间大约是清晨的五点。想不到半夜三点半我们就被司机“轰”起来，说我们到了非斯。

之前马克告诉我，SUPRATOURS公司的车到非斯的时间很早，但我没有料想到会是如此之早。马克在短信里告诉我，我们下车的地方距离非斯火车站不远。在非斯火车站的候车室里，有一个通宵营业的咖啡店，里面的蛋糕面包之类的甜点很不错。我们可以在咖啡店边吃边喝“悠闲”地等待天明。

果然是的。就在我们下车的正前方，有一处灯火通明的庞大的建筑，想必就是非斯火车站了。那温情脉脉的光芒，穿过漫漫的寒冷的暗夜，传递给我们无限的温暖和慰藉。走进非斯火车站，候车室里有不少候车的人。之前那种孤苦伶仃、风雨飘摇的凄苦之感荡然无存，看着他们，感觉都像是自己的亲人似的。

我们很容易就找到马克说的咖啡厅，它就在进门的左边。咖啡店里，坐了不少跟我们一样面色憔悴、双眼浮肿、无精打采的人。我们选了一个靠近墙边的座位，俊杰和邵蓉立刻点了咖啡，并从所剩无几的甜品里，选了两个提拉米苏。我任何食欲都没有，我只想喝中国茶！喝一杯铁观音！

我跟服务生说，我付给他一杯薄荷茶的钱，但是，只要他提供给我咖啡杯和开水。

我几乎怀着宗教般的圣洁情怀，把一袋铁观音倒进咖啡杯，然后，将开水缓缓注入，看见曼妙的茶叶在开水里欢快旋转，然后徐徐展开暗绿色的叶片。在非斯寒冷彻骨的冬夜里，我端起杯子，深情地抿了一小口。滚烫的铁观音。茶的清香徐徐地浸润我整个身体，我的每一个毛孔都焕发出无限的生机。我顿时觉得人生有了意义。

在摩洛哥，买一杯开水沏茶容易，要无限量免费续开水就不是一件容易的事情了。以我牛饮的节奏，续20次都不夸张。我从行李箱里，取出一袋竹叶青和一袋铁观音。走到服务台，找到那位服务生，我说这是我从中国带来的茶，作为礼物送给他。服务生先是惊喜，然后是满怀的感动。接下来，我就开始愉快地无限量地免费续开水。

从凌晨的3点30分很“悠闲”地等到早晨8点30分，步伐沉重的我们拖着行李走出火车站，按照约定时间，等待来接我们去非斯旧城里马克的家的汽车。没多久，一辆黑色商务车开过来，俊杰问：是不是这辆。我还没有来得及判断，商务车已从我们身边开过去。可是转眼，商务车又开了回来。司机下车，拿着写着“Mark”的纸片朝我们走来。

天气非常不好。虽然没有下雨，但阴沉得让人的心像打湿的宣纸，沉郁得化不开。我们在旧城的一个侧门下车，小个子的穆罕默德已经在那里等我们。我跟穆罕默德简单地确认彼此之后，我们就迷迷糊糊地跟着不太爱说话的穆罕默德上坡下坡，左拐右拐，再深深地走进一个幽僻的小巷子，终于到了一个雅致的木门前。一路上，几乎没有看见路上有人走动。穆罕默德说，起码要10点钟，路上的行人才会多起来。

马克的摩洛哥老式民居加上凉台共三层楼，我和俊杰、邵蓉住二楼，隔着天井门对门。这个摩洛哥民居很大，尤其是中间的庭院，是我见过最大的。听穆罕默德说，11年前，马克从英国来这里旅行，一下子爱上了非斯，买下了这栋房子。那时候的价格，真是便宜得不能再便宜了。买下房子后，马克在这里开了一家餐馆。后来，马克就是在自己的餐馆里，认识了他现在的妻子，一个摩洛哥女孩。我见过他的妻子，22岁，却已经是两个孩子的妈妈，活泼开朗，身材苗条，迥然于我见到过的其他摩洛哥女孩子。马克大约比她大20岁，完完全全的英国绅士，从头到脚的得体优雅，却有欲掩弥彰的拒人以千里之外的英国式的冷漠。我把京剧冰箱贴作为礼物送给他时，他只是淡淡地没有表情地象征性地

倚靠在门口的少年。

说了声谢谢，连假装的欢喜也没有。我的冰箱贴明珠暗投，我这样想。

俊杰、邵蓉回房间去休息，我的房间还没有收拾出来，我就坐在庭院里的瓦斯取暖器前烤火，跟穆罕默德聊天。我着急要把在尔佛镇买的吉拉巴洗出来，就跟穆罕默德借洗衣机用。他说：用洗衣机洗衣服是要付费的。我说那么费用到退房结账时一起结算。其实后来，他并没有收取这个费用。等穆罕默德帮我把吉拉巴送进了滚筒洗衣机后，他就拎着我的行李箱带我去我的房间。在摩洛哥的民居里沐浴是一件揪心和悲壮的事情。这些房子都是老式的建筑改建的，淋浴都是电热水器或者太阳能热水器，洗着洗着就冷水直下。在夏天倒是问题不大，大冬天的就让人不得不接受严峻的考验。我只有再次冷飕飕急匆匆地冲了澡洗了头，浑身鸡皮疙瘩万般沮丧地换上干净的衣服。

接下来我着急的事是洗衣服。我手洗了T恤袜子等小物件。等我爬上屋顶晾衣服，之前的阴郁惨淡的天空居然变作阳光灿烂白云朵朵飘。屋顶上一对德国老夫妇正在阴凉处悠闲地看书。老绅士见我手里拿着湿衣服，赶紧站起来，笑眯眯地帮我把晾衣绳上的其他衣物挪开，然后笑盈盈地跟我简单地寒暄。

下午，和俊杰、邵蓉出去在附近小心谨慎地逛了逛。说小心，不是指安全问题，而是担心迷路。我们几乎一路上都在拍经过的标识物，齐心协力记住来时的路。众所周知，非斯古城世界闻名，在摩洛哥排名第二，仅次于马拉喀什。而在我看来，在非斯行走的难度系数明显大于马拉喀什。非斯的旧城最大的特点之一就是有多得无法计数的弯弯曲曲永远不知道通向哪里的巷弄。这些巷弄加上无数隐蔽的突然的转弯，以及所串起来的无数密集拥挤的市集，让初来乍到的人茫然不知所措。

我们的手里没有像样的地图，而且即使拿着地图也没有百分之百的把握能找到正确的路。我们握着手里仅有的旅行指南去找著名的风门Bab Bou Jeloud。

书上介绍，风门是通往旧城区的主要入口，只要找到风门，就找到了两条通往旧城区中心的街道。左边的一条比较陡，叫做Talaa Kebira，右边的是缓道Talaa Seghira。我们是倒行逆施，也不知道是走了缓道还是陡坡道，零打碎敲东问西问最后终于看见了蓝天映衬下的风门。在风门那里，有一个很大很热闹的集市，吃的用的五花八门满地铺开，到处欣欣向荣，熙熙攘攘。看见如此盛大的场面，我心花怒放，马上想扑进这欢乐的海洋，准备一个个摊位慢慢拍照留念。可是，俊杰和邵蓉神情紧张，毫不迟疑地快速穿越了眼前所有的生动。我哪怕慢几步在后面拍拍照，他们就停下来，无比警惕地催促我，要我赶快跟进。用邵蓉的话来讲，非斯的人看起来不太善，鬼祟得很。后来，受到他们的情绪的影响，我也恍惚得觉得每个非斯人都像偷了我家羊牵了我家牛的邻居。

我们走出风门，从另一个城门进入了旧城。后来，我们就毫无悬念地迷路了。在一条似曾相识的小街上来来回回好几次，怎么也回不到当时做了标识的地方了。眼看着要把天色走得暗下去了。如果天黑了，回去的路就更加难以找到。最后，俊杰拿出手机，也不知道他以什么来定位，反正我们跟着他的手机忽左忽右东拐西拐，很是一番折腾，终于赶在天黑前，找到了我们从马克家出来后路过的第一个小十字路口。

二、非斯的泛黄时光

我知道在非斯的旧城Fes el-Bali有世界上最古老的大学卡拉维因大学（University of Al Karaouine），而且当时我还信誓旦旦对自己说必须要去大学好好徜徉一番。可是，不知道是怎么一回事，我分明就眼睁睁地错过了这所历史久远，比牛津大学还早390年的高等学府。如今，只落得满腔满腹的后悔复后悔。卡拉维因大学是一座清真寺，也是一所宗教学院。当年阿拉伯世界的许多青年学子来这里诵经习典，学习数学、历法、哲学、医学、法律、天文等先进知识。卡拉维因清真寺的图书馆在中世纪盛名极负，藏书2万余册，仅仅古兰经手抄本就有8000多本，其中很多是各个时期的善本，有彩色的插图。有的书，是写在羚羊皮上，历经千年，完好无损。

非斯麦地那的一个转角，像一部默片。

摩洛哥在历史上先后建都于四个城市，最早的就是非斯。非斯，无疑是阿拉伯世界著名的宗教文化中心。它被美国旅行者（Traveler）杂志评为全球“最浪漫的十大城市之一”。在古代，非斯是北非的商贸中心，欧洲与撒哈拉以南的非洲之间的贸易商队从这里经过，伊斯兰教文化也是由非斯再传播到撒哈拉沙漠以南的非洲去的。

公元8世纪，第一个在非斯建都并创建了第一个王朝的是伊德里斯一世。据传说，当伊德里斯下令开始动工修建非斯时，在朝向圣城麦加的方向，挖出一把金色的斧头，非斯城的名字就由此而来。在阿拉伯文里，斧头读作“法斯”，慢慢演变成了“非斯”。后来，伊德里斯一世的儿子伊德里斯二世，真正让非斯成了威仪的国都。

非斯的旧城叫做Fes el-Bali。旧城里的每一个细节都是货真价实的旧，旧得一点都不含糊，旧得一塌糊涂，干脆彻底。表面上，旧的是破损的墙，腐朽的门窗，坍塌一半的壁，是乱七八糟毫无章法的菜市场，是凹凸不平磨损的长长的石板路；其实实质上，在这里，旧的更是时光。你迈步从新城迈进旧城，仿佛听见哗啦一声响之后，时空被你潇洒穿越了，哗啦一下子倒回去好多岁月。

旧城里的人们，一点不做作地过着他们平静的缓慢的旧时生活。从人们脸上的表情，他们迈步的姿态，他们说话的语气和语速，从他们的穿着，不难得出这个结论。早晨9点走在旧城里，零零落落没有几个人。街上走着的，基本上是运货的人。牵着驴子或者骡子在街上，驴子或骡子身上驮着蔬菜水果，或者驴子骡子身后拉着满车子的煤气罐慢慢吞吞。如果背后有驴子骡子过来，或者一辆载满货物的手推车过来，老远就听见吆喝声让你躲开。“巴拉克！巴拉克！”意思就是“小心！小心！”

每当听到背后传来一声“巴拉克”，人必须立马闪到一边去站定，再看着一个套在吉拉巴里的男子，牵着他的骡子或者驴子，踏着和非斯时光同节奏的脚步，向你走来。

无法计数的弯弯曲曲的羊肠小径，极大限度地挑战我们的观察力、记忆力以及判断力。各种各样的小商店、小餐厅、小作坊、清真寺，眼花缭乱。还有更多的奇妙所在，则藏在深深的巷子深处。如果没有人带领，如果不在这里住一年半载，或许你永远都找不到那个所在。

旧城里，唯一让人觉得很现代的，是中古世纪的建筑屋顶上，家家户户都装上接受电视信号的小耳朵、小锅盖，这乃是一大奇观。

2014年1月27日，是我在非斯的第一天，是邵蓉和俊杰在非斯的第一天也是最后一天。28日，我们要到离非斯不远的梅克内斯（Meknes）去。邵蓉和俊杰就从梅克内斯直接坐火车返回马拉喀什，再乘飞机返回挪威。我则一个人再返回非斯。我们在非斯停留的时间都不多，稍稍休息后，就上街去找地方吃午饭，再随便逛逛。邵蓉和俊杰走在前面，我在后面不紧不慢地跟着，看见感兴趣的画面就拍一张照。走了没有多久，前面有个蓝色门面店铺前，陈列了许多精美的明信片，走过去再仔细一看，我们的眼睛再也拔不出来，两只脚也再也迈不开了。这些明信片太美了。看了这些明信片，再看街上其他商铺的明信片，那简直就不值得一提了。这个商店叫做Made In M Coffee Shop，主营是咖啡，也卖一些小工艺品。商店的橱窗，内部的装饰都无比精致令人难忘。

我们问店里那个高高的朴实的服务员，明信片多少钱一张，他回答把我们吓了一大跳：12个迪拉姆。12个迪拉姆，合人民币就是8块6。买十张二十张就上百了。我们几欲要放弃了。但是，我们实在是喜欢这些画面亮丽独特的明信片，于是派俊杰去讲价。服务员小哥儿太知道这些明信片的身价了，他对我们的讲价无情地拒绝了，也无视我们恳切的目光。他说，这是老板定的价格，如果他打折给我们，他就要贴钱。实在是无能为力帮我们。如果我们觉得贵，可以放弃不买。

他这样没有回旋余地的回答，却激起我们非此不可夺下山头的冲天斗志。我们三个人不疾不徐围着小哥儿继续跟他软磨硬泡，中国人砍价的功夫估计这小哥儿是第一次见识。最后小哥儿扛不住了，他说打个电话问老板。电话之后，我们拿在手上的明信片是一张10个迪拉姆，7元人民币一张。这是迄今为止，我买到的最贵的明信片。不过，也真是我在摩洛哥一路走来买到的最为特别最为精美的。如果错过，真可惜了。

我们在路边找了个餐厅吃午饭。在餐厅的二楼，我们的桌子夹在一左一右两拨儿吸毒兼唱歌的非斯小年轻中间。他们在那边鬼鬼祟祟、偷偷摸摸地避着我们吸白粉，我们在这边胆战心惊目不斜视地盯着盘子快速吃着难吃的库斯库斯。还没有吃完盘中餐，我们就迈着有些慌乱的步伐迅速下楼离开。我们站在一楼买单时，听见楼上之前因为我们在场而被压抑的吉他声和歌声因为我们的离开变得欢快肆意奔放了。

继续游荡。一路上，我又四处找裁缝店，我需要买一卷蓝色的棉线，来缝我的蓝色吉拉巴。蓝色吉拉巴被洗衣机滚筒滚过之后，出现了更多的开线的地方。这一次，非得我亲自披挂上阵，穿针引线不可了。旅行时我随身带着小针线包，可是，没有带足够的棉线。

路过好几家裁缝店，我都犹豫着没有开口。再经过一家店，见一位慈眉善目的老人家，正坐在店中右边靠墙的地上做着针线活，旁边有两个比他岁数稍稍小的老人在和他说话。我跟做手工的老人讲，我想买一管蓝色的棉线。老人听不懂，我又连比带画跟他说了我的请求。旁边的人好像听懂了，叽里咕噜地对他说了什么。老人恍然大悟，他放下手里的活儿，低头在箱子里找了找，递给我一卷蓝色丝线。我摆了摆手，丝线太奢侈了。

我再次连比带画，对老人家说我不要丝线，要棉线。我指指自己的衣服，再指指线。老人好像突然明白了。他缓缓地站起身来，慢慢攀着墙边狭窄的木梯子，爬上二楼。过了半分钟，老人从狭窄的梯子上慢慢下来，递给我一束蓝色的棉线。我开心地拿着棉线问老人家多少钱，老人家笑着摆摆手。我想记住这位老人家慈祥的面庞，就问老人家可不可以给他拍个照，老人家笑着摆摆手。

回到马克的家，我们爬上楼顶去看旧城。沉沉暗暗的傍晚时分，眼前的非斯旧城不明不白如一份淡淡愁绪轻轻划过。高高低低的老旧房屋远远近近，在暗淡的天空下，显得有些无力和沉重。近处，有两朵丰柔的、大可盈抱的云。那两朵云下面，一个男子站在屋顶平台面无表情地正看着我们。而远处的泛着青灰的云，茫茫然地在空中彷徨，像极了那个男子漠漠的表情。

我们为彼此拍了许多照片，背景是非斯的天空，是非斯高高低低的房顶，是晾衣竿，是大的小的晾晒的毯子和衣物，还有，壮观的电视接收器。我很容易记住那一刻，那时的风，那时的云。却，再也回不去了。

回到房间，我和邵蓉在网上搜索梅克内斯的住处。我们在Booking上选择了一些看着赏心悦目的旅店，然后，我把旅店的名字一一抄写在我的笔记本上。等到了梅克内斯，再按照店名地址一一找过去。

夜晚来临了，四周依然是令人心醉的宁静。我喜欢停留在这样的宁静之中。熏上一支藏香，拿出针线包，抽出一根非斯的老爷爷给的蓝色棉线，穿过针眼。在昏黄的灯下，慢慢缝补我的蓝色吉拉巴。

我的心，被非斯泛黄的时光温柔地浸润着，抚摸着。

三、遇见水先生

我和俊杰、邵蓉道别后，独自从梅克内斯回到非斯，非斯依然在雨中。我哪里找得到回马克的家的路，给穆罕默德发了短信，然后守着行李箱站在路边小店的房檐下等他。小店的老板默默把一把椅子放在我的面前。他不会讲英文，只是用手势告诉我，坐下来等，不着急。非斯在雨中迷蒙，沉浸在让人回味无穷的安然流淌的流光岁月里。

我为什么要急呢？非斯一点不着急，我也跟非斯一样，一点不着急。

穆罕默德在雨中微笑着向我走来，依然没有太多的言语。他拉着我的行李箱默默往前走，我跟在他的身后，默默地。马克的家里，还是那么安静，阴沉的天光从天井的玻璃屋顶投下来，雨打在玻璃上，空落落地响。我换了房间，比过去的房间大一些。浴室要爬楼梯上去，门很矮，我几次忘记了，撞了门框眼前星星乱闪。房子里放了一个很大的摩洛哥风情的老式大箱子，作为了我的凳子。我坐在大箱子上，对着箱子边的落地镜子，拍了几张在镜中沉默的自己。

雨没有停下来的样子。我也无法停下脚步。打着伞，我开始在非斯漫无目的地游荡。走了几条没有人的巷子，拍了几张墙上的涂鸦。雨势越来越大，一个人的巷子也愈加冷落，越走越是凄凉。实在是学不了戴望舒笔下的那丁香花一样的在小巷子里徜徉又徜徉的姑娘了。看见前面几步远有一个小餐馆，门口有些花花绿绿的广告加招贴画。心里温暖起来，三步并作两步走过去，掀开门帘，只求一杯滚烫的薄荷茶。

我一边收拢伞，一边抬眼打量屋内，想选个好位置坐下。很不错，满室的雅致。眼光飘过，见窗边坐着一个西方男子，英俊的脸。他正冲着我很真诚地笑着。

我要了一杯滚烫的薄荷茶，刚坐定，男子就跟我打招呼，然后，我们就隔着两米多远说起话来。他自我介绍说自己叫Walter，也就是water多了一个L。我一听，嗯嗯嗯地点头，心里想，那不就是水先生嘛。水先生三十多岁的样子，个子高挑，气质不凡，来自法国。说起摩洛哥，水先生觉得摩洛哥依然像是法国的一部分。倒也是，满大街的人都麻溜地说着法语。这一次，是水先生第四次来摩洛哥。不需要签证，买一张机票就行，跟我们出省一样简单。第一次来摩洛哥，是他17岁的时候，水先生说。我问他：那时你还是学生，是你父母给你的旅费来旅行吗？水先生扬了扬眉毛很吃惊地说：我自己打工挣的钱啊。

水先生的话很多，眉飞色舞，滔滔不绝，我怀疑是不是因为他已经很久找不到人说话的缘故。水先生问：Wendy，你知道马拉松吗？我很谦虚地说：我知道。水先生是一个马拉松长跑爱好者，来非斯之前，他还参加了在马拉喀什举办的一场马拉松赛。只不过，水先生告诉我说，他老了，并没有跑完全程。不过，奔跑的过程他是享受了。水先生掏心掏肺地告诉我他1976年出生，话音刚落，他马上问我是哪一年生的，十二属相里属什么动物？水先生也是airbnb网站的成员之一。他翻出手机，向我展示了在他的家里供出租的房间的图片。热情好客的水先生说：Wendy，等你逛完摩洛哥回到卡萨布兰卡，就直接来法国，就住在我这里。

一杯薄荷水转眼就被我喝光了。我请水先生用法语以及他的魅力让服务员给我的杯子续开水。听到我的请求水先生先是一愣，估计他也是第一次听说薄荷茶要续水这回事。不过，水先生随即对我狡黠眨眨眼，然后，几句法语的事儿，水先生果然不负我望。

后来翻了《孤独星球》才知道，这家小餐厅是很出名的，在《孤独星球》上榜上有名，叫做Lounge。书上写着：一个时髦小资的酒吧。往这里一坐，你就只管尽情地幻想自己在伦敦或巴塞罗那。欧洲风情妥妥的。来了这里两件事你必须要做：先尝一尝可口的馅饼，之后来一顿低调有质感的便餐；然后坐在低低的沙发上，幽幽静静地抽一口水烟。

书上列举的必做的事情，我和水先生都直接省略了。虽然水先生肚子饿得咕咕叫，他却不肯在这里吃东西。原因是，水先生凑近我很鬼祟很小人地告诉我说：这里的东西太贵了。

“我们一起去四处转转吧。”说着，我们起身，抬脚就走进了雨中。我打着伞，水先生则漫步小雨中。

在路上，我对水先生说：本来这场雨下得我心里挺沮丧的，但现在看起来，这场雨却是如此美妙。因为这场雨，我才会走进Lounge，才会遇见你，这一个叫做Walter的法国先生。水先生听了直点头，说：就是就是。旅途中偶然相逢，然后化作短短的一段同行，再走到结局的挥挥衣袖不带走一片云彩，无比戏剧，无比好玩。反复印证“缘来且住缘尽散，一如清风送白云”，潇洒恣意，不拖泥带水。

和水先生在一起，我再也不用翻我的地图，不用翻我的《孤独星球》了。一路只管拍照，然后跟着他走就行。说到底水先生也没有什么目的，反正就是带着我随处乱走。我看他真是饿得不行了，一会儿买饼干，一会儿买橘子，一会儿买橄榄。一直买到我们两个人都无法再腾出手来提袋子时才停下来。我们两人拎着吃的，边走边吃。每买一样东西，水先生都大呼小叫一脸笑，说：You see, you see! One euro! One euro! Nothing! Nothing!（你看，你看，一个欧元，一个欧元呐！简直是白拿！白拿！）

我请水先生一路帮我拍照，我们一路瞎摸乱撞来到了铜器广场（Place as-Seffarine）。在非斯，这是一个非常著名的地方，也是游客必到之地。敲敲打打铿锵的声音让人非常怀旧，目之所及，都是旧的时光。广场不大，围绕着广场，是一个又一个商铺，手艺人们埋头自己手里的工作叮叮当当，大大小小的锅啊、盆啊、勺子啊，到处挂着，摆着。

水先生翻着他的旅行指南书，他的身后就是著名的铜器广场。

我们站在铜器广场中央，四处张望。脑瓜子灵光的水先生指着前面的餐厅楼顶对我说：Wendy，我们想办法上去瞧瞧。我说那不是私人领地么？水先生非常自信地说我们去试试看。我们来到餐厅门前，水先生跟餐厅老板叽里咕噜讲了一阵子法语后，我们走进餐厅，攀着楼梯直上餐厅的楼顶。

古老的非斯，远远近近，又一次，在怀旧的天色里，铜版画一样展现在我们的眼前。

水先生绝对是个行云流水的人。经常独自旅行，是背上挎包就走的角儿。自打和他接招相识，他几乎就没有停过呵呵呵地笑。还有，水先生话之多啊，天啊，几乎没有停过的滔滔不绝的犹如绵绵江水。幸亏我是个乐于做听众的人，从不打断，才随了他兀自唠叨下去。无论是什么，只要打他的眼前一过，都能够令他升起强烈的好奇心。我问他怎么那么喜欢笑？他说俺健康，能到处旅行，生活很好，为什么不快乐，为什么不笑呢？他听说我也是满世界溜达，很是好奇地问我：你为什么会有那么多的钱呢？我有钱吗？我问我自己。嘤嘤嘤，我分明听见我的钱包在哭泣。

每每在路上遇见拉着我们，要我们买这样买那样，或者参观这个参观那个，吃这个喝那个的人，水先生从来不会断然拒绝别人，拂了别人的面子，总是笑眯眯地表现出很感兴趣的样子仔细倾听，时不时笑嘻嘻地回复别人几句法语，然后，转过头来，用英语装作询问我，对于别人的提议我的想法怎样。我当然知道这是他拒绝别人的巧妙方法。所以，我总是很机智地配合他：很抱歉地摇头说自己暂时不太想。他立刻耸耸肩摊开手，无比真诚地抱歉地对人家说：喏，你看，不是我不想去，是我的女朋友她不太想去。不知道从何时起，我就成了他的女朋友，关键是，他做了好人。一切得罪人的不是，都扑簌簌地落在我的头顶上。

我们逛到黄昏时分，决定一起去吃晚饭。水先生请我先陪他回不远处他的旅店。他说在吃晚餐前，他必须要沐浴一下。说完，还加了一句：我是法国人，你懂的。

我们左拐右拐到了他的旅店——一家跟马克的房子差不多的摩洛哥

民居。我坐在小庭院里喝薄荷茶看书等水先生，水先生则回自己的房间去沐浴更衣。正在这时，推门而入两个人，我抬头定睛：天呀！这两个不是和我同车一起去撒哈拉的西班牙夫妇么？他们见我，也是：天啊！这不是Wendy吗？随即，西班牙女子迫不及待绘声绘色地向我描述，我离开他们之后，那几个西班牙小哥儿的垂头丧气。他们说：总是微笑的Wendy走了。说完，西班牙女子又哈哈大笑起来。

我听到这里，得意的春风立刻吻上了我的脸。

我和水先生走到离风门不远、餐厅云集的地方，脚跟还没有站稳，几个餐馆拉客的人就围上前来，一个一个陈述他们餐馆的得天独厚，与众不同。水先生故技重施，又把得罪人扫人兴的盆子扣在我的头上。他耸耸肩摊开手，对别人说：喏，你看，不是我不想去你的餐厅，是我的女朋友想去那一家，对不起哦。一脸的真诚。只可惜我不会讲法语，不然我会劈头盖脸把他的伎俩也用在他的身上。

我们选择在餐厅的二楼就餐。

餐厅不大，已经坐了很多西方游客。我们很明智地选择了离袖珍取暖器很近的位置，虽然那个取暖器散发出来的热量可以忽略不计。水先生要的是库斯库斯和菜汤，我要的是塞克酥（Seksu）和沙拉。结果却是，我喝了水先生的菜汤，他吃了我的沙拉。我觉得寒冷的冬夜，喝热汤明显要比吃冷沙拉更惬意和妥当。

大名鼎鼎的塞克酥我第一次吃，也是唯一一次吃。陶制罐里，精致的牛肉丸子以香气袭人的高汤蒸，配以蔬菜、鸡蛋等。我吃了鸡蛋，吃了蔬菜，几大块免费面包加水先生的菜汤，胃就膨胀无比。我请善解人意的水先生帮我一个忙，水先生当仁不让非常快乐地把牛肉大丸子一个一个消灭了。

呼啦啦地来了一个罗马尼亚旅行团。人太多，座位不好安排，自然而然，我们很友好地把我们居中的上好位置让给他们。我们二人挤着坐在靠门口的角落里，听他们二十几个人喧天的叽叽喳喳。热闹的气氛让喜欢看热闹的水先生眼睛发亮，他张大嘴巴，呵呵呵的笑声变本加厉。我问他，对面哪个女子最美丽，他很谨慎地搜寻一番后，暗指了其中一个。然后，他很善解人意地凑在我的耳边说：说真的，这间房子里，你最美丽。听到他说出了我期待已久并且最为完美的答案，我的心里开出了好多好多五颜六色的花朵。

水先生向我展示他那条围在脖间的黑色围巾，他花了20个迪拉姆在非斯买的针织围巾，14元人民币，“made in China”。那么一条普普通通的围巾，被水先生随意地绕在脖间，却透出无比的气质，洋溢着无比的赏心悦目。

一个人的气质足够了，并不太需要华丽的外物来陪衬。水先生的寻常暗绿色休闲棉服，家传的老旧大挎包，廉价围巾，充满好奇的眼睛，举手投足间的洒脱闲适，加上他随时随地的笑，让他自己已然成了一道美好的风景。我用中文精致地在心底夸了水先生半天，可惜他听不到。不过，他也夸我。他说一个敢于自嘲的人，是智慧的人。比如Wendy。就是我。

虽然谈不上人见人爱花见花开，但是总的说来，这些年来一个人在江湖游荡的岁月还算是顺风顺水，好像总是会遇见一些像水先生这样好玩的人，总是会经历些好玩的事。深究其中，这“总是”二字绝对不是无缘无故。物以类聚人以群分，一个好玩的人，才会遇见好玩的人，才会经历好玩的事。“好玩”，该是旅行的核心。

我们把赠送的薄荷茶喝了，橘子吃了，水先生送我回去。

夜色里的非斯，弥漫着轻柔的静谧。虽然才不过八点过，路上已经难以见到几个行人。大多数店铺关门打烊，稀稀落落有几个店铺还亮着温柔的光。路过一个画室，我们走进去看了看，听水先生和卖画的男子用法语畅快地交谈着。在一个在卖手工鞋的小店，我们各买了一双鞋。水先生买的是给他哥哥的孩子的小鞋子，我花50个迪拉姆买了一双有天空蓝的柔软的手工皮拖鞋。

我们很顺利地找到了马克的房子。

夜色很沉静，我们站在无人的深深的小巷深处，左亲亲右亲亲，互道珍重告别了。聚散都是缘。人生何处不相逢。离我们不远处，是昏黄的路灯，散发着暖暖的光。

第二天，水先生坐火车去了卡萨布兰卡，然后，他还要去我最爱的索维拉。后来，我收到水先生发来的短信：Wendy，我到索维拉了，正在和旅店老板唠嗑呢，你来不来呢?

不了，不来了。我还是一个人留在非斯。

俊杰、邵蓉走了，水先生走了，我一个人还在菲斯。

水先生呵呵呵的笑声，水先生亮晶晶的蓝眼睛，都留在我的记忆里了。

四、非斯的穆罕默德

在非斯住了两三天后，对于两条通向风门的主要坡道——Talaa Kebira和Talaa Seghira，我已经比较熟悉。我已经能够肆无忌惮地穿行到主道旁边无数的分支小巷里去打探，拍照。不过这样的小巷一般都是通往僻静的民居住处。很多巷口，站着些男孩子，或玩着手机，或聊着天。往往是，我两个小时之前从那里经过，他们在那里站着。等我两个小时之后返回路过，他们还在那里站着，几乎连站立或倚靠的姿势都没有发生什么改变。大多数男孩子看见我往巷子里钻，会善意告诉我，前面是死路。

我从马克的房子走出没有多远，看见有许多孩子背着书包在街上走着。那个时间，大约是上午十点半的样子。我是个好奇害死猫的人，我很奇怪，这些孩子到底是上学呢，还是放学呢。我忍不住走上前去，问坐在十字路口无所事事的小胡子男人。他笑着向我解释说：他们一半是上学，一半是放学。一半的学生8点到10点上学，一半是10点到12点。下午上学也是两拨。哦哟，我算了算，这样算起来，这些小朋友每天上学的时间最多不过五个小时。神仙般的读书生涯啊，难怪在大街小巷总是看见玩耍的孩子们。估计他们从来就没有听说过有家庭作业周末补习班这种事吧。

穆罕默德的样子，很像瘦削的格瓦拉。

我正和小胡子男子聊着天，一个脸色黑黝身子微胖挂着导游证的男子过来。他递给我一张名片，上面的阿拉伯文我看不懂，但是几张皮革染制作坊的小图片让我知道他的用意。果然，他问我要不要参观非斯的皮革染制厂。我告诉他，我在马拉喀什已经参观了皮革染制作坊。可是，男子坚持说非斯的皮革染制作坊跟马拉喀什的不一样。

这次我有经验了，先问价格再说。他说，20个迪拉姆。价格倒是不错。我想，反正也没有什么事情做，价格也很合理，那就去看看非斯的皮革染制作坊和马拉喀什的皮革染制作坊到底哪里不一样。见我同意了，男子立刻回头，高声唤来他的儿子，由他带着我去。男孩子大概15岁的样子，大冬天里，光着脚穿一双凉鞋。

小男孩在前面带路，七拐八弯东拐西拐，越走越是深邃。不过，一路上都能够看见指向皮革染制作坊的标志。几分钟后，我们走进一个很大的皮革商店。从一楼到三楼全都是陈列着各种皮革制品。皮包，皮衣，皮箱，皮帽，皮带……大大小小，式样繁多，整个商店飘着浓浓的皮革味道。

小男孩把我交给店里的一个戴着眼镜的斯文的高个儿年轻男子，他带着我从楼梯再往上攀，上了屋顶。原来，在非斯看皮革染制作坊，是从高处往下看，无法进入染制作坊，近距离观看。大约这就是非斯的皮革染制作坊和马拉喀什的皮革染制作坊的不同之处吧。难怪价格这样便宜。

虽然无法走近看清细节，不过，这样的俯视，倒是另一种视觉冲击。只是可惜我的相机没有长焦，无法拍出彩色染缸的细节，无法定格劳作的工人们工作的瞬间。高个儿男子向我介绍染制作坊，我也问些简单的问题。这时，上来几个女子，绕着屋顶平台拍照。她们说着普通话，一听，是台湾人。

回到商店，跟店里的人聊天，知道这个皮革染制作坊和这个商店都是属于一个老板，非常有钱，非常有名。这里所有的人，都是为他工作。我很抱歉地说，我的行程还很远，不太想买什么东西。他们很友好地说：没有关系，没有关系。拍完照，大家笑着，跟我道别。

返回到那个小小的十字路口，我往风门走去，已经变得很熟悉的风景在我眼前舒展而过。一个浓眉大眼的摩洛哥年轻男子走来问我：日本人？韩国人？哦，是中国人呀。

男子邀请我去他的店子坐一坐。我想尽快摆脱他，告诉他说我要去博物馆，正赶时间，下次再来拜访。他坚持说就坐一会儿，绝对不买东西，就坐一会儿。他还告诉我，昨天他看见我和我的男朋友从这里走过。当时我就哈哈笑起来，天知道，水先生真成了我的男朋友了。

他叫穆罕默德。穆罕默德告诉我，在摩洛哥，一个家庭的第一个男孩子，99%都叫做穆罕默德。难怪我一路上遇见好多好多的穆罕默德。为马克工作两次来接我的男子，也是叫穆罕默德。穆罕默德的店子很大，很明亮。艳丽的地毯，各种皮革制品，摩洛哥风情的油画，长长短短各种颜色的传统吉拉巴，花色不一的布料，还有几双精巧的鞋子。我一边欣赏商店里精美的商品，一边跟穆罕默德聊天。

没有聊上几句话，穆罕默德突然说他喜欢我，问我可不可以留在摩洛哥，和他生活在一起。我当时就被这句话弹射至半空，半天悬浮下不来。不过，看他说话的样子，是满面的真诚。穆罕默德接着说，自己的家族有很大的工厂，有很多的生意。他说我们会有自己的房子，自己的生意，会有很好的生活。我听了，心里怦怦直跳，听起来真是诱人啊，说不定这辈子一下子就从一贫如洗到腰缠万贯了。

穆罕默德指着商店里的吉拉巴，非叫我选一件穿一穿。所有的吉拉巴都又长又大，唯一一件枣红色的看着稍短。可即使这件最短的吉拉巴，我穿上去后也几乎拖地。我甩着京戏的水袖让穆罕默德给我拍照。穆罕默德一边拍照，一边眼睛放光啧啧赞叹说：穿上吉拉巴，你更美了，我更爱你了。

这时，穆罕默德的叔叔回到商店。他的叔叔是一个画家，他的画室就从商店最里边的那个小门进去。在通向画室的过道的两边，全是色彩明艳的摩洛哥风情油画。在窄窄的画室里，堆放着尚未完成的画作。这些画的画工不是很细腻，线条也较为呆板，画面的内容也没有太多新意，但是，若买一幅作为旅行的纪念物，还是值得。

穆罕默德请我抽了一支摩洛哥当地烟。他要我记下他的电话号码。他说商店五点关门打烊，要我逛完博物馆，五点钟再来找他。他说要带我去见他的家人，和他的妈妈和姐姐一同共进晚餐。能走进非斯当地人的家去体验生活，这是何等可遇不可求的事情，我毫不犹豫就答应下来。

告别了穆罕默德，我来到博物馆。站在博物馆前的小广场上，四周是一个挨着一个的纪念品商店。一个长相喜庆的男人朝我走过来，张开双臂，直截了当开玩笑地大声喊：让我做你的丈夫吧！让我做你的丈夫吧！我听了哈哈哈大笑，旁边人也都哈哈哈大笑。

到了我和穆罕默德约好的下午五点钟，我却犹豫起来。要不要真的去找穆罕默德？真的要去吗？我想了再想，最终我还是没有返回穆罕默德的小店。

穆罕默德打来很多电话，我都没有接，我不知道该说什么。我怕我一接电话，就会改变我的决定。我给穆罕默德发过去短信说：谢谢你。穆罕默德。对不起，穆罕默德。

五、“我可以亲亲你吗？”

2014年1月30日，我在非斯的最后一天。

一大清早，非斯的阳光已经喜气洋洋。而我，已经喜气洋洋地坐在风门边的咖啡店，和当地人一起喝咖啡晒太阳了。

旅行时，我最不爱去游客聚集的看起来很有气质典雅高档的地方。价格超贵不说，周围基本上没有当地人，这就缺乏了入乡随俗的亲切感。我的选择宗旨是，哪里当地人多我就在哪里待。这个宗旨贯穿我所有的旅行，包括在大家印象里脏得无以复加的印度。和当地人一起吃喝玩乐才是旅行中上档次好玩的事情。

咖啡店的前面就是风门。我选了一个阳光最为灿烂的地方坐下，要了一杯甜蜜蜜的摩洛哥咖啡。在我的旁边，身后，全是穿着各色吉拉巴的男人，年纪大的居多。在摩洛哥的当地茶馆和咖啡店这样的公共场所，摩洛哥女人是不允许出现在那里的。所以，当我往那里一坐，马上就能够非常清晰地感受到来自各个方向投向我的目光和注视。

我喝了两口咖啡，就把袖珍三脚架拿出来架在桌上，给自己拍了几张艳照。艳照是指艳阳下的照片。我翻出木心的书读了几页，就读不下去了。在笔记本上写了几个字，就写不下去了。脑子一片空白，眯着眼睛恍恍惚惚地望着眼前来来往往的人们。

无所事事的感觉真是令人心醉，就像入定。一切都是空的感觉。那种感觉说不出来，只有我自己知道，心下欢喜。

溜溜达达，我逛了逛风门周围。在墙边，看见一个正在阳光下入定的擦鞋人。他睡得很香，旁边招贴画上的美女正笑盈盈地看着他低着头打盹儿。据说，非斯老城的城市格局已经有1000多年没有变过了。这个据说我完全相信。我在这个看似破破烂烂的老城里待了三四天时间，虽然没有把狭窄曲折的9000多条小巷子都转个遍，但是那种老得彻底、旧得彻底的气息我是深切地感受到了。所以1000年以后，非斯还是那个非斯我是相信的。一想到我眼前的非斯还是1000年前的样子，心里跌宕莫名的情怀。

摩洛哥和欧洲，只隔着一个直布罗陀海峡。1912年3月底，法国和西班牙迫使摩洛哥苏丹穆勒·哈菲德在保护国条约上签字，法国控制了摩洛哥绝大部分，西班牙控制了北部从丹吉尔到得土安的地区。1912年4月，法国强行将摩洛哥的首都从非斯迁到拉巴特。从现在的摩洛哥人几乎都能讲法语讲西班牙语，就看得出欧洲文化对摩洛哥文化的浸润至深。按照哈桑二世的话讲：摩洛哥像一棵大树，根深植在非洲土壤里，枝叶却呼吸着欧洲吹来的微风。但是，离欧洲这样近，和欧洲历史渊源这样深，长久以来吹着欧洲吹来的微风的摩洛哥，本民族的文化、语言、宗教、建筑和传统，却毫无悬念毫不牵强地在摩洛哥特有的慢的节奏中，被完好地保留下来。摩洛哥人不慌张，至少在古城里我所见如此，他们心安理得慢条斯理地过着自己的日子。落败也好，贫穷也罢，平静安怡。

我在路边的小餐馆找了个座位坐下，要了一个摩洛哥式三明治，和一杯薄荷茶。一张面饼子，里面夹着牛肉和蔬菜的混合物，裹起来，用一张酷似牛皮纸的纸一包，递给我，这就是我的午餐了。我身后是一个胖胖的非斯大嫂，前面是两个裹着头巾的非斯美少妇，她们吃的是跟我一样的三明治，不过，她们更喜欢喝可乐。小餐厅里当地人满满当当，小餐馆想必是在这附近相当出名。

从梅克内斯回到非斯那天，我在汽车站买了31日非斯往舍夫沙万的车票。因为第二日要一早打的到CTM汽车站，我必须先探探路，找到出租车停靠的地方。我实在是不好意思再麻烦穆罕默德，让他一大早去送我。最关键的是，我更习惯悄悄独自离开。

我轻车熟路款款地几拐几拐走出小巷子，刚站定，正在凭记忆决定该是往左走还是往右走，突然，前面哗啦啦一大群孩子出现在我的眼前。从前面一个狭窄的坡道上，跑下来好多欢快的小学生。一看时间下午四点过，不难判断出，这是一个小学校放学了。那些孩子三三两两嘻嘻哈哈推推搡搡地从小坡上下来，见到举着相机守株待兔的我，先是一愣，马上就开始放肆地在我的相机前做各种怪相。接下来，越来越多的孩子拥挤在我的相机前，争先恐后地做各种怪相。

其中有四个胆大的男孩子，他们大约是6年级的孩子（如果摩洛哥小学也是六年制），十一二岁吧，都有灰蓝色的大眼睛，长长的眼睫毛，并不太整齐的雪白的牙齿。说他们大胆，是他们几个除了想方设法地用不太熟悉的英文跟我说话，在镜头前扮怪相以外，他们还有意无意地拉拉我的头发，摸摸我的手。他们拉住我拽着我，要跟我合影。

穿着蓝色衣服的男孩子说：我可以亲亲你吗？亲了之后，蓝色衣服又指着旁边的男孩子说：他也想亲亲你。

就这样一个接着一个之后，不知道我的脸上留下了多少他们的口水。最后，我才和一直笑眯眯地帮我们拍照的害羞的小女孩子合影。

一场热闹之后，我才想起问那些男孩子们，哪条路是通往出租车停靠的地方。男孩子们呼啦一声拉着我往右边的路走去。一大堆人马跟着

一张张欢乐的笑脸。

我浩浩荡荡。走着走着，有些孩子到家了，敲敲门，门开了，孩子转身对我甜甜一笑：再见！走进门去，门关上了。剩下的人继续带着我往前走。走到古城门前，只剩下两三个男孩子了。他们指着城门外的那块小广场对我说：明天早晨在那里等出租车。

六、突然间的除夕

我一直以为，2014年的除夕是1月31日。

在制订我的摩洛哥反时针环游计划时，我掐着手指算了又算，非常精确地把除夕留给蓝色之城舍夫沙万，我准备好好地在舍夫沙万度过一个浪漫的除夕之夜。就跟那年在印度的孟买过除夕夜那样，在热闹喧天的啤酒馆里，跟美国朋友杰夫（Jeef）喝当地啤酒，和周围的印度人说话聊天，热热闹闹。也可以跟那一年在越南会安时那样，跟劳伦特和他双胞胎弟弟一起在河边喝啤酒，看河灯，和他们说话到半夜，清清淡淡。

总之，我踌躇满志，一定要有一个别样的摩洛哥除夕夜。

1月30日我在风门那里懒洋洋地喝咖啡晒太阳时，收到很多祝福短信，但是都没有引起我半丝半缕的注意，我以为这只是明天除夕之夜铺天盖地的短信雪片的前奏曲。

到了下午，我拎着小塑料袋回到马克的房子，更多的短信纷沓而至时，我这才突然警觉，莫非30日是除夕啊。我赶紧百度，果然是。我看了看时间，当地时间六点四十五分，已经是北京时间大年初一的凌晨三点了。我的2014的除夕夜已经过了啊。一阵子灰心丧气之后，我又大喜过来。反正时差八个小时，摩洛哥时间才不到七点，我的除夕夜还没有过。

可是，突然要一个人过除夕，这实在是糟透了。环顾四周，连举杯邀明月的杯子和酒都没有。住在一楼的荷兰男子也离开了。不然，我或许可以敲敲他的门，问他要不要一起出去吃顿饭，喝一瓶可乐，帮我增添一丝节日的气氛。冷冷清清的整栋房子，只有我一个客人，孤灯一盏。实在是太过凄凉了。

随之而来的是后悔。排山倒海的后悔。早知道今天是除夕夜，我就该接受穆罕默德的邀请，去他家里做客，过一个别具一格的摩洛哥式的除夕之夜。唉，该错过的，就理当会错过的。天意如此啊。一声长叹。

喝了酸奶，吃了鳄梨，加上小饼干、土豆片、牛肉丝，以上算是我的年夜饭吧。我老妈在天上如果看见我一个人如此惨淡在异国他乡过新年，一定会心疼得掉泪的。

一个人再摸黑出去肯定不太明智。晚上，当地人都各回各的家了，到处黑灯瞎火，关门闭户，没有任何娱乐场所。根本就没有容我小坐片刻之地。而且，到了晚上，那些小巷子就更加鬼魅难以辨认。出去容易，就怕回来难。

周遭，一如既往的宁静。没有任何声响破坏这种宁静。一种柔和而浑然一体的黑暗在屋子外面荡漾着。

我老老实实待在屋子里，孤灯之下，捧着电脑，找了一些关于非斯的资料，算是做一个离开之前的学习，看看这个曾经光辉的古都。

公元808年，伊德里斯王朝的伊德里斯二世在非斯河谷的左岸，修建了一个繁荣富庶的首都。在柏柏尔部落酋长的辅佐与支持之下，伊德里斯二世不但让国民积极发展农业商业，还对敏感的宗教信仰采取相当宽容的政策。这样的政策之下，使得移民们纷纷涌入这个新兴的阿拉伯城市。

到了公元1069年，居住在非斯河谷左岸的柏柏尔人与来自安达卢西亚（Andalucía）的移民，和居住在非斯河谷右岸的突尼斯移民，共同缔造了非斯古城的城市轮廓。

到了公元 1248年，马里尼德人再次将首都建在非斯，将非斯推向一个经济繁荣的高峰。

后来，摩洛哥沦为法国殖民地，法国人将首都迁往了濒临大西洋的城市拉巴特，放弃了这个有着143座清真寺、7所穆斯林学校和64座纪念性喷泉的古城。曾经辉煌灿烂的伊斯兰文化之都非斯，由于政治中心的转移，许多建设与规划停滞下来。

直到1982年，非斯古城被列入世界文化遗产，这才唤醒世人对她的珍视。一项“埃德非斯”的拯救计划，让非斯古城开始了古迹修复和文化保存记录的工作。而也就是从那个时候开始，源源不断的来自世界各地的游客去往非斯，探望她，走访她，喜欢她，爱她，同时也无休无止地打扰她。我，就是这其中的一个。

离开非斯的那天，是中国新年的大年初一。非斯，依然在细雨霏霏中。早晨9点，准时，我在庭院里吃早餐，喝我带去的铁观音，吃煎蛋吃面包喝新鲜的橙汁。穆罕默德再次请我留下来参加几天后即将举行的他的婚礼，而我，只能再次抱歉地婉言拒绝了他。虽然，我很想体验摩洛哥的传统婚礼，很想在婚礼现场为他祝福。穆罕默德笑着问我，要不要送我一程，我笑着对他摆了摆手。最不喜欢有人相送的离别。

我把房门钥匙挂在彩色的木门上，关上身后的那扇门。左手举伞，右手拖着行李箱沉沉地走在尚没有人走动的巷子里。细雨绵绵，我却断然没有身在异乡为异客的漂泊之感，我只顾着怀着欢悦的心迎向下一个新奇的未知。这一路都是上坡路，走得很费劲。走到等出租车的石门那里，我感觉手臂要断裂了。

一个胖胖的中年司机走过来问我要不要出租车。我问他车费多少钱，他一定把我当傻子跟我要100个迪拉姆去CTM汽车站。我冷冷地朝他丢了个白眼，说你疯了么，转过头不再理他。不多一会儿，开来一辆簇新的红色轿车。司机年纪轻轻，穿着干净清爽的衣衫。我问司机去CTM汽车站多少钱，他笑着指指计价器，打表。我向他竖起了大拇指。到了CTM汽车站，计价器显示17个迪拉姆，这是应该的价格。我给了诚实的司机20个迪拉姆，我们握手道别。

交付了行李，人轻松了很多。打着伞找地方喝咖啡。坐在街边的咖啡店，望着眼前哗啦啦地下着的雨，心里好忧愁。旁边坐着一个中年男子，很客气地问我要去哪里。我说我去舍夫沙万。这个来自卡萨布兰卡的穆罕默德，说自己过几天就要回卡萨布兰卡去。他热情地坚持要我在本子上记下他的电话号码，说等我回到卡萨布兰卡，就联系他，他很乐意带我去四处看看。我感谢他的好意，为了不让他失望，我翻出笔记本，认真地记下了他的电话号码。虽然我心里清楚，我永远都不会拨打

这张照片让我感觉一切像是突然被施了魔法，静止了。

这个电话。

汽车在微雨中准时启动离开非斯。

在车上，接到水先生的短信，他说自己已经回到索维拉了。他正在和旅店老板热情洋溢地唠嗑。一下子，我想起他呵呵呵的笑声来，我的嘴角，也不由得浮出一丝笑意来。

我突然意识到，一个自信好玩有趣的人，一个生命的热情之火熊熊燃烧的人，才会如水先生那样无法阻挡地微笑。

水先生很真诚地邀请我去索维拉，虽然他明明知道我不可能再返回索维拉。不过，我很真诚地告诉水先生，如果我再去法国，一定会去探望他，去住住他那间干净雅致、看得见风景的房间。

梅克内斯

一、梅克内斯，非斯的妹妹

还是他——法国的劳伦特。他说：Wendy，你去了非斯，一定不要错过它的小妹妹——梅克内斯（Meknes）。

2013年的冬天，我独自在越南旅行，遇见了劳伦特和他的双胞胎弟弟。我们的遇见只有短短的几面，但即使是短短的几面，也是足够戏剧和神奇了。自2013年的除夕我们分别后，我们一直短信联系到现在。我一直非常喜欢和信赖这个像邻家男孩般朴实与阳光的法国男孩子。而他，总是与我心有戚戚焉，知道我会喜欢怎样的地方，喜欢怎样的环境。所以，他说不要错过索维拉，我就一定不会错过。他说不要错过梅克内斯，我也一定不会错过。

梅克内斯是摩洛哥历史上的第三座都城。因为是由穆莱·伊斯麦尔苏丹（Moulay Ismail）修建，因此又叫做伊斯麦尔城。

穆莱·伊斯麦尔于1672年在当时的首都非斯登基。可是，伊斯麦尔一直担心非斯和马拉喀什的部落实力太过强大，极为容易发生兵变，对自己的王位不利，于是，他决定在梅克内斯另建一座都城。

当时，伊斯麦尔从南部苏斯地区招募了大批的黑人，再加上从安达卢西亚返回的雇佣军人和基督教战俘，组成了自己强大的御林军。为了增加兵力，伊斯麦尔极力鼓励年轻体壮的士兵早婚早育，多生多育，以保证自己的御林军有源源不断的强壮兵力，让自己的军事实力得到源源不断的增长。

伊斯麦尔的时代，是和法国“太阳王”路易十四同在一个时代。因为对路易十四的崇拜，伊斯麦尔修建的王宫是以凡尔赛宫为样本为模板的。据有关的文字记载，伊斯麦尔的王宫蔚为壮观，有五十多座大殿，有一望无际的花园。为了浇灌花园里的花花草草，伊斯麦尔还下令开凿了一个占地四公顷的蓄水池。

但是可惜的是，这座曾经灿烂辉煌蔚为壮观的皇城，在1755年的一场大地震中，被夷为了平地。只留下两道城门和几段城墙，以及王宫的马厩、弹药库遗址和蓄水池。

梅克内斯离非斯实在是太近了，更可能是因为非斯的名气实在是太大了，梅克内斯常常被人们忽略了。游客往往在非斯停留之后，就直接往北去舍夫沙万等北方城市，或者直接南下去撒哈拉沙漠了。不过，也正是因为这种忽视，让梅克内斯较少被人打扰，更适合闲适地无所事事。

梅克内斯，曾经一样是摩洛哥的首都，一样有着弯弯曲曲狭窄的巷弄和著名的古老建筑。而梅克内斯，比非斯还多了一份不一样的安静和低低的优雅。更为不平凡的是，在离梅克内斯古城麦地那不远的“圣城”穆莱·伊德里斯（Moulay Idriss），现在还能够找到激动人心的古罗马遗迹。

邵蓉和俊杰之前并没有计划要去梅克内斯，他们计划继续北上去舍夫沙万。在听了我的计划后，就决定和我一同去梅克内斯，并放弃了舍夫沙万。虽然我已经习惯独自旅行，无牵无绊，但是我从来不会拒绝上天给我送来的旅伴。他们是乘缘而来，因缘而来，我除了欢喜，还是欢喜。在我们同行的三天三夜里，他们带给我的欢乐和帮助，比我带给他们的要多很多。

自从和邵蓉、俊杰同行，大大小小的事情都变得容易而轻松，我的脑细胞几乎停止活跃停止运作。在外面，我几乎都不用摸一下钱包，万事不操心逍遥自在。买车票打车吃饭喝茶付酒店费用都是由俊杰出面，晚上回到住处，我们才坐下来慢慢地细算。俊杰说多少，就是多少。突然之间，身边多了一个操心管事的妹妹和弟弟。这感觉真好。

非斯到梅克内斯，只有短短的一个小时的车程。

沿途道路两边全是一棵棵青翠的橘子树。树不高，树顶都被剪得平平整整，伸展开的枝叶被修成圆形，远看着像路边摆着一个又一个小圆桌，好玩得很，完全是有摩洛哥特色的园艺理念。每棵橘子树上，挂满了黄艳艳喜人的橘子。可是，那些诱人的橘子，竟没人去伸手摘取。

看到此情此景，我的内心十分震撼，我大胆地设想：如果在我的城市，如此可爱的橘子们这样毫无遮掩地挂在光天化日之下，估计还没有等成熟早就被摘光荡然无存了。自然而然，我对摩洛哥人民的素质素养由衷地赞叹有加。

一路上，我都念念不忘这些金灿灿黄澄澄的橘子。到了梅克内斯，坐在出租车上，看着街道两边依然枝叶丰茂硕果累累的橘子树，我忍不住好奇地向身边的司机打听，难道真的从来没有人摘取路边橘子树上的橘子来吃吗?

司机瞟了一眼车窗外的橘子树，平平淡淡地告诉我说：哦，那个呀，是用来看的，不能吃的，酸得要死，难吃得要命。我一听大笑，原来如此。恍然大悟之后，我心里有莫名的释然和快意，如释重负的感觉。

后来，回到国内后，在QQ上跟欧萨玛（Ossama）语音聊一些有关摩洛哥的事情时，我偶然提到这件事，把欧萨玛笑得人仰马翻。欧萨玛笑着说：如果那橘子能吃，早就无踪无影了，你还指望满树满枝？欧萨玛给我发来这种果树开花时的图片。突然之间，我明白过来，这果树应该是“橘逾淮而北为枳”的枳。后来，我去进一步求证，果然是。

我们在梅克内斯停留的时间很短。

上午十一点半到达梅克内斯。我们立刻拖着行李箱去火车站看梅克内斯发往马拉喀什的火车时刻。CTM车站离火车站不远，走过一个袖珍加油站，然后在一家水果店买了三个鳄梨，总共用去大约十分钟，我们就到了火车站。邵蓉很肯定地告诉我说：吃鳄梨对女人的子宫大有益处。那鳄梨的样子的确太像女人的子宫了。我买下了三个鳄梨。一人一个。让俊杰也补补。哈哈哈。

梅克内斯的火车站小巧玲珑，安静洁净，候车厅里几乎看不见人。站台上也是空荡荡的。看见我们走进大厅，一个又高又胖的车站工作人员立刻过来热情地帮助我们。很快，俊杰和邵蓉买好了第二天七点十分

漂亮的城门，看着让人心生羡慕。记得，我的城市曾经也有过城门。

开往马拉喀什的车票。

买好了车票，我们打的去梅克内斯的古城麦地那。司机大约六十岁，他戴上眼镜仔细看了看我抄写在本子上的那些旅店的地址，胸有成竹地启动了汽车。

可是，他只把我们送到麦地那的一个入口，就让我们下车自己去找旅店。之前，我们都以为汽车可以把我们直接送到旅店门口。司机说：汽车是不允许进入旧城麦地那的。

在麦地那，我们同样是在弯弯曲曲的巷弄里转圈迷糊，抄写在笔记本上排列前三的旅店始终无影无踪。突然，我看见路边一个旅店指示的标示。我觉得这个旅店似乎也是在我选中的旅店之列。果然，在所列旅店的名单的倒数第二，我看见了这个叫作Riad D’or旅店的名字。

住进这个名字看起来像迪奥的旅店，大约安顿好以后，我们出门去，走在没有一丝嘈杂的古巷里。

巷子里随处散漫地摆放着用陶罐种植的高大的绿色植物，看起来似乎没有人打理和照顾，却焕发着勃勃生机。花倒是很少见到，也许是因为季节的缘故。老旧的商店不多，也不少，都是静悄悄的。那些从我们身边走过的当地人，最多含蓄地低低地打声招呼，而绝对不会像非斯像马拉喀什的人那样，大声地问你：日本人？韩国人？然后如梦初醒：哦，中国人啊！

我们所凝望所触碰所走过的，是丝毫不逊色于非斯的古老和优雅。梅克内斯并不突兀，她静静地沉浸在岁月里，带着一份怡然自得的安详和快乐。“她找到了她自己的去处。”这个稳妥的句子，适合梅克内斯。

在梅克内斯，因为不是我一个人的游走，很多细节就很容易地被浮光掠影掉了。一张一张翻看着当时拍下的照片，想尽力回忆和还原，却有些苍白而无力。就像怀特（E.B.White）说的那样：“想仗剑疾行，却找不到剑。”那种空落的感觉。

二、马厩粮仓广场

在梅克内斯，我们首先要找到的是梅克内斯最有名的大型建筑HRI-SOUANI，中文叫作马厩粮仓广场。

当年，伊斯麦尔为了给他庞大的骑兵贮备粮草，修建了一个巨大的地下仓库，储存的粮草可供上万匹战马长期食用。还传说，王宫的马厩里养着五百多匹纯种阿拉伯马。伊斯麦尔对马匹情有独钟，几乎每天都要去马厩里巡视一番。如此这般壮观的场景，我们只有极尽我们的想象力去勾勒描绘。

我们很容易就走出了小巷，看见高高的黄色城墙。城墙的最上端并不是平整的，而是有一个连着一个的垛口，只是垛口之间的距离非常小，远远望过去，仿佛可以忽略不计之间的空隙。城墙下面，两个黄色的城门紧挨着，旁边是一个公共取水处。

我们在城门口一个卖冰箱贴的商店看了看，没有自己中意的。然后，俊杰和邵蓉去打听马厩粮仓，我懒得动，就坐在城门口的一张椅子上，继续跟坐在商店外的男子聊天。男子说：去马厩粮仓最好是坐马车去。这样一路摇摇晃晃悠闲得很，马车夫会把沿途的景点一一介绍，并在每一个景点给我们充足的时间去游览拍照。等所有的景点都走完，再把我们送回到出发的地方。

男子把我带到一辆装饰华美的马车前，我迫不及待地想坐上马车立刻出发。俊杰和邵蓉则不紧不慢地跟马车夫谈价格，谈到最后，是每人30个迪拉姆。俊杰邵蓉觉得这个价格还是贵，建议打的省钱省时。算下来，一个人最多出10个迪拉姆。可是他们忘记了，这30个迪拉姆是来回的费用。而出租车的费用是以单程计算的。不过，最后放弃马车的原因是，他们觉得坐马车太费时间，怕耽误我们在景点参观拍照的时间。

上了出租车，我把书上关于马厩粮仓英文名字和图片给司机看。我完全相信每一个梅克内斯的司机应该对这个地方熟悉得跟自己的手背手心一样，因为马厩粮仓是所有来梅克内斯的游客必到之处。所以，我丝毫没有注意到这个年轻司机的眼中那迷茫的神色。

我们的车子在灿烂的蓝天下一路奔驰着，经过了皇城，沿着高高的挺拔的城墙一路飞驰，越走越是荒凉。最后，在一堵高墙边，出租车迟疑地停下来。我一看，这里根本不是伊斯麦尔的马厩粮仓。

司机下车去问路边执勤的警卫。我拿着书紧追不舍地跟在他的身后。我把书拿给路边的警卫，警卫看了一眼之后，对司机叽里呱啦几句话，我们的司机如梦初醒。我们又一路飞驰往回走。

在兜了好大个圈子后，车停在了石湖边。看见石湖，也就到了马厩粮仓了。就因为这个不是因为我们的错兜的大圈子，司机毫不犹豫地多收了我们10个迪拉姆。

石湖（Agdal Basin），位于皇城和马厩粮仓之间。在地下，有25公里长的地下水道连接马厩粮仓和皇宫，以保证所有兵马的用水，以及皇宫的花园供水之用。石湖呈长方形，微微泛着波纹的水面倒映着厚重的

石湖的作用，是保证所有兵马的用水以及皇宫花园的用水。

云，阳光越过云穿透而下，给水面撒上一层漂亮的金辉。

不少当地的年轻人在石湖边玩耍，谈情说爱，嘻嘻笑笑从我们身边走过。有的，会好奇地瞟我们一眼。我站在湖边，用我最大的想象力，去想象这看起来相当浩渺的一池湖水，是怎样神秘地把水送到不远处的马厩粮仓和稍远处的皇宫的。那25公里长的地下水道，又会是怎样的呢?

马厩粮仓（HRI SOUANI），当年是穆莱·伊斯麦尔最为骄傲的建筑。马厩粮仓的外观仿佛皇城的建筑，非常宏伟，由此可见伊斯麦尔对它的钟爱。跟他的皇宫一样，这里亦是一处充满设计意念的建筑群。黄色的墙高且厚实，气势非凡。高墙上，有岗亭、窗户，严谨而庄严。只是现在，我看见屋顶早已坍塌，黄墙上荒草依依，过去的辉煌与灿烂只在一片空落的等待中让我们匆匆一瞥。

进入马厩粮仓，只有一扇小小的门。在门口那一堵凹凸不平的土墙上，只有小小的一个牌子，上面用阿拉伯文和西班牙文写着：穆莱·伊斯麦尔的马厩粮仓。仅此而已。走进去，是黄色灯光下的巨大空旷。约有三四米厚的石墙把整个广场间隔开，形成各个大而高的独立的空间。地面至屋顶几近两丈之高，屋顶呈拱形，所有联通各个房间的石门也成拱形，森严之中，有一些柔和的线条。仰头，有小小的天窗望见外面的天空。一些被拆下来的精致大木门被有意无意地随便搁置在墙边。

从一个空间经拱形石门进入另一个空间，我满脑子在勾画当年万匹战马齐聚的壮观，以及万马嘶鸣的浩荡。

这些，仅仅是整个马厩粮仓广场的一部分。

迎着光亮走出去，看见叹为观止的另一幅浩大的场景。

和之前所见的情景不同，之前所见到的修缮过的光滑石墙没有了，取而代之的是苍苍斑驳的石墙兀自耸立。之前拱形圆润的屋顶已经荡然无存，天光赫然在头顶，白云飘过，细雨洒落。一堵堵壮硕的石墙隔开了一个接着一个的空间，目光穿过一扇接着一扇的石拱门，远远地可以望见最远处的石壁。地面长满了一丛丛的野草，虽然绿意盈盈芳草萋萋，然而衬着已经凋零的黄色石墙，满是落寞的情怀。

想再往前走到底去，一个黑衣管理员拦住我，向我摆摆手，说：禁止通行了。那么，遥望一段辉煌灿烂的过往，就到此为止了。

我们原路走出马厩粮仓，已经是下午四点过。那时的天色，已经开始暗淡低沉，风，不露痕迹地越来越大。再看石湖，倒映着的已然是沉沉的乌云。阳光不见。在路边等了很久的出租车，没有一辆是空车。我们冲着远远开来的红色小轿车挥手再挥手。挥手无数次，失望无数次。

大多数车上只有一个乘客，还可以搭两个人。可是一看我们三个人，司机耸耸肩，表示无能为力。我们三个也没有想过分开来坐车，只想着来一起来，回去一起回去。

最后，我们看了看路上的路标，决定朝着麦地那的方向一路走回去。怕走着走着就背道而驰南辕北辙，我沿途向路上的警卫和路人打听：这是往麦地那的方向吗？

快走到我们出发的地方时，天空竟然晚霞漫天了。虽然那色彩远不如当年我在珠峰大本营见到的火烧云那般夸张的耀眼夺目，但是也称得上是绚烂与迷幻了。俊杰举着相机毫不吝惜快门一阵猛按。

我们冷得不行饿得不行了，俊杰把外套脱下来给只穿着一件毛衣的邵蓉。看见路边有一桌子西方游客喝着薄荷茶，我们也赶紧坐下，各自要了一杯滚烫的薄荷茶和无数的方糖。就着那一阵阵吹来的寒风，我几口喝光了杯里的茶水。走进茶室里去，理所当然地找人家要求续开水，反复续，一直续到我们离开为止。

三、Riad D ' or

在摩洛哥，但凡是看见招牌上有“Riad”或者“Dar”的字样，就知道，这是指拥有摩洛哥庭院的住宅。摩洛哥式的庭院住宅和中国回字形的四合院有异曲同工之妙。中庭的天井，观景的天台，消暑的喷泉，当然还有逍遥的花花草草，芬芳四溢。

在梅克内斯，我们三人住的旅店，叫做Riad D ' or。

来梅克内斯的前一天晚上，我跟邵蓉在Booking上找房间。邵蓉说，根据她的经验，在网上订比到旅店前台订贵。在前台可以讲价省钱，但是不能保证有空房；网上订的好处是能够保证有住处，但是在价格上并没有优势。如果是我一个人，我不敢选择省钱的那条路，因为到了目的地再找住处实在是太花精力花时间，我耗不起。不过，既然有俊杰和邵蓉在身边，这一次，我必然要选择省钱这条明智的道路。

虽然多了许多周折，比如拿着抄着各个旅店名字地址的本子在迷途漫漫的小巷子瞎摸乱撞——找过去，问过去，然后空手而返再问再找，但是，趣味也是有的，充满了寻宝的快乐。我们找了许久，在弯弯曲曲的古城小巷里，行李箱滑动的声音像唱着未知名的小调，也愈加显得城市的空落。

就是一个偶然一瞥，我在路边看到了Riad D ' or的指示牌。因为这个旅店的名字很特别很简单，让我联想起迪奥，所以，我尤其有印象。我们按照指示牌的指引一路走过去，一直走下去，在小巷深处那扇深红色的门里，便是Riad D ' or。

在摩洛哥，家门口有Riad 或Dar的字样，表明是有庭院的住宅。

当我走进Riad D ' or，一下子深深迷醉。这是迄今为止，我在摩洛哥住过的看过的，最为豪华气派的地方。第一眼，就喜欢。

虽然还是在白日里，但是，Riad D ' or里没有任何声音，完全可以用万籁俱静来形容。一个美丽的梅克内斯女孩接待我们。为了省钱，我们提出要套房合住。女孩子带着我们看了几间套房，最后，我们都一致心仪那套奢华却低调的套房。

然后，派遣俊杰去和女子谈价格。俊杰唱主角，我和邵蓉在边上敲边鼓。我们三个人都按捺住内心的欢喜，却都装出一副可要可不要的无所谓的样子。

最后，我们胜利了，这样精致的套房，三人平摊下来，一个人不到200元人民币。

等女子离开，我们迫不及待地拿出相机和手机，一边大声赞叹，一边在房间里四处拍照。套房很大，足够六个人同时入住，尤其适合一个大家庭。

墙壁是淡淡的橘黄色，在冬日里让人感觉尤其温暖。进门是一条铺着摩洛哥地毯的走道，右边是明亮摩洛哥式浴室。一个小小的客厅紧靠着浴室，一扇大大的窗户外，高大而翠绿的植物映入眼帘。自窗往下看，是旅店的庭院。一个小小的雕花小圆桌倚窗而放，旁边有两把秀气的木椅。

正对门，一个拱形门的里面，是两张单人床。靠近床头在墙的长方形的凹陷处，放着小巧的台灯，还有摩洛哥手工首饰盒作为装饰。几个手工绣、花色鲜艳的抱枕整齐地摆放在另一个稍大的墙的凹陷处。

再往里走，是一个小过厅。过厅里摆着一个像床一样大小的大沙发，睡两个人完全没有问题。过厅的两边有镂空的木雕作为屏障。倚在这里看书听音乐，非常享受。

最里面就是这个套房的主卧室。华丽丽的大床，典雅的窗帘，落地的衣橱，阿拉伯风的油画挂在墙上。俊杰让我和邵蓉睡在这里，他睡外面的单人床。我拒绝了，我睡眠浅，任何风吹草动都会让我无法入睡。而且，我习惯一个人睡，对我来说，突然和一个陌生人同床共枕是一件很奇怪的事情。

于是，我睡在靠近客厅的双人间。靠左边的床睡觉，右边的床放行李箱。房间安安静静，灯光温温柔柔。

走出房间，在这栋摩洛哥民居里的各处，都显示出主人明显与众不同的艺术匠心。几件丝质的吉拉巴挂在墙上，各种淘来的摩洛哥艺术品或挂或放于角角落落。转角处，一个高大的檀香木柜子，上面摆放着西班牙文、法文、阿拉伯文的书籍杂志。干干净净，不见一丝灰尘。我仔细找了找，真是没有看见英文书。柜子上，还随意放着许多看着诱人的有年头的摩洛哥手工艺品。

在等待邵蓉和俊杰的时候，我在楼下的大厅里跟前台的美丽姑娘聊天。她告诉我，这个摩洛哥民居是一个意大利人买下的，交给当地人打理生意，一年到头，意大利的老板难得来这里看看。大厅也不大，呈不太宽的长方形。摆着一圈布艺沙发，坐在那里上网很舒服。临窗是一个木质书桌，摆着许多书籍，画本。木质的雕花窗户外，是绿意鲜朗的庭院。

面对门的墙壁，铺着绿色花纹的马赛克，一张宝蓝色正方形地毯铺在庭院正中。一张宽大的雕刻着细致花纹的木质长座椅前，是一张方方正正的小木方桌，和长座椅一样，显示出极为精湛的雕刻手工。小方桌两边，是两把和桌子成套的木椅子。两个明黄的柔软坐凳，则放在小方桌前面。

我是中国来的刘姥姥，这里摸摸，那里拍拍，再举着手机自拍自娱。姑娘笑着走过来说：我来帮你拍照。于是，在美丽的庭院里，我灿烂地笑着，一发不可收拾。

姑娘带着我们三人，登上了民居的房顶眺望。在摩洛哥，在我住过的每一个地方，都有这么一个登高望远的节目。我们穿过走廊，上台阶，经过一个小平台，看见许多美丽的大盆植物，路过可以坐在阳光下读书打盹的椅子。站在楼顶，明艳的阳光下的梅克内斯，一切清晰无比，清真寺绿色的宣礼塔的塔顶在蓝天下无比庄严肃穆。

每家每户的楼顶平台上，也是晾着各色各样的衣物，或大或小的鲜艳地毯，活色生香的平凡生活在艳阳下生动活泼。

那个下午，我站在楼顶，眺望远而更远的地方。我想象一个曾经的梅克内斯，并在脑子里勾画一个叫作穆莱·伊斯麦尔的人的模样。真的是那样想了。好遥远。好深邃。

四、不动声色的告别

陈丹青在《无知的游历》一书中，有这样的一段文字：此刻坦率告白，三篇游记稍许引述的“知识点”大抵来自到处销售的旅游指南，或请叶南兄查了资料发过来，我的伎俩，不过用自己的词语略略搅拌，仿佛早已经知道的样子。此外，我是以画画的所谓“写生法”，以文字描摹所见而已：“所见”，便是我的“知识”，但这是游记么？

读过，心悦。其实我回过头来写关于旅途的文字，是以文字描摹我

我喜欢这样的相见。乘缘而来，留下的都是美好。

的所见所遇而已。陈丹青是以画画的所谓“写生法”，那么我是以文字的所谓“写生法”。这真的就是我的所见，我的知识。我不会以想象去创作，只能亦步亦趋追随自己的回忆去记录。真实，但也许很平淡。别人读到的，只不过是一个人在一个地方度过了一段时光而已。

这里插入一个“知识点”：梅克内斯，其名字是因为公元10世纪梅克内斯柏柏尔人的定居而来的。梅克内斯一些古老的遗迹就在那时候开始建立，慢慢起源。到了17世纪，梅克内斯开始有真正意义上的梅克内斯的自我特色。但在1755年，当时本来就已经没落的梅克内斯因为里斯本大地震而遭到更为严重的破坏。

我们三人都非常喜欢梅克内斯，这个内敛低调，却透着无比质感的城市。尤其是俊杰和邵蓉，他们觉得梅克内斯的人比非斯的人看起来亲切多了，顺眼多了。

从旅店出来，饿得前胸贴后背的我们在悄然无声的巷子里找吃的。

我看见前面一个狭窄街巷的街口，有一个小小的比萨店，顿时就感觉两腿发软，再也走不动了。我马上提议，我们就在这里吃吧，实在是饿得走不动了。

比萨店很小，最多九个平方米大。一个玻璃柜台贴着门口，里面整齐放着各种新鲜的制作比萨的材料。玻璃柜后面是小小的开放式厨房。一个烤制比萨的烤炉在店子的右边。经营比萨店的，是一对精干摩洛哥夫妇。我们用餐时，很多当地人过来买比萨，但是都打包带走，很难得有人在店里坐下。唯一有一个人坐在我们旁边吃比萨，一个胖胖的女游客。

店子里也根本没有地方可以坐下，多站几个点餐的人都拥挤。夫妇俩只在贴着门口的街边，放了三张小桌子，几把小椅子。如果我们稍稍把桌子椅子挪开些，坐得舒服宽松一点，那就要堵塞交通了。

在摩洛哥的停留也有些时日了，虽然食物新鲜丰富并且安全，可是，摩洛哥菜并不是很合我的口味。天天塔津库斯库斯蔬菜沙拉摩洛哥豆豆汤，我有些挺不住了。而俊杰和邵蓉在挪威已经学习生活了很长时间，已经习惯了吃西餐。连日来的摩洛哥菜也是让他们觉得痛苦难捱，分外艰辛。

好容易我们巧遇这个价格便宜新鲜无比心动不如行动的比萨店，我们立刻享受一顿饕餮大餐。他们俩要了好大的一个比萨，要了好大的两份炸薯条。我要了很大一个摩洛哥式汉堡，里面夹着满满的蔬菜牛肉馅儿。我那一大袋炸薯条不用付钱，随汉堡赠送。这炸薯条真心好吃啊，土豆的香，满满在嘴里，我的味蕾迅速膨胀起来。在这个比萨店里，这里需要着重指出的是，我拿到了辣椒酱。

这一路在摩洛哥遥迢长路，我已经好长时间没有吃到家乡辣翻天的朝天椒七星椒之类的了。摩洛哥的辣椒酱，虽然辣得差强人意，我却拿着辣椒酱瓶子兴奋了很久。聊胜于无，我很知足而乐了。就着辣椒酱，我狼吞虎咽席卷残云了摩洛哥汉堡和炸薯条。半瓶的辣椒酱很快被我挤光了，为了纪念辣椒酱，特别请俊杰为我拍了两张举着辣椒酱瓶子幸福满溢的照片。

从马厩粮仓广场回来的那个黄昏，我们直接去了著名的艾曼苏门（Bab el-Mansour）。

艾曼苏门同样是梅克内斯著名的地标之一。城门是穆莱·伊斯麦尔的儿子在公元1732年完成的。大门上有清晰的经文，流畅的雕刻，鲜艳的色彩，被保护得非常好。不过，现在艾曼苏门除了在大节庆时打开外，其余时间都关闭。

平时，游客也仅仅能观赏到艾曼苏门的正面。在1999年法国纪念大革命210周年的时候，摩洛哥政府按照同样尺寸复制了一座艾曼苏门，将其运往巴黎，矗立在协和广场供人参观。此举，也是显示摩洛哥和法国曾经有过的那一段亲密关系的历史吧。

我对俊杰和邵蓉说：我们找人帮我们在艾曼苏门前拍一张合影吧。最后的机会了。第二天我们即将分别。同行那么多天，缘分足足的。

俊杰走向站在一辆旅游大巴前的一位中年西方白衣女子。在她的帮助下，高大艳丽的艾曼苏门前面，我们留下两张合影。

我永远都会记得他们。俊杰：高高个子，健硕的身躯，一个单纯的、喜欢踢足球的男孩子。蓝色的冲锋衣，蓝色的牛仔裤。一副黑框眼镜后面，是一双会笑的眼睛。邵蓉：长长的柔顺的黑发，圆圆的脸上总是漾着微笑。一笑，眼睛像弯弯的月亮。朴朴素素的学生打扮，像邻家的女孩子。一对美好的年轻人。

我们穿过艾曼苏门对面的爱亥町广场（Place el-Hedim），准备从另一条路返回旅店。围绕着爱亥町广场，也是一个连着一个的餐厅，稀稀落落地坐着一些面前摆放一杯薄荷茶的人。广场上，有卖草药的，卖画的，也有套圈的……但是种类、规模，较德吉拉广场差得太远。天色暗淡后，人群渐渐地开始聚集，在广场昏黄的灯光下，人们的身影成了黑色的剪影。

我们在黑暗里穿过无法辨认的古巷，只得再把旅店的名片递给路边商店的人请他们帮我们指路。一路上，得到了许多人的帮助。最后为我们指路的，是一位警察大哥，因为他们伸手相助，我们顺利地回到了旅店。

晚上，俊杰和邵蓉念念不忘下午吃比萨的那家店，不甘心，下决心摸黑又找了去，又大吃一顿不说，还打包带回一个比萨，说第二天早晨在火车上吃。

俊杰和邵蓉离开梅克内斯去马拉喀什的火车是早晨7点10分。

清晨6点，他们向我轻轻道别：Wendy，Wendy！我们走了。我们把钥匙还是放在门口那个小圆桌上。你记得收好。

黑暗里，我看见到他们站在离我的小床几米远的地方。隐隐约约。我从睡袋里微微支起身子，压抑着内心的一份难言的情感，说：再见，保重，一路平安。

我重新躺下，缩在睡袋里。我闭上眼睛。我仔细地听。听见他们轻轻把钥匙放在桌上，轻轻合上房门的声音。然后，听见他们的脚步渐渐远去。接下来，我听见房间里一片寂静。我听见窗外的雨声很空灵。

我沉浸在无处不在的伤感之中。

五天的相伴与同行之后，现在，又是我一个人了。相逢与别离，转瞬之间就完成了。

我回非斯的汽车是十一点过发车，我的时间很从容。

拖着行李箱，举着雨伞走在梅克内斯无人的小巷里。在路边当地人的咖啡店里，我照例坐在一大群无声静默的摩洛哥男人中，喝了一杯咖啡。然后，走去我也念兹在兹的那家比萨店想再吃一顿。可是，却因为不是营业时间而憾然离去。

打的到CTM汽车站，行李寄存。在附近转了转，看见一家清清雅雅的咖啡店。听着热闹的音乐，我点了一个18个迪拉姆的煎蛋套餐。热情的服务员送上的餐盘里，我看见有两个煎蛋，酸奶，果汁，面包，橄榄，咖啡，薄荷茶。总共，人民币13元。便宜得让我无法相信。望着窗外纷飞细雨中的梅克内斯，我慢慢地吃着，慢慢地喝着，没有升起任何不舍的情绪。

细雨霏霏中，我离开了梅克内斯。不动声色。不动声色。

舍夫沙万

一、借助蓝色的清辉

在旅途中的日子不太真实，似乎走在半梦半醒之间。因为旅行，会把自己和现实完全割裂开来。一个人，面对一场完全崭新的生命。

坐在CTM从非斯到舍夫沙万（Chefchaouen）宽敞舒适的沃尔沃大巴上，读着木心，听他讲陀思妥耶夫斯基，我偶尔抬眼望望窗外辽阔的非洲大地。

浸在沉郁天光里的非洲大地，有一种宗教般的凝重。脑袋一片空白，人竟然像踩着棉花一样飘忽起来。

大巴在途中做短暂的停留。路边的餐厅，暗暗的偌大的房间里，坐着寥寥几个喝茶的当地人。风刮得厉害，从对面的旷野直吹进房间。坐在房间的正中，我冰冷的双手捧着一杯滚烫的薄荷茶，享受来自四面八方的风。餐厅的音乐很欢快，都是英文流行歌曲。在摩洛哥，虽然人们更多的说法语西班牙语，很少说英语，可是，很奇怪的是，英文歌曲却是蔷薇蔷薇处处开。

下一首歌开始，苍凉地流淌在空空的房间里，我似曾相识却又无从记忆。用听歌识曲还是无法识别，只好赶紧用手机录下片段，待我听清了歌词，再上网确认。

到了舍夫沙万，我走出被蓝色弥漫的舍夫沙万极为袖珍的长途汽车站，在细雨霏霏里等出租车。蓝色的出租车，带着我，往云雾缥缈的在半山腰的舍夫沙万的旧城麦地那去。

刚到了舍夫沙万的旧城麦地那，站在乌达艾哈曼广场（Plaza Uta el-

Hamman）边四顾茫然，忽听有人用中文说“你好”。如此亲切的两个字，顿时让我和这天色一样有些萧瑟的心一下子就明朗起来。三口之家，爸爸妈妈带着儿子。他们在旅行社找了当地司机和会说中文的摩洛哥导游，在摩洛哥一路玩下来。当听说我一个人拖着大箱子在摩洛哥瞎蒙乱撞时，他们由衷地说：你真是了不起。

和他们告别后，按照扎姆布拉（Dar Zambra）旅店发来的路线说明短信，我拖着行李箱，一步一步慢慢地找了去。旅店并不是很好找，这条巷子那个坡，这个小广场那个台阶，就在我即将到达那扇蓝色的木门前时，我又迷路了。后来，我遇见了站在路边的舍夫沙万的穆罕默德。

他扛着我的箱子，走在我前面，让我跟着他沿着一路上坡的石梯而行。几分钟后，我站在了扎姆布拉蓝色的木门前。

我的房间里，除了被单枕头是白色，其余全部是蓝色，和外面的世界一样。我一个人，在没有人知道我的舍夫沙万，那一座蓝天下面的天

蓝色狭窄的巷子，紧闭的门。

蓝色的山城。很好。一切都很好。让我一个人静静的，都请忘记我的存在。我也要忘记自己的存在。

很多朋友问我，为什么要一个人旅行。在他们的观念里，一个人的旅行实在是太孤独太无聊了，连说话的人都没有。我告诉他们，我就是不想说话，才选择一个人的旅行。我就是想获得孤独和寂寞，才选择一个人的旅行。在旅行时，人是被遗忘的。被他自己遗忘，被熟知的世界遗忘。被遗忘的感觉很美。那是一种天蓝色的感觉。我为这蓝色着迷陶醉。

我心醉一个人的旅行，心醉一个人渐行渐远的旅途，随遇而安，孤身天涯，这两种感觉令我心驰与神往。还有许多的突如其来要自己去打理和应对，如此刺激。旅行成全了我，让我在独自的行走中，成为自己喜欢的人。自喜，再无须他人的认定。于是豁然开朗。心越大，笑容越灿烂。我赞赏保罗·索鲁关于旅行的见解："旅行本来就是孤独的事业：观察，检视，评估，你必须独处而不受干扰。旁人会引你误入歧途。他们将自己的意见塞入你蔓杂纷乱的印象中；亲切的友伴使你的视野模糊，无聊人士则以没头没脑的话破坏宁静，用'噢，你瞧，下雨了'、'看，这儿有很多树'将你的专注化为粉碎……有他人做伴，视野与思虑很难清明。不只警觉心升高。周遭若有人大声说出心中所想，写作必需的洞察力就无处着力了。友伴平添了不少欢乐，但我寻求的是发现，而非娱乐。我需要的是孤寂的明澈，好捕捉景象。即便是平凡的景致，在我心中却显得特别而趣味盎然。孤绝感使心灵振奋，易于捕捉转瞬即逝的印象。无论如何，单独走完旅程使我心满意足。旅行并不是度假，通常也是休憩的反义词。'好好享受'并非我真心所愿，我祈求着少许冒险、一些危难、某种突发事件、身临其境的不舒适感、与自己做伴的经验等等，我期待与孤独谨慎地谱出一曲罗曼史。"

到了舍夫沙万，才知道我在尔佛镇买的那件蓝色吉拉巴是多么契合这个蓝色的小城。穿上蓝色吉拉巴，走在舍夫沙万深浅不一的蓝色的幽静小巷里，自然而然有了融化在蓝色之中的感觉。

对于蓝色之城舍夫沙万，我有太多的期盼。那是一座，建在半山的有着深深浅浅蓝色的城。舍夫沙万，在里夫（Rif）山脉间，在北非最高海拔4049米的舍夫沙万山的山腰。不过，当地人都习惯叫它过去的名字——沙万（Chaouen），意思是“山顶”。而舍夫沙万，则是“看着山顶”的意思。当离开舍夫沙万时，我也称舍夫沙万为沙万了。

在大陆，我们都把“Chefchaouen”翻译成“舍夫沙万”，台湾的翻译则是“切夫萧恩”。我仔细听过当地人念这个词，收尾的音绝对是“萧恩”。“萧”的音稍重且稍长，“恩”的发音很淡，几乎一笔带过。对我来说，我更喜欢把“Chefchaouen”翻译成“切夫萧恩”。先且不说发音的吻合，“切夫萧恩”四个字，明显比“舍夫沙万”飘逸多了。而“萧恩”两个字在这里，非常贴切这个城市的清冽和冷静。

舍夫沙万，很像一个被蓝色海水长期浸泡的城，到处是蓝色。舍夫沙万大部分房屋被漆成蓝白相间的地中海颜色，红色的波浪形瓦屋顶则是安达卢西亚的建筑风格。公元1471年，许多回教徒跟犹太难民因为躲避格拉纳达迫害而逃到舍夫沙万，从此开始舍夫沙万的繁荣。因为城市建在山上，与外面的世界相隔相离，舍夫沙万显得遗世而独立。生活在这里的人们，也欣然自己安静简单的生活。

直到1920年，舍夫沙万被西班牙占领后，它才开始和外界有了较过去多一些的联系。西班牙占领舍夫沙万并没有太长时间，后来，因为里夫战争，舍夫沙万被让给了柏柏尔族叛军。在1956年摩洛哥宣布独立时，舍夫沙万才又回归摩洛哥。

走在舍夫沙万，思绪沉浸在蓝与白的诉说之中。淡蓝色的色彩是1930年由犹太人带来的。这里的蓝色与白色，不同于希腊那样的规律而整齐的蓝白线条，而是显得凌乱与随意。蓝色与白色是深深浅浅的不整齐，没有规律可循。涂刷的人看起来根本没有去考虑颜色比例是否恰当。任何人都可以一眼看出，所有色彩的层次根本没有逻辑，就像装着各种不同蓝色颜料的染缸一同被打翻了，从天空泼了下来。

处处都是随意而自在的美丽。那些墙面，凹凸不平，很多剥落，而这种没有过度平整的看似粗糙的粉刷，倒是令人觉得如此质朴与自然。走着走着，常常见到淡蓝色墙上出现一扇更深蓝色的小木门。门往往是半掩着，甚至敞开着。

偶尔门前会有男人穿着吉拉巴站立着，或独自站着悄无声息；或同旁人讲着话，也几乎是悄无声息。而大多数，门就那么兀自地打开着。

门里的人家是怎样的，我不知道。我不止一次在门口小心翼翼地窥探过，却没有真正走进去。我错失一个很好的机会：在我第一天到达舍夫沙万找旅店问路时，遇见一个大约是叫亚克西的中年男子。他热情地为我指路后，邀请我等会儿去他家里做客，喝咖啡，说自己的家人会非常欢迎从中国来的朋友。可惜当时我在乌达艾哈曼广场吃饭吃到很晚，回来时，他的家已经合上房门。第二天我带着明信片去找他，那扇蓝色的门依然紧闭。再后来，我几次路过他家那扇蓝色的门，再也没有见到那扇蓝色的门开过了。

舍夫沙万的旧城小小的，却不拥挤。如摩洛哥其他的古城那样，舍夫沙万依然是有着许多弯弯曲曲的巷道，可是穿行之后，发现迷路的机会并不是太多。只要顺着山路往下走，就会走到有着清凉树荫和铺着石头地的乌达艾哈曼广场。乌达艾哈曼广场是旧城区的中心。在那里，我天天坐在广场边的茶室跟当地人喝薄荷茶，看日光一寸一寸地消失，时间一滴一滴地蒸发。

舍夫沙万的静，和别处的静不太相同，那是一种像蓝色一样的安静，一种像飘忽的云彩一样的不真实的安静。在舍夫沙万，人没有办法不安静。这里没有非斯或者马拉喀什那样的热闹与喧哗。连所有的店铺，都安安静静地在那里。你若来，当然好，主人轻声跟你说话，介绍他的商品。你走过他的店铺，没有人拉你进去买东买西。即使你听了主人的介绍，喝了一杯相赠的薄荷茶，甚至挑选了很多东西到最后却一样都不买离开了，主人也不会势利地给你脸色看。他会很礼貌地跟你真诚地说再见，欢迎你下次再来。

在舍夫沙万的第一个夜晚，外面淅淅沥沥地落着冬雨。在我蓝色的小屋子里，取暖器在墙角幽幽地散发着微弱的热量。我倚靠在床上，缩在我柔情蜜意的睡袋里。我找到了那支在半路上的餐厅里听到的歌曲：原来是詹姆斯·布朗特（James Blunt）的《哭》（CRY）。

二、在乌达艾哈曼广场

舍夫沙万的乌达艾哈曼广场，是整个舍夫沙万麦地那的核心所在。每天，不管什么时候，都有很多穿着吉拉巴的当地男人，坐在广场边的茶室里，抽烟，喝咖啡，喝薄荷茶，社交，打望，发呆。

说起来茶馆是社交场所，可是那些坐在茶馆里的男人们，看起来并不是很热衷于交流，他们更多的是一个人要一杯咖啡或者茶坐在那里，各抽各的烟，各自打发时间。也有两个朋友坐在一起的，但是也很少说话，至少我听不见太多的声音，更别说在中国茶馆里所见的人声鼎沸了。

我去了舍夫沙万以后，自然而然成为呆坐中的一员。下雨时捧一杯薄荷茶坐在那里看雨落。天晴时捧一杯薄荷茶坐在那里晒太阳。人处于无所事事极端奢侈的状态。一杯薄荷茶可以坐上一个小时甚至更多，什么概念？幸福得想流泪的概念。旅行的意义在此时此刻就是一个人在一个陌生的地方无所事事，浪掷时光。“我有的是时间！”——就是这种无比剽悍的感觉。

乌达艾哈曼广场的正中，有一个不大的水池和一棵大树。说是水池，可是，池中并未有水。几个身材壮硕的卖桌布的妇人，每天把各自的商品沿着喷水池摆一圈。我在那里买过两张小桌布，质量比我在商店里买的好，价格也比商店里卖得便宜。

坐在茶馆里面对广场，左边的红色围墙之内，是舍夫沙万的城堡KASBAH。从城堡再往前几步，就是著名的15世纪大清真寺Grande Mosquee。可惜的是这一座伟大的清真寺不允许非穆斯林进去。

在摩洛哥，除了卡萨布兰卡的哈桑二世清真寺允许非穆斯林进去参观以外，其他任何城市的大大小小的清真寺，都拒绝非穆斯林进入。其实，这不足奇怪。清真寺是穆斯林礼拜祈祷的神圣之地，并非旅游景点，岂能随随便便抬脚就进。

舍夫沙万的城堡KASBAH是在17世纪时，由苏丹穆莱建造，当时是用来防御难以驯服的柏柏尔族与外来的南欧侵略者。

我到舍夫沙万的第二天的一大早——对于当地人而言是一大早，对于我而言已经不是一大早，毕竟已经是8点钟了——我在广场边喝咖啡，等城堡开门。喝完咖啡刚好到城堡开门时间，9点钟。

下着雨，雨势不小。之前我在咖啡馆，还跟旁边的人抱怨眼前恼人的雨，打扰了我悠闲的徜徉。旁边穿着黑色吉拉巴的男子却对我说：对于来摩洛哥游玩的人来说，下雨的确不好。可是，我们摩洛哥人却喜欢下雨。有丰沛的雨水，我们的农作物才会长得好。

我打着伞，举着相机，站在城堡的庭院里。望望四周，灰暗的天空下，斑驳的赭黄色高墙耸立。庭院各处，于清雨之中的各种植物苍苍翠翠。四顾无人。在那个时间空间里，一切完全彻底属于我一个人。安静，安静走路，安静观察，安静拍照。一张照片，除了能够定格瞬间，还能够反映出拍照者当时的心境。一张照片是不是在凝神定气安然闲适的状态中拍下的，一眼就能够看得很分明。

我正在庭院的角落里拍照时，走来一位西方妇人，大约五十岁。看着面熟，再细看，原来是与我同一辆大巴从非斯来舍夫沙万的。她当时坐在我的左后方。我们打过招呼之后，我得知她是从德国来的。

她问我昨天晚上休息可好。我说：很好啊。蓝色单人间，有私人浴室，屋内有取暖器，安静而舒适。她说自己之前没有预订旅店，来了之后到处找。最后找不到，只好随便选了一家旅店住在多人间。年轻人们吵吵闹闹，一晚上几乎无眠。我看了看她沧桑的脸，很同情

进入舍夫沙万城堡的正门。非常小的门，阴雨中，城堡格外沉郁。

地再次告诉她自己之前就订了美妙的蓝色房间，好美好美。

说完话，我们微笑道别各自走开。

我走进城堡右边的一个石门，也就走进了过去的监狱。监狱里狭窄而低矮，窗极小，光线自然不好，有生锈的链条挂在暗影里，相当压抑。估计即使不是罪犯在里面多待几天，也会有犯罪倾向作案动机。待了不到两分钟，我走出监狱，顺着一个阶梯往上，直达城堡塔。城堡一共有五层。每到一层，所见都是空空荡荡。墙上挂着大幅展示旧日舍夫沙万的黑白照是唯一的装饰。面向乌达艾哈曼广场的墙是开放式的，麦地那的远远近近都尽收眼底。

站在城堡塔上，自然就望得很远，可以看见山脚和一路往上的旧城区麦地那。看着眼前这座在云雾间缥缈的蓝色的城，宠辱皆忘，就差手中的一杯酒了。

似乎就在一瞬间里，雨停了。并不是太强的阳光照进来。看着那个德国妇人走过来。我们点点头，不再多说话。

城堡包括一个可爱的庭院（A Lovely Garden），一个袖珍民族博物馆（A small Ethnographic Museum）和一个袖珍的画廊（An Art Gallery）。在监狱的对面，就是袖珍民族博物馆（Ethnographic Museum）了。

博物馆从外面看，是一个厚墩墩的壮实的方方正正的黄色建筑。墙角边的枯枝败叶全部成为这栋建筑的艺术装饰。博物馆很低调，墙上一块小小的牌子上写着“博物馆”。不认真看，很容易被人忽略。

博物馆展示了摩洛哥典型民居。民居有三层楼高，每个房间都不大，房间里有基本的生活家用，精美的柜子上图案鲜美。天井很大。博物馆里也陈列着古代的武器、乐器、地毯、当地居民的穿着、传统的柏柏尔族服饰、旧时舍夫沙万的照片。

博物馆里的光线很柔和，一个人在里面，也不觉得清冷。

隔着木窗，看见几个穿着吉拉巴的男子，看样子他们大约是来自摩洛哥其他的城市。他们浅浅低低地交谈着，并不打扰博物馆的安静。

我最感兴趣的是墙上舍夫沙万曾经的老照片。泛黄的黑白照片挂在粗糙的墙壁上，怀旧的沧桑美。照片是回到过去的契机。原来，过去的舍夫沙万是那样的啊。粗糙是粗糙了点，但是，清水出芙蓉，天然去雕饰。别样迷人。

一段旅途结束后，我很喜欢整理照片的过程。那是一个回到过去昨日重现的美好时刻。我只需将当日所拍的照片看过一遍，甚至只看两三张，便能够清晰记忆起那一天的种种细节，八九不会离十。在我的眼前，全是当时的一景一幕，如一部电影的再次放映。我清晰地看着曾经发生的一切。在照片上，往往还会意外记载了当时自己的未曾发现，唤起令人惊讶的回忆。

在城堡里，有一个小艺廊Galerie Saida al-Hourra，译作赛达欧华拉艺廊。这里常常有一些临时性的艺术展览。也许平时参观的人不多，看见我走过去，坐在门口椅子上的神色落寞的管理员很意外，立刻站起来恭迎我。艺廊极其小，展出的作品也极少，仅仅有些装饰性的作品和几副油画作品挂在墙上。我却很喜欢这种寥落的感觉。看多了热闹，开始慢慢喜欢冷清。没有走几步，就走到了艺廊的尽头。角落里的地上，放着七八幅油画。不知道是来不及挂还是展出后收了下来。缩在墙角里这几幅画，寥落得美好和奇妙。走出城堡，细雨又纷纷。

三、在舍夫沙万的艳阳下

在舍夫沙万的第三天。天晴。早晨，哗啦一下，阳光从蓝色的百叶窗透进来。阳光印在蓝色的墙壁上，形成很好看的一道一道明晰的光影。躺在床上，望着周遭蓝色的世界，大脑中空空荡荡。忽然觉得软绵绵的，人变得寂寞而温柔。门外已经有人在细细碎语，还有咖啡杯和碟子相碰的清脆声。可是，竖着耳朵细听窗下的街巷里，似乎还没有人走动的脚步声。一切很单纯。这让我想起我看得见星空的童年。

伸出头看过去，对面的人家墙头上，那几盆种在深蓝色花盆里看似伸手可及的小黄花，在清晨的风里微微摇曳，分外美丽。“长生在枝头，使我心欢悦。”这是德富芦花说的。简单朴素的句子，却是表达了那时我想说出来的话。

临窗而视，一只皮毛黑得发亮的流浪猫正无所事事地施施然走过。

我常常觉得很奇怪，在摩洛哥，没有人家养猫，所有的猫都是在野外流浪，自己争取生存的空间，遵循自生自灭的生存之道。可是，但凡我见过的流浪猫，白的，黑的，灰的，杂色的，孤独的，成对的，拖家带口的，一只只都是油光水滑，浑身透着遮不住的闲适，步伐里充满了淡定。

很多的流浪猫，在寂静的巷子里的某个角落看着我——看着我走来，又看着我离开。它们平静地看着我，懒洋洋地看着我，甚至有时候连看都算不上，顶多就是漠然的一瞥而已，一副“我懒得搭理你”的模样。倒是我觉得非常对不起它们，打扰了它们的淡定。

那个每天晚上劈柴给壁炉添柴火，整天笑呵呵的小帅哥服务员把我的早餐搬到旅店的屋顶。平整洁净的屋顶，几张铺着蓝白相间条纹的棉质桌布的餐桌摆在平台上。软软的沙发上，靠着大大的厚实的靠枕。我跟昨天才入住的西班牙女子聊天。她说：舍夫沙万是她的一场梦。

端着浓浓的咖啡，我站在屋顶雪白的墙边。阳光自天空倾泻，重重地落在身上。碧蓝的舍夫沙万，异常清澈而透亮。远处是连绵起伏的青山淡雅的线条，近处是深深浅浅的蓝色组成的童话般的世界。眼睁睁的，我眼前铺天盖地惊心的美。

拎着三脚架，先一路下到乌达艾哈曼广场，坐在我的蓝色圆桌前喝一杯咖啡。我观察了，整个咖啡店就这么一张用宝蓝色马赛克铺满桌面的美丽圆桌。可是，这张美丽的蓝色圆桌前，却总是桌前冷落。我猜测，大概因为圆桌的位置在遮阳棚的边缘，无法遮挡强烈的阳光的缘故。

而我，来自一个缺少阳光终年阴沉的城市，阳光于我的意义尤其非凡。加上这次来摩洛哥，没有带足御寒的衣物，每天都感觉自己被冻得像一块冰。有这样上佳的位置晒太阳，理当要尽情享受。从此，我就成了这张桌子的主人，每天必定有两三次在这里小坐。

第一次坐在这里，我要了一杯薄荷茶。我告诉小胡子老板兼服务员：我需要很多很多的糖。以后，再来这里喝咖啡喝薄荷茶，小胡子都会主动地把装满糖的盒子一并拿来。想加多少糖就加多少。抿一口咖啡，或喝一口薄荷茶，人生啊，就像我面前乌达艾哈曼广场的石子地面一样，洒满了阳光。

我眯缝着眼睛，再度幸福得恍惚起来。相当不真实。

“你在哪里？”“你在摩洛哥，在舍夫沙万。”哦，是这样。那就好，最好的时光呀。人生苦短，要尽意，要走天涯。

阳光很强，我无法写字，无法看书，甚至无法看着某一处陷入空灵入定了。那么，这样坐着就好。

这时，从广场那边走来两个西方的男孩子。其中一个，穿着瑜伽裤，薄薄的一件棉质T恤。长长的蓬松的棕色头发随风飘逸，再看，在气温不到10℃的冬天里，他竟然是光着脚。男孩子20岁左右，那份流浪的自在与快意，全部写在他年轻而生动的脸上，写在他健康而蓬勃的身上。

他们就坐在我旁边。一人一杯咖啡。他们俩面对面坐着，欢快地低低细语，好像说着有趣的事。脸上泛着静静的欢乐的光彩。最多十分钟，一杯咖啡之后，他们悄然起身，朝着他们之前走来的方向，走向洒满阳光的广场那边去了。在舍夫沙万的艳阳下。

在国外旅行时，我常常遇见这样年轻而率性的年轻人。他们随意地穿着，随意地行走。吃什么住什么都无所谓，也不要信誓旦旦一个什么结果或者是目的，只是一路行走，一路流浪，享受的就是在路上的感觉。旅行，就是寻找在熟悉的环境里无法寻见的陌生的趣味。说陌生的语言，吃陌生的食物，看见陌生而有趣的景致，遇见陌生而有趣的人，在陌生的文化背景下，去经历冥冥注定必定经历的事。

我记起那年，在宽巷子的一个酒吧里，跟我和吉一起喝啤酒的那个瑞士年轻人。有一天他突发奇想，要骑车环游世界。因为这个突然的想法，他果然就辞职了，就开始骑着车子出发了。骑着骑着，他骑到了中国，骑到了成都。他给我们讲了路途中的许多奇遇与挫折，其中之一：车子还被偷了。

我问他，等这一趟旅行结束，有没有想过把自己这一段不平凡的经历整理后写成书，让更多人分享他的不平凡的旅程，分享他的不平凡的故事。

按我庸俗的诠释，这样也许就可以出名了。他认真地想了想，认真地回答我：我没有这样想过。我只是在脸书上简单记录自己的行程。我想骑车环游世界，那就骑车环游世界。其他的，不重要，我也不会去多想。

旅行到底有没有意义？如果有，那么是什么？巴西作家保罗·科埃略（Paulo Coelho）在他的《9288奇幻之旅》一书中写道："我开始像疯了一样四处旅行。而我毕生学到的最珍贵的课题也是这些旅途所教给我的。旅行绝对不是金钱的问题，而是勇气的问题。我年轻时花了很长的时间当个周游列国的嬉皮：那时候的我哪有什么钱？啥都没有。我只能勉强付付车资，但我仍然认为那是我最棒的青春岁月。听着完全不了解的语言，使用根本不熟悉的货币，走在从来没有踏过的街道上，你发现你那旧的本我，连同一切你曾学过的事物，在面对新挑战时完全派不上用场，而且你会发现到现在，在你的潜意识中深埋着更有趣、更爱冒险的人，他对这个世界和崭新经验也更加开放。"

坐在茶馆里发呆的老人。

这是旅行的魅力或者是意义所在吧。

背上背包，我开始再一次漫无目的的游荡。舍夫沙万，容了我的款步。一个蓝色的小房子，门口摆着一排色彩明艳的染料，每一种颜料用木盒子隔开，纯净的颜色，干净彻底。一个蓝色的小房子，门前放着很大一堆柴火，枝枝蔓蔓地放在那里，倒像了一种天然的装饰。几个阶梯上去，是一个卖各种毛线帽子的蓝色小房子。老人家每天都坐在房子里，静静地织着毛线帽子。他看见我坐在阶梯上拍照，就笑着招呼我看看挂在门口手工极好的帽子。我笑着摆摆手，说我在索维拉已经买了帽子，不需要了。他说：就看看，看看就好。

在舍夫沙万，很多家庭有自己的家庭作坊，手工织桌布，自产自销，或者放在朋友的小店子里代销。全棉的，羊毛的，棉和羊毛混纺的，大的，小的，长方形的，正方形的，钩边的，流苏的，单色的，几种颜色交错的……这些花色繁多的桌布挂在街边，把蓝色的舍夫沙万点缀得色彩跳跃而生动。

一个穿着长长的吉拉巴的女子，从面包房端了一托盘的面包往巷子深处走去。下雨天，舍夫沙万的巷子里看不见人。可是如此明丽的阳光里，舍夫沙万的巷子里还是看不见人。

难道，所有的人都在乌达艾哈曼广场喝咖啡喝薄荷茶？

四、舍夫沙万的穆罕默德

在摩洛哥走了二十多天，一路上遇到了太多的穆罕默德。

在舍夫沙万也不例外。唯一有所不同的是，舍夫沙万的穆罕默德，不是家中的老大。

刚到舍夫沙万，在阴雨惨惨之中，一个人拖着行李荒凉地走在路上。迷路了，路过穆罕默德的小店，看见有个人倚在门口，就向他打听问路。那个人看了看旅店的名字，说：我知道。很近。我带你去。

我还没有来得及说谢谢，他拉着我的行李箱就往前走了。走了几步，他又嫌拖着行李箱麻烦，干脆把行李箱扛在肩上。上了一个小斜坡，再拾阶而上大约五十米，我们站在旅店蓝色的门前。帮我把服务员叫来开了门之后，他跟我道别，并没有向我要带路费。只是说，有空时到他的小店子去玩。这是穆罕穆德的第一面。

舍夫沙万的穆罕默德。二十岁上下，一米八的个子，眼睛大而黑，眼眶深陷。一身休闲的打扮。说话语速快，脑子灵光。在外地读大学学语言，放假时，回到沙万，帮家里看店。

晚上，雨停了，到处湿漉漉，冷清一片。我去穆罕默德的小店向他道谢。穆罕默德的哥哥阿杜比说，穆罕默德临时有事出去一下，请我等他一小会儿。

不一会儿，只见穆罕默德神采奕奕地拎着一件潜水衣回来。他说这是他买的二手货，200个迪拉姆。还特地问我是不是买贵了。我说我对这个东西真没有概念，对于我而言，潜水是很遥远的事。穆罕穆德拎着黑色的潜水衣，站在房间中间，无限憧憬地说：等夏天来了，我就潜水去。

穆罕穆德的小店子里挂满了各种皮具，手工小物件，大大小小的地毯，门口挂着几条围巾。围巾都不是羊毛或者丝绸的，不过，其中有一条颜色鲜艳，跟我的蓝色吉拉巴很配。虽然箱子里装了很多从家里带来的围巾，但是，心想要回报穆罕默德的相助，我便买了这一条围巾，花了50个迪拉姆。后来在一路上，我总是围着它。

离开小店时，我请穆罕穆德给我介绍一家好吃不贵的当地餐馆。他立刻带着我在黑暗里上台阶下台阶，慢慢小心碎步。一段路之后，到了餐馆那里，可惜，已经打烊了。

穆罕穆德带着我又一路下到乌达艾哈曼广场。路上，穆罕穆德跟朋友打着招呼，把我介绍给他的朋友们，说：她叫Wendy，她从中国来。穿过广场，在广场边上，正对着清真寺的一家门庭冷落的餐馆前，穆罕穆德说：就是这里吧。

这果然是一家好吃不贵的餐馆。餐馆的横幅上写着好多夸耀餐厅的文字，居然有中文“美味”二字。我一看就乐了。在这里，我吃到了这一路上吃到的最好吃的煎蛋饼。

在我眼前，是夜色中梦幻般的乌达艾哈曼广场。我一边喝着地道鲜美滚烫的摩洛哥菜汤哈里拉（Halila），一边吃着好大一份的加拿大式蛋卷（Omelet），之前一颗怀疑人生惨淡的心顿时春暖花开。这是穆罕穆德的第二面。

到沙万的第二天，整个城市依然被湿漉漉所笼罩。因为下雨，我也懒得拿出相机来，偶尔拿手机拍几张。后来干脆连手机也懒得摸出来了。走街串巷，很多次不知不觉走进了别人家的院子里。没有人会惊讶我的出现，更没有人会轰我出门去。几个穿着浅色吉拉巴的男子在自家小院子的角落里静悄悄地专心玩牌。我从他们身边走过时，他们只是抬头看了看我，没有诧异，然后，低头继续玩手里的牌了。

在舍夫沙万时，我很想去做吉拉巴的裁缝铺看看。做吉拉巴的裁缝，一般都是年纪比较大的老人家。这是传家的手艺，一辈一辈传下来。好的裁缝，一辈子都在裁缝店里，让年华似水流。那个雨天，路过一个吉拉巴裁缝店，我看见里面除了正低头做吉拉巴的白胡子老人，还有三两个他的朋友在一旁跟他聊天。

老人对着门坐着，门口放着的一架制作吉拉巴的机器。机器像自行车脚踏板和链条的那个部分，链条上面有两股线连接着老人手里的针。老人手一拉，链条就哗啦啦地转动一下。我为了一探究竟，就站在门口看着，自然拿出了相机。

“喂！”愤怒的老人对我吼道。手里还拿着一根长长的杆子，冲着我挥舞着。

其实我只想拍机器，没想着要拍他。老人继续愤怒地挥挥手，示意我赶快消失。这样被赶走未免太伤自尊了，何况在那么多人的面前。我才不会落荒而逃。脸皮厚才吃得够。我厚着脸皮站在裁缝店门口，假装饶有兴趣地看着裁缝老爹细细密密地给一件棕色的吉拉巴绣领边。心里想着的是：哼，今天我还就不走了。

立了一两分钟，“看”了一两分钟，很有程门立雪的执着，又有壮士一去不复返的悲壮。

老人从身边拾起那根长杆子，用杆子顶端的钩子钩住堵在门口的机器，把机器朝他的身前拉了拉。之前凶巴巴的老人家笑眯眯地朝我招招手。我惊呆了。原来，老人这是要我进屋去呀。

等我坐定，他又用长长的细木杆把机器推到门口，继续绣领边。每每他拉一次线，像滑轮一样的机器就麻溜地转动，转动的声音极为悦耳。我坐在老人的身边，看裁缝老人那双灵巧的双手飞针走线，细细密密的针脚匀称而好看。几个男人叽里呱啦地聊着天，说着我听不懂的话。

雨淅淅沥沥地打湿了石头地面，从屋里望出去，好一个空灵的世界。门外不断有人寂寂寥寥地走来又走去。老人家示意我可以拍拍做吉拉巴的机器。我也正有此意。我用那台神奇的机器做前景，拍下那些走来或离去的人的身影。一切美在不言中。

一阵风吹来，冷得瑟瑟的我想，如果老大爷能够赠送我一杯滚烫的薄荷茶就更圆满了。

快要下午五点钟，我回到穆罕默德的小店。我们约好的，他要带我去他哥哥的皮革手工制作小作坊参观。之前，我还不太相信他说的，在他的小店里的手工皮革包，大多数都是他哥哥阿杜比亲手剪裁缝制的。

阿杜比的皮革小作坊就在商店对面，隔着小巷。一扇蓝色的门半开着。阿杜比正坐在门口，大腿上摊着一大张皮革坐垫子，在认真地缝制一个女式小背包。一屋子的凌乱，桌上有很多皮革剪裁后的边角余料，还有很多做好的皮拖鞋和小包，一些用剩余的皮革做成的小挂饰。看屋子里陈列的商品，虽然谈不上精致，但是到底是这样的一针一线做出来的。

我跟穆罕默德回到对面的商店。我们喝着薄荷茶，说着话。隔着小街，我见到阿杜比无比落寞站在门口凝望街道的身影。穆罕默德告诉我：哥哥现在都还没有成家。至于将来，也许还是跟现在一样。变数会有吗？也许会吧，真主才知道。

道别的时候，穆罕默德翻箱倒柜地找到一个木盒子。暗沉的枣红色的木盒子的表面有很精美的手工雕刻。打开来，里面装了十来条装饰项链。他一定要我选一条作为纪念。盛情难却，我选了一条握在手里。然后，跟所有的道别一样，互道珍重，一散千里。永不再见。

我又一个人，沿着下坡路，来到乌达艾哈曼广场。坐在广场边的“美味”小餐馆里，凝望着夜色中的清真寺，独自享用我在舍夫沙万最后的晚餐。

穿过洒满了昏黄灯光的广场，我走进了舍夫沙万的浓郁的黑暗里。慢慢回去。一个人，拖着比墨还黑的影子。上坡，转角，经过小广场，右转，上坡，转角，左转，上台阶，上坡。叩响旅店蓝色的门。

五、舍夫沙万的小伙伴们

我在舍夫沙万住的旅店叫做扎姆布拉（Dar Zambra），那是我在缤客（booking）上比较再比较后选定的。在Airbnb网站上没有合适的地方让我选择。很巧的是，扎姆布拉最后的一间单人房，名字竟然叫作蓝房间（blue room）。也就是说，整个房间，卧室跟洗手间全是蓝色的。上天就是这样巧妙安排的。把深爱蓝色的我送到蓝色的舍夫沙万，然后让我住进蓝色的房间里。

我住在二楼。出门就是一个大厅，一扇明亮的大窗子正对着我的门。倚着墙，有宽大柔软的沙发。沙发边，是两个小巧的小木柜子，摆着不少旅行书籍和小摆设。两张宽大的木桌，放在沙发前，早晨，下午，它们是我们早餐和下午茶的餐桌。在大厅里，还有一个大壁炉。一到晚上，笑呵呵的小帅哥就劈柴生火，屋子里温暖融融。

刚住进蓝色小屋，我最关心的还是浴室的热水。我问过了，是24小时供应热水，但是……果然不出我的所料，浴室里淋浴的热水管迟迟不出热水。这种情形在摩洛哥很正常，我都习惯了，并没有大惊小怪。

我找来笑呵呵的服务生小帅哥进屋帮我看看是什么情况。很平常的事，却让跟他一起工作的两个摩洛哥女孩子在大厅里笑个不停，然后听见她们俩开始用阿拉伯语逗他。虽然我不知道她们具体讲什么，但是从服务生小帅哥羞红的脸就知道她们嘻嘻哈哈打趣的话语的大致内容。

旅店里的几个年轻人成天相互开玩笑，让整个旅店从早到晚满屋子飞扬着欢笑声。

刚到旅店，我认识了高桥阳子。当时她正盘腿坐在沙发上，正和另一对日本夫妇聊天。阳子有些粗犷的嗓音尤其特别。我坐在另一个沙发上跟他们说话，越看那个五十多岁的日本男子越是像谷村新司。我把手机上保存的谷村新司专辑上的照片给他看，他一拍脑门，也觉得自己的确是神似谷村新司了。

貌似谷村新司的他开玩笑地说：Wendy，你要不要跟我合影一张，蒙混一把和谷村新司的合影。

等我晚上逛回来，“谷村新司”夫妇已经离开舍夫沙万了。我们三个人坐在壁炉边聊天：我，阳子，还有这家店的有一双大眼睛的老板。老板四五十岁，西班牙人，一听说话，一看面相，便知是性情中人，果然比英国的马克热情似火多了，也可爱多了。可惜我误删了他发给我的邮件，之前也没有记下他写在邮件里的名字，所以，到现在也不知道他叫什么。他一般在巴塞罗那和卡萨布兰卡之间飞来飞去，但是，他说最喜欢的地方还是舍夫沙万。他喜欢整天坐在自己的旅店里弹吉他，下国际象棋。

同样，我送给他一枚京剧冰箱贴，他吃惊而欢喜的眼珠子差点迸出来的样子，和之前马克接过冰箱贴那种礼貌的淡漠形成了鲜明的对比。他感激地扑过来和我左亲亲右亲亲，真诚地夸张地喊着说：这（冰箱贴）太美了，太不可思议了。

高桥阳子瘦瘦的，个子不高，一双大眼睛很不像日本女孩子。阳子在德国旅行时，认识了她现在的德国男朋友。于是她从日本到德国柏林，和男朋友一同生活。男朋友是个DJ，从阳子快乐地讲述他们的爱情故事的神色里，能够体会到他们的甜蜜的爱。

阳子不单单是样子不像日本女孩子，她豪放的个性和我之前遇见的日本女孩子也迥然不同。阳子去过很多国家，她说，她最喜欢的地方，是土耳其，是伊斯坦布尔。她目前最想去的国家是古巴。那也是我最想去的国家。说到日本人的谦逊和低调，阳子不客气地对我说：日本人的谦逊太过分了。而且，日本人在国外旅行时显露出的低调，更多的原因是因为他们的英文不好，不敢多说话，所以，只有低调。

听完她有趣的解释，我们不由得哈哈大笑。和这个别样的日本女孩子说话，有意思得很。

离开舍夫沙万的那天，我把行李收拾好寄存旅店一楼的大厅，然后出门去，今生最后一次在舍夫沙万闲逛。就在我坐在乌达艾哈曼广场边的咖啡店我的专座上晒着太阳，喝第二杯薄荷茶时，我看见金色的阳光里，阳子瘦小的身子从远处飘过来。她穿着一条黑色的灯笼裤，脖间松松垮垮地围着一条色彩明艳的围巾。

我远远跟阳子挥手，请她和我一同喝杯阳光下的薄荷茶。然后，我问她这条亚麻的彩色围巾是不是在印度买的。她惊喜地看着我说：你怎么知道，这围巾还真是在印度买的。阳子喜滋滋地从她拎着的塑料袋里拿出一条棕色毛料瑜伽裤给我看，说这是给德国的男朋友买的。我看了

对我来说，这是好奇妙的天涯海角的相遇。

看做工和料子，觉得真是不值200个迪拉姆。

不过，我还是很真诚地说：这裤子非常别致，漂亮极了，你的男朋友一定会喜欢。

阳子瘦极了，身体像没有发育的女孩子。她总是咧着嘴笑着，开心地说着话，明亮的眼睛闪着光彩。我真是喜欢这个会说英语、西班牙语、德语，还有几句阿拉伯语的热情洋溢的日本姑娘。

我们俩聊着，等着小胡子服务生给阳子送来薄荷茶。

两个穿着喜庆的柏柏尔族服饰的舍夫沙万当地艺人径直向我们走来。阳子使劲挥手让他们过来演奏，让我们来跟他们合影。

两个艺人都已经60多岁的样子，岁月在他们的脸上写下风霜，也让他们的眼神柔和而亲切。他们站在我们身边吹拉弹唱，虽然无法听得懂，但是，每一个音符都是欢乐。

所有喝茶的人都乐呵呵地看着我们这一桌，喜笑颜开。有一个竟然在那里哈哈哈笑出了声音。拍照时，那个小胡子的服务生也凑过来，挤进镜头里，说：还有我！还有我！

阳子把包里的零钱都给了艺人。转过来，阳子问我是否知道山那边的瀑布，我说不知道啊。阳子说：就在山那边，在瀑布流下形成的溪流那里，有一个著名的洗衣房。当地的摩洛哥妇女在天气好的时候，就要到那里去洗衣服。

我一听，赶紧站起来准备抓紧时间去看看。想不到临到要离开了，还有惊人的发现。天意啊！阳子说：她也是前一天晚上才知道这个洗衣房，也想去看看。

我们走出了乌达艾哈曼广场，朝着和广场相反的方向走去。依然在一路的湛蓝之中行走。沿着那条曲曲折折的小路，往山那边而去。循着耳边渐渐清晰的水声潺潺，我们已经走到了麦地那的边缘。越是离溪流近，越是多的摩洛哥人。

一条清澈见底的湍急的清亮溪水在眼前。溪水由上至下，流经两座亭子。两座亭子并不是完全在一个高度，我们去的是稍高一些的亭子。走进亭子，那是一个宽敞洁净的公共洗衣处。清澈的溪水被引进来，成为妇女们洗衣物的干净的水源。这里有很多洗衣槽，每一个洗衣槽里有石质的搓衣板。

一个摩洛哥妇人正在洗衣服，身边一大盆需要洗净的衣物。几个外地来的摩洛哥女子正在兴致勃勃地拍照。从洗衣亭顺着溪水望下去，溪边有许多遮阳伞。伞下，是三三两两的摩洛哥人。他们坐在溪边，悠闲地喝着茶。这种景象，似曾相识，在我的城市周围的山区里，这种景象比比皆是。

从洗衣房回来，站在乌达艾哈曼广场上，我和阳子道别。我要立刻返回旅店取行李，打的去CTM汽车站。阳子则要继续在麦地那随便走走。她在我的本子上郑重写下自己的名字：高橋陽子。繁体中文字，秀秀丽丽，完全的中文。阳子指着“阳子”，教我日文的发音。

阳子说自己有些伤感了，每天总是有新认识的朋友要离开，然后，又留下她一个人。我问她：那你什么时候离开舍夫沙万呢？她却摇摇头说：不知道。她接着说：我喜欢舍夫沙万，还得住下去。

回到旅店，应热情奔放的西班牙老板之邀，让他帮我拍了些我假装弹吉他的照片。还请成天乐呵呵的前台美女拍了些我们俩假装下国际象棋的照片。包着头巾的美女过来跟我合影。他们再次夸张地感谢我妙不可言的冰箱贴。

阳光洒满了舍夫沙万。我拖着行李箱，慢慢地一路下坡，走在石板路上，看见那些我已经有些熟悉的面孔，经过那些我成天游荡的地方。在乌达艾哈曼广场边，我坐上了出租车。一路下坡的山路后，我站在舍夫沙万蓝色的汽车站前。

丹吉尔

一、去往丹吉尔

离开舍夫沙万往摩洛哥北部城市丹吉尔（Tanger），意味着我的摩洛哥之行开始倒计时了。有些小忧郁了。小忧郁是因为，好像刚刚才开始的旅行突然就直接跳到尾声了，满腔满腹的不甘心不痛快。我喜欢在路上的日子，阳光下全是新鲜事。我从来没有体验过思乡心切到底是怎样的感受。我记得十多年前在从杭州返回成都的火车上，我坐在车窗边幽幽地哀叹道：怎么就回去了呢。从此以后，这种“怎么就回去了呢”的幽叹一直伴随我之后所有的旅行。

我迷恋《忧郁的热带》的作者，法国人类学家克洛德·列维·斯特劳斯的“异乡感”的概念。旅行帮我圆满这种“异乡感”。和阅读一样，旅行帮我实现“抽离庸常”的梦想。同时，正如美国人类学家保罗·拉比诺指出的那样：“远离让一个人在回到家园时变得更深刻。”

在舍夫沙万蓝色的车站前，我等待三点二十五去丹吉尔的大巴。我要了一杯薄荷茶坐在路边。空荡荡的马路，午后灿烂的阳光。一对亲密的西班牙年轻夫妇坐在不远的地方喝咖啡。还有两三个当地男人坐在我的旁边。路边摆着几个做塔津的罐子。几盆焉奄奄的植物靠在路边。偶尔过一辆汽车。其余，安静。跟阳光一样安静。

三点钟时，那对西班牙夫妇背上背包站起身来。我猜他们跟我一样是往丹吉尔的。我看着他们，那位男子冲着我点点头，然后用头往车站方向轻轻一指，示意我该进站了。

没多久，一辆大巴进站，我以为是我的车来了，拉着行李箱就要扑过去。一个穿着得体、戴着眼镜、拿着公文包的摩洛哥中年男子微笑地问我去哪里，然后他告诉我，这车是去非斯的。去丹吉尔的车要三点二十才到。

我问这位男子是不是也去丹吉尔。他说他去得土安（Tetouan），他是在我之前下车。得土安，就是西班牙作家玛利亚·杜埃尼亚斯的小说《时间的针脚》里，女主人公希拉在摩洛哥避难时，所居住的城市。我决定到摩洛哥旅行，以及知道摩洛哥有个城市叫得土安，很大程度因为这本小说。得土安，也是在卡萨布兰卡的我的房东纳吉彼的家乡。

我托付这位眼镜男子帮我看一下行李，趁着还有几分钟的时间，我飞快地跑向洗手间。摩洛哥车站的洗手间一般收费1个迪拉姆。在洗手间的门口，有一个小铜盘。每个人从洗手间出来，把钱放在铜盘里就好。

当我返回候车的小广场时，去丹吉尔的车已经停在那里，眼镜男子已经把我的行李稳妥地放进了行李厢。他的座位在前面，我的则在后面。到了得土安，眼镜男子专门走到我的座位前，跟我道别。我站起来跟他握手，感谢他的帮助，他则祝福我一路平安。下了车，他隔着车窗再次真诚地跟我挥手，我们再次道别。

下午六点过到丹吉尔。天色已暗。汽车把我们一车人放在路边。大家都忙着拦出租车赶紧离开。我最不擅长跟人争先恐后。我只有等着大家都坐着出租车散去了，这才等来了自己的出租车。

到了熙熙攘攘的旧城麦地那的一个入口，司机帮我把行李从车顶上取下来，放到大街上，然后指着前面灯火灿烂的小街说：你的旅店就在这条街上。

我沿着街道走下去，一路上向不少人打听，可大家都不知道这个叫做Dar El Kasbah的旅店。路边一个少年倚在一个小甜点店门边，他看了看我的手机上拍下的旅店的信息后，说：这个地方我知道，我带你去。我正要拖着行李跟他走，少年的父亲在旁边说：一会儿请你到我们的餐厅吃饭啊。

少年带我来到旅店，我跟前台的英俊男子诺姆（Noam）寒暄，登记，护照复印等，几分钟后，转身才发现少年还站在那里。直到那时，我都还没有反应过来。我完全忘记了带路费这回事。暑期在这里打工的大学生诺曼有些不好意思地悄悄告诉我说：你要给那个少年些钱。

我给了少年20个迪拉姆。

过了一会儿，这家旅店年轻的老板易卜拉辛（Ibrahim）也来了。和高高瘦瘦皮肤黝黑的诺姆相比，他稍矮，胖胖的，笑容可掬，年纪跟诺姆差不多，也就二十多岁吧。看面相，易卜拉辛是一个心地善良宽厚之人。我问起这家旅店的情况，他说，这家旅店属于他的爸爸，之前是爷爷的。

易卜拉辛看我用中文签了自己的名字，觉得超级神奇，立刻请我用中文写出“丹吉尔”三个字。

看见我在笔记本上一笔一画写出“丹吉尔”三个中文字，两个年轻人倒吸了一口气，叹息着说：天啊，这太难了。易卜拉辛在中文“丹吉尔”下面，用阿拉伯文写出“丹吉尔”三个字。我对他们说：你们的阿拉伯文字才难，歪歪扭扭细细长长跟蚯蚓似的。

我又用中文写出“马拉喀什”四个字给他们看，他们又连连倒吸了好几口气，一副叹为观止的神色。怕他们喘不过气来，我就没有再往下写笔画更多的字。

易卜拉辛很好奇我手里那本关于摩洛哥的中文小册子，他轻轻翻了翻，请我翻到介绍“丹吉尔”的那一页。看见用中文标识的丹吉尔的城市地图，易卜拉辛的眼睛闪闪发亮。他很小心翼翼地问我：我可不可以把有中文的丹吉尔的地图复印下来。我说这当然没有问题。

易卜拉辛忙不迭地把地图放到复印机上，可是，复印的效果不够好，几乎看不清字迹。易卜拉辛索性用手机很仔细地拍下地图，说这样打印出来也好。

我看他们俩很喜欢中国文字，喜欢中国文化，就上楼回房间拿中国明信片送给他们。这一路上，我带的中国明信片帮我收获了许多意想不到的友情蜜意。

等我返回来，易卜拉辛已经学我的样子，用签字笔把“丹吉尔”三个中国字，像模像样地大大方方地像刀刻的一样“写”在了旅店的留言薄上，并得意地拿给我看。那写字用的劲，真是可以力透纸背了。

两个大男孩很喜欢我送他们的明信片，看了又看，惊喜万分。可是，他们并不满足，他们想要我在明信片上，用中文各给他们写上一段话，再作为纪念送给他们。我答应了。于是收回了明信片，说等明天游玩时，找个咖啡店小坐时慢慢写，回来时再送给他们。

两个大男孩非常仔细地向我介绍丹吉尔，告诉我怎样游玩丹吉尔，周围好吃不贵的小餐馆是哪一家，哪个咖啡店是必须要去看看诸如此类。后来，等我吃完晚饭，踏着夜色回到旅店，他们俩还坐在前台。看见我，他们四只眼睛看着我，笑着眯成一条缝，像天上的月牙。

二、在茶馆，在车站，在餐馆

一直以来，丹吉尔是摩洛哥面对欧洲的门户。由于仅仅隔着直布罗陀海峡与欧洲遥遥相望，所以，它的战略地位可见一斑。在历史上，腓尼基人，罗马人，西哥德人，葡萄牙人，英国人，西班牙人都曾经借此便利侵入丹吉尔。不过，这种侵入有利有弊，丹吉尔也从这些入侵者身上学到很多。

走在活泼奔放的丹吉尔的街上，很容易感受到那种浓烈的混合了摩洛哥风情和欧洲风情的特殊气息，很容易感受到地道的非洲文化。丹吉尔相比其他我到过的城市，是独树一帜的，有着一种摇晃着的放荡不羁。

这里是拥有私人飞机的富豪、艺术家、货币投机者、披头族的桃花源和天堂。我在丹吉尔见到的黑人的数量，是我一路旅行下来见到的最多的。猜想，这大概也跟丹吉尔无限的生机有一定关系吧。

据说，丹吉尔是大力士海克力斯杀死巨人阿特拉斯的地方。阿特拉斯死后，阿特拉斯的妻子丹吉独自抚养儿子索法克斯长大。索法克斯为了纪念母亲，就把城市命名为丹吉斯，后来演变成丹吉尔。

丹吉尔，在小说《时间的针脚》里，也反复提到。我在去得土安和还是去丹吉尔之间徘徊了很久。最终，我选择了在丹吉尔停留了两天。为此，卡萨布兰卡的纳吉彼很为我感到遗憾。他说得土安比丹吉尔美多了。

短短时日，丹吉尔没有给我太多太有力的视觉震撼和心灵震撼。也许是因为之前走过的索维拉，马拉喀什，非斯，撒哈拉沙漠，舍夫沙万实在是太迷人了。走在丹吉尔小小的麦地那的小巷里，我已经找不到太多兴奋点。

幸亏有一场和三个摩洛哥男孩的相逢。我跟雷达（Reda）、欧萨玛（Ossama）和阿尤布（Ayoub）说，如果不是与他们的一场美妙的相遇，丹吉尔会成为我摩洛哥之行中最为苍白的地方。

到丹吉尔的第二天下午，我走路去找当地的长途汽车站，买隔日去艾西拉的汽车票。当时下着雨，我一路风雨飘摇一路打听问路到了汽车站。汽车站里人来人往，跟天底下大多数的车站一样，乱哄哄的。不过，因为人多，倒也驱除了些冬日的寒意。我看见很多大汽车公司比如CTM这样的公司在车站里设点卖票，可是他们都没有发往艾西拉的车。

从六号房间里走出一个高个儿男子，问我要去哪里。然后，他指着外面的广场说：丹吉尔到艾西拉很近，大公司的车都不会在艾西拉停。丹吉尔当地汽车公司每天有很多发往艾西拉的车，直接上车，在车上再买票。

我问他每天最早和最晚发往艾西拉的车是几点。他叫我到房间里去，让我拿出笔记本。他认真地在笔记本上写下所有的丹吉尔发往艾西拉的班车的发车时间。

和他一同工作的另一个男子好奇地凑过来，看我之前写在笔记本上的中文。和所有看见中国字的摩洛哥人一样，他们张大嘴巴，倒吸冷气，为奇怪的中国方块字瞠目结舌。

他们请我向他们现场演示如何写中国字。于是，在他们无比崇拜的目光注视下，我潇洒地写下“马拉喀什”四个字。

小小的房间里，顿时响起了两人由衷的赞叹声。

一个摩洛哥中年男子走进房间，手里拿着一瓶贴着中文说明的中成药。男子有些忐忑不安地指着药瓶上的汉字叽里呱啦问我什么。慢慢听他说明白了，原来，他向我咨询，上面的中文是讲什么，是治疗身体哪个部位的药，这药的药效是什么等，大约是怕自己吃错了中国药。

天啊，我不敢相信，我在车站里最多才待了五分钟，可是，“车站里来了一个中国人”的消息居然长了翅膀如此快传遍了丹吉尔长途客运站。

我赶紧认真阅读了贴在药瓶子上的说明，然后，我笑着，想说，又有一些犹豫。我用眼神迅速地扫了一遍身边的几个大男人。所有的人都用期待的目光热切地看着我，安慰我说：没关系，说吧，到底是治哪里的。

我嘻嘻笑着，指着那个人的下身说：如果你这里不舒服，就可以吃这个药。那男子听了，如释重负，握着他的中国药小瓶子，满意地笑着离开了。看来，医生是对症下的药。

我喜欢坐在靠近大索科（Grand Socco）广场边的一个当地茶馆喝咖啡喝薄荷茶。在摩洛哥，Socco就是指“广场”。我常常坐在门口那个位置，喝茶，喝咖啡，看书，发呆。看来来往往于麦地那的人们，看满屋子的男人们抽烟，聊天，发呆，下棋。茶馆的服务员是一个上了年纪

他们几乎每天都是这样，在茶馆，说话，抽烟，下棋。

的老人，大概有七十岁，总是穿着得体的黑色西装，戴一顶黑色帽子。瘦小的个子，慈善的脸。

茶馆不大，二十多个平方米，挤挤挨挨摆着桌子和椅子。很一般的折叠椅，小方桌，也没有铺桌布。整个茶馆没有装饰，如果有阳光钻进来，那就是最好的装饰了。不过，这家茶馆人气很好，每次路过或者走进，客人几乎坐满。

离开丹吉尔的那天早晨，我坐在我门口的老位置，准备喝一杯我的铁观音。我告诉老先生，今天我只要买他的开水就好了，我要用开水来冲泡我的中国茶。老先生点点头。然后我把我的茶叶倒进了杯子里，放在柜台上，等着老先生给我冲开水。

哪知过了几分钟后，在茶馆喝茶的一个老先生走过来，满脸歉意地告诉我说，服务员老先生刚才在洗杯子烫杯子时，一不留神把我杯子里的茶叶全部倒了。

由于老先生不会说英语，就拜托这位会讲英语的朋友过来跟我道歉。我连忙过去看我的铁观音，果然荡然无存。老先生满满的歉意低低的法语一句又一句“对不起对不起”，我虽然有些黯然，不过，还是笑着，嘴里不住地安慰老人家说“没有关系，没有关系”。

那个讲英语的老人在一旁对我说：你的心真好。

我只好要了一杯薄荷茶。作为补偿，满怀歉意的老先生给了我好多好多的糖。我捧着茶杯，看旁边的几个老人家下棋，几个老人中，包括那个代为道歉的老人家。我问他：你们玩这个赌钱么？老人家笑着说：完全是玩，绝对不沾金钱。

是的，抽支烟，喝喝茶，下下棋，说说话，无所事事，已经很好了。

到丹吉尔的那天晚上，我来到易卜拉辛和诺曼热情推荐的那家好吃不贵的小餐馆吃饭。

餐馆就在离旅店不到20米的地方。餐馆很小：右边，挤挤挨挨地放着几张小方桌，环境的布置非常简单朴实。墙上，贴着国王穆罕默德六世的照片。左边，是餐馆开放式的厨房，四五平方米，用一个陈列食品的玻璃柜台把厨房和就餐区域隔开。

餐馆里面靠墙坐着一对像是夫妇又不像夫妇的男女。男人是一个年老高大腿脚不便利的西方男人。女人是一个四五十岁的东方女人。那个女人的话很多，一直没有停下来说话。跟身边的男人说，跟店里的伙计说，还跟她脚下等食的猫说。

我坐在餐馆外面看丹吉尔夜色阑珊，喝店家赠送的薄荷茶，等着我的晚餐。我点了海鲜拼盘和哈桑推荐的炸茄子。在旅行中，我对食物的渴望远远没有对睡眠的渴望来的猛烈。我只想赶紧吃完饭，回去好好焚香沐浴更衣，然后梦乡。

那个男子出门去洗手间，他路过我身边，停下来，突然问我：你是中国人吗？我说：是，我是中国人。然后他指指和他同路的女人，告诉我：她是台湾人。

他们离开的时候，台湾女人站在那里和我聊了聊，看得出她真的很喜欢说话。她说，我听。她讲他们之前去了哪里，又为什么来了摩洛哥等。怎么看，她都是一个内心寂寞的人。

小个子的哈桑一直在厨房里忙碌着。四十多岁的他既是餐馆的老板，也是大厨。慢慢地，我跟哈桑熟了，也跟那些在店里忙活的熟悉了。只是，我到现在也没有弄清楚，到底哪些人是他请的伙计，哪些人是他的朋友。我感觉那些在店里帮忙的人，都像是他的朋友，而不是伙计。而且每天似乎都是不同的人来店里帮他做事。

哈桑的城堡饭店（KASBAH RESTRAUNT）的门口有个很大的烤炉，每天都烟熏火燎地烤着各种食物。比如鸡腿，比如新鲜的鱼。我在丹吉尔的最后一天的晚上又去了餐馆。店里的人见到我都热情地招呼我。我点了一个蔬菜塔津。哈桑说这道菜要慢火煨，花的时间长，请我不要着急。

没有事做，我就到烤炉边看烤鸡腿。烤鸡腿的大个子右手翻动手中像蒲扇的椭圆形铁架子，上面串了四排鸡腿，左手用一张硬纸壳使劲地扇风。看他忙得够呛，我把硬纸壳要过来，帮他扇风。

哈桑在厨房里大叫，大个子放下椭圆形的铁架子，奔向厨房。索性，由我来烤鸡腿了。在丹吉尔的夜色朦胧里，我站在路边烟熏火燎地快乐地烤鸡腿。

我把烤好的鸡腿送到点鸡腿的哈桑的朋友面前，这个戴着眼镜的小个儿男人非要我坐下来和他一起吃鸡腿。我们两个面对面掰着鸡腿吃着，我两只油腻腻的手在灯光下格外闪光。摩洛哥的鸡大概是真的田坎鸡爬山鸡，很香，鸡肉很细腻。

等顾客都散尽了，哈桑走出厨房。我正坐在门口的小桌子边喝哈桑赠送的薄荷茶。哈桑拿出一本大大的蓝色笔记本给我看。那是一本顾客留言本。笔记本很大，大约30厘米长，25厘米宽，2厘米厚。虽然笔记本已经有些破损，但是蓝色封面上用手工绘出的图案依然清晰，流露出来的是主人的用心和珍爱。

翻开来，每一页纸上都写满了来他店里吃饭的五湖四海的人留下的笔记。各种各样的文字，写字的人用的笔墨也各不相同，显得花花绿绿，富于变幻。很多人不光写赞叹之词，还随手配上生动精彩的配图，甚至是连环图。我越翻越是惊讶赞叹，真的是高手在人间。在笔记本上，我还看见有一支中国医疗队的留言。哈桑得意地告诉我，不要看他的餐厅不阔气，但当地人都喜欢来这里吃饭，住在附近旅店的外国人也喜欢来这里……

说着话，我看见哈桑闪亮的小眼睛在夜色里更加明亮。

三、直布罗陀海峡边的煎饼果子

丹吉尔在摩洛哥的西北角，隔着直布罗陀海峡和欧洲遥遥相望。直布罗陀海峡是连接地中海和大西洋的狭窄海域，最窄之处，不过十余公里。天气晴朗之时，站在丹吉尔的高处向北眺望，对面的西班牙依稀可辨。

丹吉尔的名字的由来有很多种传说版本。除了来自神话比较超现实的版本外，还有写实主义的版本：当地出土过腓尼基人铸造的钱币，在钱币上，有“Tinga”字样，意思是“山峰”。后来，Tinga一词逐渐演变，最后演变成了丹吉尔（Tanger）。

据考古学家研究证实，丹吉尔是世界上最古老的城市之一，比意大利罗马建城还早。

早在公元前600年，丹吉尔已经是帆船云集的繁忙商埠。在古罗马时代，丹吉尔是整个西部地中海的代称，是欧洲非洲贸易以及东西方交流的必经之地。当时，遥远而来的中国的纸张、瓷器、茶叶、火药等，都是经由丹吉尔再传往欧洲去的。

丹吉尔还是一个摩洛哥名人——大旅行家伊本·白图泰（Ibn Battuta）的故乡。

1304年2月24日，白图泰出生于摩洛哥丹吉尔的一个柏柏尔人家庭。20岁左右时，他出发去麦加朝圣，从此开始，踏上了一条长达75 000英里的旅途，经过了现在44个国家的国土。在蒸汽时代到来以前，他可能是旅行路程最长的人。在阿拉伯世界，白图泰获得了崇高的声名，摩洛哥人将其作为英雄加以纪念。近代天文学家以其名字命名了月球上的一座环形山。伊本·白图泰曾经到达了元朝南中国的主要港口泉州。从泉州出发，他又去了杭州。白图泰沿着京杭大运河一直北上去了北京，他在中国的时间大约是在1336~1349年。遥想一下，在马可·波罗的时代，这个远在非洲西北角摩洛哥的白图泰，就曾经踏上中国的土地，这简直是一件匪夷所思看起来很疯狂的事。

从他离开摩洛哥到回国，已经整整25年。他的父母都已经去世。物非人非。

到达丹吉尔的第二天。上午9点钟，我出门去找哈法咖啡馆（Café Hafa）。这个咖啡馆，是旅店的那两个大男孩反复叮嘱我一定要必须要去的地方。在《孤独星球》这本书上，也把这个咖啡馆描绘得异常动人，令人向往。书上说，哈法咖啡馆的营业时间是从周一到周五的早晨八点半到晚上十一点。你可以坐在像体育场看台那样的座位上凝望不远处的海峡。懒洋洋的，你可以轻轻松松把时光抛洒在这个露天的咖啡馆里。当然，你需要一个极好的天气。当地人最喜欢到这里来小坐片刻，或是消磨一整个下午的时光。还有，这个咖啡馆没有菜单。关键词：当地人，露天，海峡，无菜单。随意自在的地方，想起来就美得很。加上好天气。天时地利人和。

我在丹吉尔停留的时间不多，必须把时间规划得相当得当。我计划在哈法咖啡店把咖啡喝了，早餐吃了，把直布罗陀海峡看了，然后就按照书上建议的路线去逛逛丹吉尔。

书上没有去往哈法咖啡店的具体路线指示。咖啡店所在位置是在麦地那之外，在地图上只有一个大概方向指引。我从靠近城堡的我住的旅店出发，一路东问西找，最后在街边执勤的老大哥的亲自带领下，终于来到哈法咖啡店。

我走进咖啡店，大约是上午九点半。小小意外。

原以为这里早已有很多慕名前来的人，咖啡飘香，帅哥美女漫山遍野。哪知道数来数去，客人就只有我一个人。大概咖啡店自开业那天起，就从来没有接待过这样早就跑来喝咖啡的人。穿黄色皮衣的服务员小哥儿很是吃惊地看着我。

我问帅小哥儿要杯咖啡。他迟疑了一下子，回答竟然是：咖啡卖完了，还没有买回来。

“喝薄荷茶吧。”小哥儿很抱歉地对我说。我点点头，我也只能要一杯薄荷茶了。

小哥儿热情地邀请我观看他演示如何沏薄荷茶。怎么摘叶，怎么把薄荷叶放进杯子，怎么将煮好的茶过滤倒进装着薄荷叶的杯子，然后放砂糖。一看见我拿出相机要拍照，小哥儿更是来劲了。

自从踏上摩洛哥的土地，我就一路看人沏薄荷茶，我自己也曾牛刀小试，一招一式我都烂熟于心。但是，为了配合他很敬业的精心演示，我必须不住地在旁边加以赞叹。

小哥儿把茶杯递给我，问我：要不要来一块饼子？

桌子上的饼子，只有三张，放在一张食品包装纸上。一看就知道，这不是卖给游客的，而是他给自己买来的早餐。我又冷又饿，也不管是不是虎口夺食了，毫不客气就说：来一张吧。也没有问多少钱。

小哥儿细心地将一块奶酪放在饼子上，然后把饼子裹起来，再压了压，笑眯眯地递给我。

哈法咖啡馆不是一个房间加一个阳台那样的常规结构布置，它的布置更像一个体育场的看台，依着山坡而建。一层一层像梯田一样往上，一直到小哥儿沏茶给我的地方。每一层散落着几张石桌子，用一般的瓷砖铺就。椅子就是塑料靠椅，可以随意搬动。所有的设施都很简单，甚至简陋。咖啡馆随情随意朴实无华，没有任何的花哨和噱头。

哈法咖啡馆是当地人爱来的地方，只是可惜我去的时间，对于摩洛哥人而言实在是太早了。我本想在这里体验中国茶馆那种济济一堂人声鼎沸热情似火的场面，却想不到竹篮子打水一场空。徒有我一个人寂寞了。那些闲聊的摩洛哥人，玩牌下棋的摩洛哥人，在哪里呢?

我坐在从上往下数的第三层阶梯上，一口一口摩洛哥式煎饼果子，一口一口薄荷茶。在我身边吹拂着，来自直布罗陀海峡清凉的风。后来，总算是来了两个摩洛哥小男孩，坐在一旁喝薄荷茶，低低地聊天。他们的出现，稍稍让我感觉有了些人气。

我坐在一把蓝色塑料椅子上，我的面前就是直布罗陀海峡。温柔连绵的海岸线，在我的脚下向远方延伸着。白色的海鸟在蓝色的天空和蓝色的海面之间飞翔。静穆之中，花影摇动，海风徐来。我隐隐约约看见了远处再远处那模糊的起伏，淡青色的影子，想必，那就是西班牙了吧。

心里很快乐。我知道，我的面前，就是过去在地图上、在地理书上以文字相见的直布罗陀海峡了。而现在，我就是坐在这里，面对着直布罗陀海峡了。有些恍若隔世的亦真亦幻的感觉。

“我已经度过了少乐寡欢的青年时代，我才不会再为逝去的过去或者尚未来临的未来操心呢。我很健康，不可救药的健康。没有遗憾，没有懊恼；没有过去，没有将来，对于我现在就足够了。一天又一天过去。今天！今天真美！”我轻舞飞扬的感觉跟亨利·米勒的这段描述是一致的。

摩洛哥式煎饼果子相当好吃，我几口就把饼子吃得精光。一大早急行军，加上吹着冷飕飕的海风，我真的冷，真的饿。什么东西最好吃?

小哥儿喜滋滋地给我沏薄荷茶。

答案是：饿的时候吃的东西最好吃。

付账的时候，浅浅笑着的小哥儿只收了我薄荷茶的钱：7个迪拉姆。煎饼果子是他友情赠送的。一顿免费的早餐。我喜欢旅行，有无数多的原因。其中有一个最重要的原因就是：我过着不想明天不想过去饭来张口貌似寄生虫般的日子。虽然花的都是自己的钱。想吃我就吃，想睡我就睡。偶尔还能蹭一顿两顿饭。

离开时，为了回报那个摩洛哥式煎饼果子，我拿出此次摩洛哥之行最具杀伤性的武器——中国明信片，选了一张送给穿黄色皮衣的小哥儿。在他感动无比的目光注视下，我和他告别。同时告别的，还有咖啡店那只庞大无比却温顺恭良的大黑犬。

回去时，轻车熟路。阳光无限。湛蓝的天空，像一件古瓷器露出遥远的神秘的微笑。

四、城堡博物馆

我的旅店距离丹吉尔的城堡很近。顺着坡道上行几分钟，路过几个看起来很不错的糕点铺，慢悠悠地和几个穿着吉拉巴的人擦肩而过，就能看见城堡的高耸城墙和威武大炮了。路程实在太近了，当我站在大炮下面仰望时，我还有些不相信。

不相信的原因还因为，丹吉尔的城堡比起索维拉的古堡来，实在是

丹吉尔城堡的高墙大炮。

太小了。四周没有人，我好容易拉住一个路人反复求证：这里真的就是丹吉尔的城堡吗？真的是吗？你确定以及肯定吗？

城堡位于旧城麦地那的最高点。我从寂寞无人的最东南边的阿萨门（Bab el Aassa）进入城堡，城堡里继续寂寞无人。蓝蓝的天空下，走过高高的炮台，我顺着寂寞无人的城墙往前走，不知道前面还有什么。心想，除了这厚而高的城墙，总还有一些别的什么可以看看吧。

本来是要来城堡这里找“一千零一夜”酒吧，好好喝上一杯坐半天的，结果，来之前就被易卜拉辛和诺曼告知，“一千零一夜”酒吧早就香消玉殒，成为传说了。“噔”的一下子，我脑子里勾画的酒吧里慵懒的艺术加野性混合的美丽场景轰然倒塌，只剩下我的一声长叹。

四顾，依然无人。城墙厚而且高，顶部长满了枯黄的草，随风轻摇。天，蓝得刚刚好。

走了几分钟，看见另一个巴布（Bab）。在摩洛哥，巴布就是“城门”的意思。城门外，是直布罗陀海峡，远远的，在眼前湛蓝一片。风从城门猛烈地吹进来，站在那里，如果再瘦几斤，我绝对会如一片落叶般被轻松刮起，旋转。站在城门口，如果想留一张照片，用三脚架自拍肯定是不现实的。看了看四周，城门外，有一个穿着吉拉巴的男子正在打电话。等他收起电话，我走过去问，能不能帮我拍一张照。

他笑着不好意思摆摆手，挥手招呼不远处一个正在帮人洗车的二十多岁的小个儿男子。小个子男子走过来，吉拉巴男子跟他交谈几句话后，他过来帮我拍了两张照片。照片上，我倚在城门的石墙边，乱发飞扬，笑容凌乱，状如梅超风。

我道了谢，收好相机。小个子男子问我去不去博物馆。

我知道这里有个城堡博物馆（Kasbah Museum），我说当然要去。可是，小个子男子也不管我是否需要他带路，就非常友好地要我跟着他走。从我拍照的城门，直行穿过小广场，再向右拐一个弯，最多走了100米，我看见了博物馆的大门。

我转身向小个子男子道别，并再次感谢他之前的帮助。

城堡博物馆，其实就是Dar el-Makhzen。这个小小的建筑群前身是

17世纪建立的摩洛哥苏丹皇宫，苏丹穆莱（Moulay）在这里和48个妻妾住到1912年。后来的葡萄牙和英国的总督也曾在这里住过。

说是皇宫，确实委屈了点。单单就面积而言，小得可怜。雅致还算是雅致，气派就谈不上了。看起来还不如大红灯笼高高挂的乔家大院威武和浩大。我想，在这小小的天地里，苏丹穆莱是怎么安排48个美丽的妻妾，并让她们相安无事的呢？

博物馆里只有我一个人，依然是一个人的探访。

拍了许多博物馆的藏品，文字看不懂，都是阿拉伯文和法语，英语在这里排不上号。随处看见很多精美的木质天花板和大门，每每看见，我都想坐下拍一张。阿拉伯风情的瓷砖拼贴也比比皆是。重点的展示都被置放在围绕庭院的7个房间里。有一些古罗马时代的工具算是亮点中的亮点。展品并不是很多，但是这些考古遗物大部分来自古罗马遗址佛卢比利斯（Volubilis），就凭这一条，也足够成为镇馆之宝了。

无意识地在博物馆里静静地观看，驻足，站在陈列着古老文物的玻璃柜前，看着自己的影子映在玻璃上，并且和古老的文物叠影在一起，交织在一起，很有一种无端穿越的令人眩晕的感觉。

一个博物馆管理人员拖着水管子悄悄走进阳光落满的庭院。他走到庭院中间的水池那里停下，把水管接在水池中的水龙头上，打开水龙头……我在不远处，注视他的一举一动，看着他静静地仔仔细细地冲洗着水池，冲洗着水池边粘贴的瓷砖，冲洗着本来就十分洁净的地面。水慢慢浸湿了庭院的地面，在阳光的照射下，庭院里蒸腾起一股若有若无、夏日里才有的气息。我真想走过去接过那支水管，学着他的样子，以一种慢慢悠悠与世无争的态度冲洗庭院。那个时候，对我而言，冲洗地面这件事无比迷人，且具有超凡意义。

我拿出三脚架开始拍照。只要眼睛所见的美丽，都一一定格在我的镜头里，同时定格的，还有我难以掩饰的来自内心的笑。

而这时，那个冲洗地面的高个子男子在一旁和另一个稍矮的管理员低低地说着话。

大约是看我拍得差不多了，矮个子的管理员过来，微笑着比画着用生涩的英语告诉我，让我跟他走。我没有丝毫的迟疑，跟随着他的脚步，从庭院角落里的一个小门出去。原来，他把我带到了博物馆后面的Sultan’s Garden——苏丹的花园里。

花园的围墙沧桑无比，一下子觉得心荒凉了起来。花园门口两个巨大的布满青苔的瓦罐子让我觉得17世纪的风扑面而来。花园很小，完全没有皇家花园的风范。花花草草倒是茂盛，可是，茂盛的是花草，衰老的是时光。

和蔼可亲的管理员微笑着要我把相机给他。接下来，他就像马拉喀什的“大眼睛”，像索维拉的阿明一样，在他认为中意的地方，就要我过去拍一张。他还一定要我把脸贴着一大串香蕉拍一张。恭敬不如从命。等到把花园里的犄角旮旯都拍完了，他才满意而轻快地带着我原路返回。路过一个小展示厅，他带我走到博物馆那幅著名的地图前。他笑嘻嘻地请我上前仔细观察，看看这副地图有什么蹊跷。

在他的提示下，哦，我恍然大悟：这张古老的地图的南北是故意反着绘制的。举例：地图上，本来土耳其在摩洛哥之北，但是在这副地图上，土耳其在摩洛哥之南。

临走的时候，为了感谢他的热情相助，我照例拿出一张中国明信片送给他。当然，他很开心，眼睛里写满了感动。

等走回到博物馆大门口，我赫然发现，之前那个小个子男人还站在门口。第一反应：我想不至于我如此有魅力令他无法释怀要守候在这里告诉我他是如此喜欢我吧。

他看见我，很高兴地迎上来。我也很高兴地跟他打招呼，虽然脑子里写满了问号。我一边跟他说再见，一边继续往城堡外走。他一直跟着我，在我身后一步远的地方跟着我。看着我快要走出城堡了，他终于支支吾吾地跟我摊牌说，要我付给他之前带我去博物馆的带路费。

我很吃惊：其一，我并没有让他带我去博物馆。其二，即使他带路，不过带了最多一百米。

不过，他之前帮我拍照，我想付钱给他也是应该。我问该给他多少钱。他说：5欧元。这下子，我真的震惊了。我看着他，我静静地对他说：谢谢你。不过，我只给你5个迪拉姆。我把5个迪拉姆放在他的手中。他拿着5个迪拉姆走了。

五、“你是我们的女王！”

马拉喀什的穆罕默德听了我在摩洛哥的旅行计划后，告诉我，不要去首都拉巴特（Rabat），去大西洋边的小城艾西拉（Assilah）吧。

于是，我立刻把拉巴特从我计划中抹去，行程里加上了艾西拉。到了丹吉尔，翻了《孤独星球》才知道，因为丹吉尔到艾西拉很近，不到一个小时的车程，自从高速公路建好后，CTM和SUPRATOURS这样的大公司都取消了在艾西拉停靠，只有当地的巴士车站才有汽车发往艾西拉。书上查不到发车时间，我只能自己去车站看车次。

冬季的摩洛哥总是时时飞小雨。我举着伞，沿着沿海公路往汽车站的方向走。溜溜达达，一边逛路边的商店，一边顺带问路。

我总结了在摩洛哥问路的窍门：除非万不得已，千万不要找路上的行人问路。如果别人正赶路，拉住别人问路很可能会影响了别人。而如果遇上一个想挣带路费的人，一问之后就要一路被人牵着鼻子走了。问路，最好找在路边商店里的人问，他们绝对不会对你甩个冷脸，而因为他们有自己的生意，他们也绝对不会为了挣带路费关了门带你去。以这种方式问路，百分之百，会得到热情有效的帮助。

在得到热情有效的帮助后，我顺利到了汽车站。打听好了去艾西拉的汽车班次，风雨之中，我又举着伞往回走。

因为下雨，我不想东游西荡，计划原路返回。哪知走着走着就走错了路。正当我站在无人的大街上，努力思索之前是不是曾经走过了这条街时，身后传来脆生生的中国话“你好”。我有些吃惊，吃惊的是居然有人一眼看出我是中国人，而不是先用日语或者韩语跟我打招呼。风雨交加，我着急赶回麦地那去，所以我没有回头，只是笑着回了一句“你

光线不好，可是，男孩们的笑脸，永远印在我的脑海里。

好”，抬脚继续往前走。

身后又传来一句几乎标准的普通话：你是中国人？哎呀，这下子我可是真的吃惊了，我连忙停下脚步转身一看，街边的长廊下，坐着两个大男孩。

我认识了欧萨玛和雷达。他们是在丹吉尔读大学的摩洛哥男孩子，因为对中国的无比热爱，物以类聚，成了最好的朋友。他们对中国的热爱到哪种程度？如果我说中国半个不好，他们会和我争论，想办法说服我。他们也很喜欢日本韩国，喜欢东方文化，但是对中国尤其情有独钟。他们自学中文，学唱中国歌曲，学中国功夫，看中国的新闻和电影，了解中国的历史，对中国的文化如痴如醉。他们的QQ好友的名单上，有一大批中国朋友。

我们站在路边交流了一阵子后，两个大男孩提议送我回旅店。还没有等我产生半点怀疑，他们心有灵犀一点通地说：我们不是路上给人带路挣钱的人。我也笑着“咬牙切齿”地对他们说：听好了，到时候，我可是半个迪拉姆都不会给你们。

我们像老朋友一样，一边走一边聊，慢慢往麦地那方向走去。走完了一条街，准备过街往下一条街走。

雨越下越大，欧萨玛和雷达淋着雨。我说：我们去附近找地方坐坐，喝喝茶，说说话，等雨小些再走。他们俩说什么都不肯，说不要乱花钱。其实，我真想坐下来喝杯茶暖暖身子。

我们在附近找到一家环境不错的咖啡馆。我给他们一人要了一壶薄荷茶，一壶10个迪拉姆，7元人民币。我自己只要了白开水，我想喝我随身带着铁观音。白开水也是10个迪拉姆。

沏好了铁观音，我请他们浅饮我的铁观音。他们恭恭敬敬地呷了一口，很痛苦地赞叹说：很好喝。很好喝。可是，“很好喝”却没有下文了，他们怎么却不愿意再呷第二口。

我们聊了好长时间的中国，历史文化地理政治经济，他们似乎比我还了解中国。想不到，我来到天之涯地之角的摩洛哥丹吉尔，听他们给我上了极其生动的关于中国的一堂课。

再后来，他们“中国五人帮”之三阿尤布（Ayoub）闻风也来了。阿尤布戴着枣红色的毛线帽，皮肤黝黑，眉眼间有些像伍佰，当然，比伍佰年轻俊俏多了。阿尤布来自舍夫沙万，那个蓝色之城。他随身带着个尼康单反相机。一走过来就开始闪光闪光咔擦咔擦。紧接着，我像慈禧太后一样端坐中间，三个爱笑的男孩子轮流跟我合影。

不知道是谁，也不知道是什么时候，说：Wendy，你是我们的女王。我一听，心花怒放啊，顿时有了“率土之滨莫非王臣”的感觉。我极度享受地听着他们左一个queen（女王），右一个queen地叫我。受用啊。狮子座的人，总是喜欢和需要这样贴心的称谓。

等我们往回走时，天色已经完全暗下来。在路上，遇见“中国五人帮”之四的高个男孩，三个人变作四个人送我回旅店。到了大索科广场，“中国五人帮”之五也赶来了。五个大孩子说：老师，我们来上课吧。然后，他们坐在喷水池边的阶梯上，分别举手向我提有关中国的问题。夜色里，大家笑作一团，然后，一个接一个，左亲亲右亲亲说再见咯。

雷达、欧萨玛和阿尤布三人约定，明天10点，他们来接我，和我一起吃早餐，再送我去汽车站。我们挥挥手，在大索科广场昏暗的路灯下道别了。个子最高的雷达则被派遣负责送我安全回旅店。

离开丹吉尔的那天早晨，我坐在街边的茶室喝了薄荷茶，走出麦地那，准10点。那是我和三个男孩约定相见的时间。我远远地看见雷达、欧萨玛和阿尤布已经坐在阳光下大索科广场上的喷水池那里等我。见我拖着箱子出现，雷达微笑着过来迎我，接过我的箱子。非常绅士，非常体贴。我们慢慢向广场走去，看着走在我身边的雷达，我心想，这样年轻的孩子，举手投足，怎么如此得体。

我们四个人，往汽车站的方向走去。雷达拖着我的箱子，欧萨玛背着我的双肩包，阿尤布提着给我准备好的早餐，我走在他们中间。真的是很有女王的感觉。阿尤布说他知道一个吃早餐的好地方。我很好奇，到底会是怎样的一个好地方。

走了大约十分钟，阿尤布说：到了。我们早餐的地方，原来是一块铺满阳光，绿得发亮的草地。在我的记忆里，我从来没有坐在洒满阳光的草地上吃早餐的经历。这是何等奢侈的事情。

草地的不远处，就是直布罗陀海峡。幽幽的蓝色，在远处闪耀着。我可以很容易地看见来往的船只。

吃饭前，我们先盘腿坐在草坪上。他们三个猜拳，决定他们给我送礼物的先后顺序。猜拳决定先后，这是他们三个人的习惯。猜拳之后，他们变戏法一样，把为我准备的礼物一样一样拿出来，送到我的面前。

一个首饰盒。一支蓝色的签字笔。一个塔津小陶罐。一条99颗白色珠子的太斯比合（穆斯林用的念珠，用来赞美真主）。

我没有想到他们会送我礼物。前一天分别已经很晚，这些礼物是什么时候准备的，我无从知道。更重要的是，他们都是打工自己挣学费生活费的大学生，买一件小礼物都会花费他们不少的钱。

一件一件接受他们的礼物，听着他们的祝福。我轻轻摩挲着礼物，百感交集。我拿着不同的礼物，让他们给我分别拍照，我的眼泪在眼眶里迅速酝酿着。

我们把我的拉杆箱翻过来，充当我们的餐桌。我们围坐在一起。阿尤布从袋子里取出四个玻璃杯，给我们倒上牛奶，把准备好的橄榄、橄榄油、面包、奶酪，一一拿出来。三个大男孩有极为严谨和健康的生活习惯。不抽烟，不饮酒，连咖啡都不喝，只喝薄荷茶、果汁、牛奶这样天然的饮料。

见我一直没有把奶酪抹在面包上，阿尤布就细细地抹好一片，递给我。还拿起一颗橄榄喂到我嘴里，问好吃吗？我从来没有这样被宠着幸福地吃过早餐。我泪眼婆娑地说：阿尤布，哪个女子做你的妻子一定会非常幸福。阿尤布得意地眨着眼睛快活地说：是啊，我妈妈也这样说。不过，我真的很喜欢做家务。

吃过饭，我们把一切都收拾好后，不知道谁提议，我们来相互介绍好听的歌。猜拳过后，这次轮到我第一。我想，应该是介绍中文歌曲。手机里随便翻出来的一首，是陈升的《把悲伤留给自己》。

当口琴清丽地吹出第一个音符，我的眼睛一涩，鼻子一酸，再听到那句“能不能让我陪着你走”，想着临近的永远的别离，想着即将继续下去的一个人的旅行，之前控制了又控制的眼泪再也控制不住了，扑簌簌地往下落。他们三个人没有丝毫的惊讶，只是静静地陪着我，什么都没有说。陈升还在唱着：“无论你在天涯海角，是不是你偶尔会想起我，可不可你也会想起我……”我捂住脸，让泪水静静地流。

等我抹干眼泪。体贴的欧萨玛为了活跃气氛，打趣说：Wendy，你哭的时候好好玩啊，跟一只猫似的。

吃过饭，收拾好，他们提议每个人唱一首歌。猜拳过后，阿尤布第一，雷达第二，欧萨玛第三，我第四。女王嘛，必须是压轴的。阿尤布唱中文歌《童话》，发音可圈可点。雷达唱Coldplay的《地心引力》（GRAVITY），唱腔跟原唱几乎一模一样。欧萨玛唱苏打绿的歌，我不知道歌名。欧萨玛严肃地唱歌时，阿尤布一直在草地上笑得直打滚。

我唱《海上花》，唱得不好，找托词是自己记不住歌词了。唱完之后才幡然醒悟，但凡在国外演绎中国歌曲，邓丽君的《甜蜜蜜》是最佳选择。旋律轻快，唱起来像棉花糖一样软软甜甜。歌词好记忆好翻译。一首永远唱不腻的中文歌。

阿尤布和欧萨玛商量，要表演中国功夫给我看看。两个人在一旁唧唧咕咕了一阵设计好了剧情情节，大约就是两个人狭路相逢了，然后各不相让，最后用华山论剑如此这般的方法来解决。两个朝气蓬勃的男孩在草地上，有模有样地认真过招，跳跃，翻滚……看着他们俩，还有旁边的雷达，浑身上下阳光一样纯净，积极勤奋，真是喜欢他们。

我们到了汽车站，但两点到艾西拉的汽车还没有进站。我们便坐在车站的咖啡厅里，喝薄荷茶，等车。

我把20个迪拉姆给了欧萨玛，让他们等会儿帮我去买车票。我知道，即使我要自己去买票，他们也不会让我走上半步的。我只要安心坐在那里喝茶就好。

每隔几分钟，他们中间的一个就捏着20个迪拉姆到停车场去打探，看车来了没有。

雷达咬着手指看着手机。欧萨玛对我说：Wendy，把你的笔记本给我。见我奇怪，他说：我觉得你应该掌握一些阿拉伯常用语句。欧萨玛埋头认真写了很多常用的阿拉伯语，并用英文注明意思。他要我一句一句跟他练习，怕我忘记读音，要我用中文把读音标出来。最后，他设计故事情节，比如买东西什么的，叫我用阿拉伯语来演练。他还谆谆教导我，说话时，一定要眉飞色舞配上表情，另外一定要加上手势。我心里笑着想，还要不要手舞足蹈载歌载舞。

我翻开阿尤布随身带着的笔记本，上面是他认认真真做的笔记。他在自学韩语，日语，中文。看着他的笔记，心里升起由衷的敬意。这些家伙们，能说法语、西班牙语、英语、阿拉伯语，还不甘心，还想掌握更多的语言。跟他们在一起，感觉未来好长，好美。

车来了。在他们的前呼后拥中，我走出咖啡厅。雷达负责放好我的行李箱。欧萨玛上车帮我找好了座位，叮嘱了随车的服务员男子，请他到了艾西拉时记得提醒我下车。

他们三人再次猜拳，决定和我道别的顺序。

little boys，我永远都不会忘记你们的笑脸。

我第一个左亲亲右亲亲的是阿尤布，第二个是雷达，欧萨玛最后。我像和亲人道别那样，和他们紧紧拥抱，贴着他们的脸，说保重，说再见。如果说难舍难分，是的。一直到分别的时刻，他们还在念叨：如果Wendy能多待哪怕一天就好了。那么快，才遇见怎么就要道别了呢？

上车后，我坐在窗边，脑子里一片空白，发呆，等发车。突然有人敲着车窗。再一看，他们三个人在车窗外灿烂地笑着，冲着我挥手再见。然后，他们一边走一边继续跟我挥手。我的视线跟随他们的脚步，我看见他们走到一辆大巴的后面，车挡住了身影。最后，看着他们眼睁睁地消失在我眼前，消失在远方。

回国后。在QQ上，我叫欧萨玛他们三个小男孩（little boy）。欧萨玛立刻开玩笑对偶称我是老女人（old woman），或者是疯女人（crazy lady）。还是雷达和阿尤布最懂事，一个一如既往忠心耿耿地叫我女王（queen），一个甜甜蜜蜜地叫我的公主（my princess）。公主和女王都受用，那是一种腾云驾雾的美妙。

从摩洛哥回来，我还带回来一大堆三个little boys送给一个在成都读英文，叫作卡苏娜（Casuna）的南充女孩的礼物。

一年前，卡苏娜和雷达在互联网上相识，然后，慢慢地成了这三个男孩子共同的朋友。卡苏娜两次千里迢迢给三个男孩子寄去礼物。在丹吉尔时，雷达把卡苏娜寄给他的围巾给我看。红色和黑色相间的厚厚的围巾，是多么遥远而真挚的情谊。听他们讲这段故事，我深深地感怀，还在摩洛哥时，就喜欢卡苏娜了。

后来，我在星巴克见到了卡苏娜，一个朴实可爱的女孩子。我把三个little boys唱歌，以及欧萨玛和阿尤布表演中国功夫的视频播放给卡苏娜看。我们谈论的话题，全部关于摩洛哥，全部关于三个有情有义的little boys。

我把带来的三个男孩子的礼物一一交给卡苏娜。雷达甚至把自己写的英文日记都送给了卡苏娜。卡苏娜看着摆了一桌子的礼物惊喜万分。因为，三个男孩和我约定在前：先不告诉卡苏娜他们有礼物给她。看看她，高兴得要流泪了。

那一天我雨中走错了路，于是，遇见了雷达和欧萨玛，遇见了阿尤布。又因为他们，和卡苏娜相识。在摩洛哥一场因缘而聚的相遇，在中国继续一场意想不到的缘分。因缘具足，总是会相逢的。我相信命运，相信冥冥之中的注定。

卡苏娜计划有一天能够去摩洛哥，我祝福她梦想成真。我期待，卡苏娜能替我再抱抱三个little boys。我想我自己，是再也回不去了。

六、“但愿我能够年轻二十岁”

我坐在著名的却小得可怜的达帕提广场（Petit Socco）一角喝薄荷茶，我读着《孤独星球》上关于达帕提广场的介绍。话说，这个地方，是历史上丹吉尔最臭名昭著的十字路口。这里曾经是毒品交易现场，以及各种形式卖淫的天堂。而现在，这里焕然一新，来来往往的游客比比皆是。广场成了人们喝茶喝咖啡消磨时光看俊男美女的好地方。

我要了一杯咖啡，把木心的书找出来翻了翻，时不时抬眼看看眼前没有几个人走过的小广场。我竭尽全力去想象，去还原，这个曾经是贩毒和卖淫的天堂的十字路口。

在介绍丹吉尔的城堡时，书上有这样一段文字：五十年代的艺术大师盖辛（Brion Gysin）在城堡开了一间传奇性的咖啡屋一千零一夜（1001 Nights），咖啡屋以迷幻乐队的现场演出而闻名。后来滚石乐队（Rolling Stone）的布莱恩（Brian Jones）还为他们出了一张唱片。

来丹吉尔之前，我一直把这个传奇的咖啡屋当作丹吉尔的闪烁亮点，是最令我心动神移之处。可是，到了丹吉尔之后，我无数的打听结果统一却是：咖啡店早就没有了。如此动人的咖啡屋，居然香消玉殒，令我百思不得其解。

之前还好好的阳光，慢慢地、慢慢地就像被谁唤了回去似的。天空开始沉郁起来，冷风渐起。我坐在阴惨惨看似要下雨的天空下、冷落的街头，喝着一杯快要冷下去的咖啡。

我很饿，天气的寒冷让我更加感觉我需要很多的食物。我准备在这里吃一顿即使很贵也绝不后悔的午餐。我下了决心后把服务生叫过来，哪知，服务生俯下身子对我说：厨师下班了。一个小时后才上班。目前，只有点心可以供应。听他这么一说，我顿时感觉悲从中来。不就是想花点钱吃点好的么，都不能够啊。

广场附近有不少街边小食店，都是寥寥落落的光景。大约是已经过了中午吃饭的点儿，晚餐的时间又还没有到。有几个高个子黑人年轻人走过来，我们擦肩时，年轻人神秘地低声问我：想不想要……想要什么？我心里一紧，毒品？性？我不敢追问，心里怦怦直跳。

一个瘦削的英俊的年轻男子，略微斜斜地靠在前面一个小餐馆的门口，眼光注视着前面的街道，若有所思。我一下子就被彻底地迷住了。走过小餐馆之后，他令人难忘的蓝眼睛实在是让我欲罢不能。我决定返回小餐馆。

走到他的跟前，纯属多此一举地问他：我可以在这里吃午饭吗？他非常绅士地微微一笑轻轻点头：当然可以。

年轻的服务生从头到脚干净而整洁。腰板像军人一样直挺着，走路气宇轩昂，连围裙都穿得得体而绅士。不亢不卑彬彬有礼让我感觉我坐在一个超五星级的餐馆里。哪里是摩洛哥丹吉尔的麦地那里一个小小的当地餐馆里。

吃完饭，喝完相赠的薄荷茶，我准备步行去当地汽车站查第二天去艾西拉的汽车发车时刻。在一般的情况下，我喜欢步行。一来省钱是肯定的，二来是消磨绵绵时光，三是还能够一路拍照体察风土人情。

穿过达帕提广场，偶尔抬头，见对面有一个看着很精致的刷着绿色门框的时尚小店。看橱窗里的布置，鞋子帽子衣服裙子，很有艺术性也很别致。这是我第一次在丹吉尔的麦地那看见如此有品位的商店。

我推门进去，商店里不见有人。

整个商店以绿色为主。很明艳的绿色。陈列的商品很多，有拎包、背包，有围巾，有皮鞋，有帽子，有宽松的裤子和衣服，还有很多绘画作品，总之琳琅满目。所有的商品都散发出与众不同的气质。商店里还有一个小二楼，一个木制楼梯可以上去。我喜欢一条亮蓝色的瑜伽裤，做工样式都很精致，只是冬天穿，太薄了。

这时，穆罕默德出现了。当然，他是丹吉尔的穆罕默德。

丹吉尔的穆罕默德是我在摩洛哥见过的最有艺术气质、最文质彬彬的摩洛哥男子。五十多岁的他，已经有些花白的头发和胡子。个子不高，身材匀称。戴着一顶毛呢鸭舌帽，一副精致的眼镜，一条烟灰色的羊毛围巾随意地搭在脖子上。得体的衬衫，和围巾同色的毛衣，有质感的深蓝色的棉外套，灰色的笔挺的西裤，擦得锃亮的皮鞋。

穆罕默德的笑容很清澈，透过眼镜镜片，是一双笑意满满的灰蓝色的眼睛。我们的交谈从那条亮蓝色的瑜伽裤的价格开始，然后，深深浅浅，聊各自的工作、各自的爱好、各自的旅行诸如此类。

穆罕默德是一位艺术家，店里的所有产品都是他自己设计的。包括画作，明信片，衣物和配饰之类。

他说自己喜欢意大利，常常去那里买绘画的颜料。穆罕默德把自己在意大利买的颜料拿给我看，还把摩洛哥生产的颜料也拿出来，对比给我看。他很仔细地讲解两种颜料的不同之处给我听，可是，这无疑是对牛弹琴之举。一个对绘画一窍不通的人，怎么能够看得出意大利颜料和摩洛哥颜料之间的区别呢?

穆罕默德又从抽屉里拿出一个厚厚的精巧的笔记本。他告诉我说，自己现在正在进行树叶画的创作。

一页一页，他非常小心地翻动着笔记本，把贴在笔记本上的、他用捡来的树叶作的画，细细介绍给我看。每一幅画都不大，依着树叶本来的轮廓和形态，在树叶上入微地勾勒、着色，成为生动鲜艳而匠心独运的树叶画。每一页纸上，都有意想不到的美丽和惊奇。

我对穆罕默德说：我很喜欢这条蓝色的瑜伽裤，可惜，裤子料子太薄了，不太合适现在的气候。穆罕默德说：那你能不能在丹吉尔多住几天，我可以马上给你设计一条这样的裤子，用轻薄的羊毛料子做。

我摇摇头，笑着说：我明天要去艾西拉了。

我转过身去，继续认真地欣赏商店里缤纷多彩的衣服。

站在我身后的穆罕默德突然一下子用双手搂着我的肩膀，很动情地说：你真好看。但愿我能够年轻20岁，这样我就可以追求你了。一瞬间，我们俩都呆住了。连空气也凝固了。

在穆罕穆德搂住我的那一瞬间里，我虽然感到万般的惊讶，但一点没有觉得他的失礼，心里也没有一丝的生气。正相反，我觉得心里很温暖。我能够感觉到来自穆罕穆德百分之百的真诚。

穆罕默德为自己的举动感到震惊，他手足无措尴尬地把双手从我的肩膀上迅速收回去，不停地对我说：对不起，对不起。我笑着对他说：谢谢你，谢谢你。

在我一个人长长的旅途中，常常遇见像穆罕默德这样擦肩而过的陌生人，他们给了我许多刹那间刻骨的美好回忆，温暖我有时感觉孤独的旅程。村上春树在《海边的卡夫卡》里有这样一句话："回忆温暖你的内心，同时它也把你撕成碎片。"是这样的。我还记得穆罕默德那一个紧紧的拥抱，记得他那一本美妙的、用树叶粘贴的画。

而，那时的浓墨重彩，等着如今沉淀下来，都成了白描的清朗了。我只愿用最为简单朴实的文字，记录那段美好的时日，记忆里深深的刻痕。

文质彬彬的穆罕穆德，还有满屋子他的作品。

艾西拉

一、流逝的

丹吉尔到艾西拉，我乘坐当地长途大巴，不到20个迪拉姆的车费。这是我在摩洛哥第一次乘坐当地客运公司的长途大巴，也是唯一的一次。车子还不算破旧，但是舒适度明显就差一些。和CTM和SUPRATOURS公司的大巴更为明显不同的是，当地车上都是穿着长长吉拉巴的当地人，而不是像CTM和SUPRATOURS那样是以外国游客为主。自然的，车厢里就有了一种不一样的味道。这种味道，并不是指浓烈的体味，那是一种原汁原味的摩洛哥情调。

我的旁边坐着一个胖乎乎的摩洛哥大哥，足够热情。他不会说英语，但是，他用他丰富的肢体语言，足以让我明白他想说的一切。

他刚坐下，就拿出一袋摩洛哥当地点心非要我品尝，我没有半点瞧不起的意思，可是，看着摊在大哥手心的那几枚像小桃酥一样的小点心，我笑着很抱歉地拒绝了。大哥坚持不懈地“说”服我让我品尝一个，我费了九牛二虎之力才成功地拒绝了。

开车前，上来一个穿着吉拉巴的高个子男人，拎着一个大袋子，走到每个座位前，往每个人手上放东西。有印着大抵是古兰经文的小册子，也有马拉喀什的拉德万送我的那种剔牙用的植物。

可是很奇怪，送东西的人只给当地人送东西，走到我跟前时，看我一眼就走过去了，完全当我不存在。我不开心了。我认为既然客运公司要给旅客发放免费的东西，就应该人人都有，怎么能够公然欺负我一个外来人呢？哪怕这些东西对于我而言没有什么用处，我也是可以带回家做个纪念嘛。

我指了指旁边的摩洛哥大哥手中那个男人发给他的东西，又指指穿着吉拉巴发放东西的男人，又指指我自己，我比画着“告诉”他，要他帮我找那个吉拉巴男子要属于我的那一份。摩洛哥大哥用奇怪的眼神看了看我，想了想，然后招手要那个人过来。几句话之后，那个男人给我一个满是蚯蚓文字的小册子，一个剔牙植物包。离开时，男人也用奇怪的眼神看了我一眼。我管不了那么多，我迅速地把到手的东西放进包里。

快开车了，吉拉巴男子再一次从每个人身边走过，这一次，他又一一拿回了刚才送出去的东西。我这时才恍然大悟，原来这些东西不是白送的。他先发给每个人，如果要，就要掏钱。如果不要，就退回去。最后，我当然是悻悻从包里拿出两样东西，退了回去。

车子几乎是一路沿着大西洋前行。一路碧蓝。热情洋溢的摩洛哥大哥继续着他的热情洋溢，全然不管我是在听音乐还是在看书还是在对着窗外发呆，他随时轻轻碰碰我的肩膀，让我顺着他的指引去看窗外动人的景色，嘴里还说着我听不懂的话。为了成全他的热情洋溢，我微笑着很艰辛地做出很陶醉的表情。

出乎我的意料，还不到一个小时，车到了艾西拉。

摩洛哥大哥对着我大叫：ASSILAH ASIILAHA！我问：ASSILAH ASIILAHA？他说：ASSILAH ASIILAHA！

等我下车，发现欧萨玛叮嘱过的那个司乘人员已经把我的行李从行李厢里取出来放在路边了。我挥挥手，跟热情的摩洛哥大哥道再见。

在艾西拉，只有我一个人下车。客车很快就发动离开了。回头望，艾西拉汽车站很小。

想了想，我决定不打的，自己走着去找克里斯汀娜（Christina）的房子。

我拖着箱子，哗啦啦地，一路问，一路找克里斯汀娜在邮件里跟我描述的那个很大很新的公共浴室。她说，找到那个Hamam公共浴室，就等于找到了她的家。

不紧不慢地走了已经快要20分钟了，艾西拉寂寞的街道里，看不见有几个人来往。转过一条大街，我似乎遥遥望见了公共浴室。正在这时，迎面走来一个男子。跟我擦肩时，他竟然停下来问我：你找克里斯汀娜吧？她等你很久了。

哦天啊，我才到艾西拉，居然就有人知道我了。我吃惊地看着他，他也没有停步，笑着挥挥手继续走了。

克里斯汀娜的房子不在艾西拉的旧城麦地那，而是在离麦地那不远的一个笔直的小巷的最尽头。克里斯汀娜是澳大利亚人，跟英国人马克一样，买下当地摩洛哥民居，然后在airbnb网站上出租房子。这栋典型的摩洛哥式民居现在是由一个二十多岁的西班牙女孩子看管，而克里斯汀娜自己，此时在正是夏天的澳大利亚。

我的房间紧挨着小庭院，房间不大，一个大床一个小床。有衣橱，有一个雕花的老式柜子，陈设很简单。整栋房子，似乎又只有我一个人。西班牙女孩简单地向我介绍了艾西拉大致情况，把房门钥匙和大门钥匙给我之后，就离开了。

我把香盒和香取出来，燃上一支藏香。照例，去厨房烧了一壶水，沏一杯铁观音。客厅很大，典型的英伦风情的雅致装饰。我一个人喝着茶，沉浸在幽暗的摩洛哥式的安静里。透过客厅的落地门，看见庭院里树影摇动。沁人心脾的安静。

我还是决定亲自去艾西拉火车站，看看每天发往卡萨布兰卡的车次。虽然西班牙女孩告诉我，房子的进门处就贴着火车时刻表，完全没有必要专门去火车站跑一趟。可是我想的是，如果车次合适，就把车票买下，这样心里踏实些。作为一个中国人，对于买火车票，总是心有余悸。

火车站在郊外，感觉出租车开了好久好久经过好大一片荒凉的旷野才到。到了车站，我请白发司机爷爷等我买票，然后我还坐他的车回到城里去。白发司机爷爷亲切一笑，说：不要着急，你慢慢地。

在整个艾西拉火车站，我没有见到几个人。工作人员也就看见一个类似乘警的人，还有就是售票厅里的老大爷。穿着制服坐在电脑前的售票老大爷六十多岁了。我告诉他我要买后天去卡萨布兰卡的车票，问他有哪些时刻可以选择。跟老大爷连说带比画，老大爷一口气在纸上写下了一串火车发车时间。我稍稍一想，告诉大爷我买后天下午的车票。可是，老人家居然递给我当天晚上十点的票。

我拿着票告诉他错了，可是大爷坚持说没有错。我发现老大爷分不清英文的今天和明天，更不说后天了，分不清上午和下午。我只好跑去找那个车站警察，可是他也不说英文。最后，我只好返回到售票厅窗口，拿出手机，翻到日历，指着我要离开的日期，再指指我自己。终于，大爷明白了。他把给我的票要回去，撕掉，又重新给我了一张。

我和白发司机爷爷返回到麦地那，白发司机爷爷只问我要20迪拉姆。来回的路程那么远，还加上等我买票那么长时间，我觉得应该不止这么多钱，我就给了爷爷40迪拉姆。白发司机爷爷拿着钱连连说：Shukran，Shukran。这是阿拉伯语的“谢谢”。多给爷爷20个迪拉姆，爷爷高兴，我也高兴。

艾西拉的麦地那很小，很寂寞，那是一种别样的寂寞。几乎连个咖啡店商店都看不见。到处是紧闭的门窗，寂寞的小巷。好容易路过了几家热闹的商店，卖着一些像是仿冒名牌的衣裤和鞋子。

一个摩洛哥年轻男子从商店里走出来，跟我打招呼，我们站在商店门口简单寒暄了几句。分别时，他请我记下他的电话。他说，第二天是他弟弟看店，他可以带我骑着摩托车沿着海岸线去看大西洋的日出。他说，很美很美的日出。

他只是简单的描述，可是我的脑海里已经是蓝天碧海，红日冉冉了。异域帅哥，风驰电掣的摩托车，还有速度，要命的迷人的速度啊，我的心里激动万分。但是，激动归激动，激动完之后，我虽然心痒痒地但是还是咬着牙拒绝了。对了，他也是叫作穆罕默德。

我去了大西洋边。我在大西洋边站了很久。风很大。大西洋的惊涛骇浪，就在我的眼前，就在我的脚下，无声地宣泄。无边无际的浩大苍凉，向远方尽情地延伸着，扩展着。艾西拉，就在大西洋的潮来潮去之间，在寂寞的转瞬流逝间。

我久久地沉浸在前不见古人后不见来者的苍茫里。万般皆是空的感觉非常强烈。转身再看旁边的几个当地人，他们没有一个人像我这样激情澎湃，只不过是坐在那里低头玩玩手机而已。坐上几分钟，他们就离开了。想来也是，大西洋，就在他们的日常生活里，和吃饭走路一样寻常的事。而不像我，漂洋过海，只为短暂的驻足。

真羡慕居住在艾西拉的人们，那么容易就能够面对天荒地老海枯石烂。如果我能够天天来这里打坐冥想，说不定我早就悟道了。

二、漂洋过海来看你

艾西拉，大西洋边，小小的白色的城。古老而秀雅。修建于1471年的麦地那的城墙，到现在，还伫立于时光中。

艾西拉，好听的名字。闭上眼睛，想起大西洋边的白色巨浪，想起那时的风。

艾西拉是世界闻名的涂鸦之城。每年的七月，摩洛哥和国外的艺术家们来到艾西拉。然后，在麦地那一面面古色古香的墙面上，留下艺术家们色彩鲜艳的涂鸦。这一切，开始于1978年。如今在艾西拉，常住着超过五十个艺术家。艾西拉城虽然小巧，却有五个画廊。还有很多艺术家的工作室和展览厅。

艾西拉在历史上也曾经饱受摧残。迦太基人、罗马人、葡萄牙人、西班牙人都曾经在艾西拉闪亮登场，你方唱罢我登场。1691年，穆莱·伊斯麦尔（Moulay Ismail）夺回了艾西拉。但是到了19世纪，先是奥地利，后来是西班牙，把海军派往艾西拉。从1911年一直到1956年，西班牙把艾西拉作为自己的保护地。

正是因为艾西拉在过去很长的一段时间里，曾经是西班牙的领土，所以，在这里能吃到西班牙的塔帕斯（tapas）和海鲜饭，就不足为奇。在北大西洋海岸游荡的人，最喜欢停留的地方，就是艾西拉。难怪，马拉喀什的穆罕默德，强烈建议一定要我来艾西拉。

不过，冬天来艾西拉，并不是最好的季节。寒冷，多雨，天色总是阴沉。而夏天，因为是艾西拉的涂鸦节，艾西拉又是人满为患，吃穿住行都贵得要命。所以，去艾西拉，最好的季节，是春季和秋季。

冬天的艾西拉，街上寥寥的人，几乎看不见游客的面孔。我成天穿着那件松垮垮的蓝色吉拉巴在街上晃荡，从克里斯汀娜的房子出来，晃到麦地那去。坐在路两边喝茶喝咖啡的男人们，齐刷刷地抬头，用相当平静的目光看着我从他们的面前走过。去商店买瓶果汁一袋土豆片，商店里的所有人都齐刷刷地看着我，然后目送我的离开。

冷冷的街头，偶尔会有人摆一个水果摊，一车子的橘子。

在艾西拉的麦地那里，到处是让人眼睛一亮的新奇的粉刷和涂鸦。这个城市，依然是以白色和蓝色为主。这里到处是白色的房子，在白房子上，还有各种各样美丽的铁艺窗。置身其中，感觉就像身在希腊的某一个漂泊在海上的岛屿。

艾西拉的镇长，住在风景如画的麦地那里。他发誓说，要让艾西拉

艾西拉的大西洋，有着不一样的优美的寂寞。

拾阶而上，通向堡垒高处。在那里，看见大西洋很近。

干净得跟瑞士一样。果然，艾西拉的确很干净。这些年以来，越来越多的富裕的摩洛哥人在艾西拉买房子，也有越来越多的欧洲人来艾西拉买房子。比如我那个澳大利亚的房东老太太。

在艾西拉麦地那里的堡垒，是非常雄浑的建筑。过去，人们可以随意登上堡垒遥望近在咫尺的大西洋。不过后来，堡垒只开放了西南方的那一处，供人们凝望大西洋的日落日出。我每天不止一次站在那里看着汹涌的大西洋。顺着麦地那的城墙走过去，登上几十级台阶后，展现于眼前的，是一望无际的渺渺茫茫。极目眺望。

我心里很清楚，此时此刻，我在艾西拉，是今生的唯一，再也没有重来的那一天。理当珍惜。每一分每一秒，都不愿错过，生怕错过。

站在堡垒上，很容易看见西迪·曼苏尔（Kubba of Sidi Mansour）的大白圆顶。而越过大白圆顶凝视大西洋，则是另一种视角和感动。

书上说，Kubba of Sidi Mansour 从来只对穆斯林开放，非穆斯林，不要想踏进这里半步。所以我从到艾西拉的那一刻起，就没有希望能够走进去看看。哪怕只是书上说的，那么小小的一个peek（一瞥），那偷偷看的一眼。我独自站在西南角堡垒上，除了远远地拍了Kubba of Sidi Mansour几张零零落落铺着花花绿绿的马赛克的小院子外，剩下的就只能是想象。

神秘。

后来，关于Kubba of Sidi Mansour，我跟欧萨玛曾经有过一些交流。这里，我想插入欧萨玛有关的讲述。

Wendy, 你必须先要了解，在历史上，摩洛哥有许多神圣的宗教导师。他们在摩洛哥的文化和历史上有着极高声誉。他们死后，在摩洛哥的不同的地方，他们变成了一种神圣的符号。他们中的每一个人都有其独一无二的宗教成就，并因此，让后人对他们的敬重与日俱增。艾西拉的这位曼苏尔（Mansour）就是他们其中的一个。Sidi的意思是“我的先知”。所以，我们可以称，sidi Mansour就是“我的先知Mansour”。

库贝（Kubba）是阿拉伯语，翻译成英文是dome，中文是“圆顶”的意思。Kubba是一种传统的建筑形式。在耶路撒冷，在所有的阿拉伯国家的清真寺，我们可以非常容易见到这样的圆顶被置放在清真寺的最上面。这是非常典型的伊斯兰建筑风格。

现在，我们回到你的问题上来。在kubba sidi Mansour里，你可以找到曼苏尔的陵墓。在艾西拉，这个地方无疑是最具有吸引力的地方。真的，它是那样美丽。

我认识了阿西（Assi）的那天，我们在大西洋边拍完照，一起往麦地那里走。经过一个穿着吉拉巴的青年男子时，男子用英文跟我打招呼。之前我跟阿西一个说英语一个讲西班牙语鸡同鸭讲令人抓狂，我忽然听见有人说英语，顿时觉得很是亲切。在艾西拉要找到说英文的人不易，所以当青年男子听到我赞美他凤毛麟角的英语后，很是开心。他指了指Kubba of Sidi Mansour，问我想不想进去看看。他还告诉我，当年第一个来到艾西拉的先知，就住在这里。

听了他的话，我有些不敢相信。之前从书上我了解到，非穆斯林，是不得入内的。

顺着他的手指看过去，果然，见到Kubba of Sidi Mansour那扇时时关闭的小绿门此刻竟然是打开的。

他告诉我，现在，Kubba of Sidi Mansour专门由一个老人来管理。老人每天来这里，打开这扇小小的绿色木门，坐上一些时候，读《古兰经》，然后，又关门离开。能遇上他开门的机会并不多。因为老人开门的时间不是每天固定的，每一天老人什么时候来，没有人知道。

这时，一个围着藏青色围巾，戴着藏青色绒帽，穿着长长的米色的吉拉巴的气度不凡的老人，正穿过铺着花花绿绿图案各异的马赛克的院子。步伐轻盈，仙风道骨。

青年男子带着我，来到老人独坐的小屋门前。他说：老人是非常神圣之人，如果得到他的祝福，会非常幸运。老人坐在虚掩的房门之后，捧着一本《古兰经》庄严默读，神态安详。

看见我，老人站起来，个子很高，肤色像是那种常年不见阳光的白，面目清朗而平静。老人微笑着听着青年男子的一番话，又微笑着看着我，然后说了一段话。男子对我说：你很幸运，老人已经把祝福给了你了。

我本来想跟老人再多寒暄几句，再问几个问题，青年男子却阻止了我，说既然已经得到祝福，就不能再打扰老人了。

三、有法朵的艺术画廊

跟阿西道别后，我回到房间，点燃一支尼木藏香。在我的房间里，一支藏香的轻烟缭绕是必不可少的，这会让我感觉无比妥帖。一支藏香所带来的归属感太强烈了，和一杯陈香普洱有异曲同工之妙。所谓的归属感，是指我归属我自己。我很迷恋熏香的一缕轻烟在空气中飘荡的姿态。一支香，立刻他乡变故乡。

把买的桌布和扎染布扔在小床上，我又赶紧背着包出门去，时间已经是下午四点。从《孤独星球》上读到，哈桑二世国际交流中心（Centre de Hassan II Rencontres Internationales）是值得去看看的。这是艾西拉最主要的一个艺术展厅，经常展出具有颠覆性、革命性、国际性的绘画作品和雕塑作品。整个展厅，是在一栋华丽的摩洛哥传统建筑里。

我推开艺术中心刷着亮绿色的落地玻璃大门，刚一站定，还没有来得及安详地从容地观察四周，一个人以迅雷不及掩耳之势移步于我的面前，捧起我的右手就低头深深地一吻。我一时没有回过神来小小吃了一惊。这位个子不高，微微发福，留着小胡子，身穿黑色正装的中年男子，冲着我一个接着一个的友好的“欢迎欢迎”之后，我回过神来了。

大约，这个艺术中心以及这位中心的管理员，已经寂寞了快一个冬天了。好容易，在长长的等待之后，在一个萧瑟的冬日下午，有人推开绿色的落地大门。而且，问题的关键是，这个人有一张在本地比较稀缺的东方面孔。

艺术中心很宽敞，采光很好。玻璃窗外一个小小的庭院，也是以翠绿色为主基调，萧瑟的色彩里有了春天的暖意。所有正在展示的画作都是当地艺术家的作品，很大气很有匠心地挂在画廊各处。我不懂画，大多数画也的确让人看不懂。很多画看起来就像一个人的呓语。我也就是看个热闹，能够看出点名堂的，无非是：觉得那一幅画的颜色很大胆，这幅画的线条很诡异，而已。

满室的安静。一如我在摩洛哥参观过的很多地方一样。整个艺术中心里就我一个参观者。整个中心就他一个管理员。他时不时悄无声息地从我的身边经过，看着我正认真地拍照并快乐着，便停下脚步，假装很严肃很生气地说：这里不许拍照。然后，小胡子一翘，对我顽皮一笑。离开。

过不了一会儿，他又无声无息地经过我的身边，停下脚步，假装很严肃地对我说：拍一张照片100个迪拉姆。然后，小胡子一翘，又对我顽皮一笑。飘过。

小胡子先生生怕我错过了这里的哪怕一个角落，胖手指指点点告诉我，那边还有一个展厅，或者是，这个展厅你还没有去。好像怕我错过哪怕一处而抱憾终身，也好像怕我匆匆离去，又留下空荡荡的画廊孤零零的他。

艺术中心里除了当地艺术家们的画作，还专门有一个展厅展示法朵（FADO）的旧照片。

“FADO”为葡萄牙语，意思是命运或者宿命。在展厅里，墙上悬挂着一幅接着一幅泛着老旧岁月的海报，都是介绍法朵的演唱者和乐队。因为演唱法朵的女歌手居多，海报上，更多的是女歌手们略带沧桑的面庞。

法朵是葡萄牙的国宝，到现在已有一百五十多年的历史。歌声充满悲切与哀怨，大多是由沙哑的有生命刻痕的嗓音来演绎。而以高音的葡萄牙吉他和中音的西班牙吉他合奏抒发出来的旋律，更是给人时光不再的甜蜜的忧伤。

关于法朵起源的说法很多。一种说法认为它起源于葡萄牙当年的殖民地巴西黑人的兰杜（Landu）舞蹈，另一种认为它起源于葡萄牙的民间叙事歌曲，还有一种说法认为它起源于葡萄牙海员在海外漂泊时唱的歌曲。

法朵有着悲恸的曲调和歌词。几把吉他或是鲁特琴伴奏，加上独唱者空灵的清唱，生与死，爱与恨，离愁与别绪，低低细语，娓娓道来于旋律之中，再强烈的情感，往往都以含蓄、压抑的力量来表现。在葡萄牙大街小巷的咖啡馆和酒吧，时时都会飘出法朵那独特的充满了思念与怀旧的旋律。

面对墙上一幅幅泛黄的旧海报、旧图片，我总会自然而然地在心中搭起一座桥，将过去和现在的时间之流汇合起来，然后站在那里，隔着时光回望，感叹：逝者如斯夫。

等我游览拍照差不多了，小胡子先生神秘地朝我招招手。他让我跟着他，走进展览厅边的一个房间里，那是艺术中心员工的休息室。大约，小胡子觉得我差不多也是喜欢艺术的人，就从房间里的另一间小屋子里，小心翼翼地，搬出来好多本当地画家的画册，以及当地摄影家的摄影作品集，都摆在桌子上。

他一页一页翻过，如数家珍，用西班牙语向我深情款款一一介绍。当然，我一句都听不懂。但是我大约看得懂，那些画册摄影册，是艾西拉的艺术家们的杰作。这些作品，充满了华丽的视觉冲击力以及明快的民族特色。

小胡子走进小房子，这一次，他拿出一大摞自己的工作照片，哗啦啦地放在桌子上。他把自己的工作牌也放在桌上，很骄傲地示意我可以拍照。小胡子快活地向我指着照片，然后又指指自己。照片大多数是他作为接待方和很多来参观的国内国外的大人物的合影。我竖起大拇指夸奖他真帅，也真了不起。他得意地笑，小胡子向上翘啊翘。虽然我的话里有些夸张的成分，不过，那个时候的他还比较年轻，也没有现在这样胖，真是有点点帅。

我准备离开画廊时，小胡子先生指指我手中的三脚架，又指指我指指他自己。我们很友好地合影两张，小胡子先生很自然很友好地把手搭在我的肩上。我们已经是朋友了。

在回去的路上，我随便找了一家雅致的小餐馆坐下。服务生是个男孩子，不讲英语，黑色的眼睛很大很亮。我点了加拿大式煎蛋卷，摩洛哥式蔬菜沙拉。我不抱希望试探性地低声问：有没有啤酒卖？男孩子低声地说：有。顿时，我的眼睛比他的眼睛还闪亮了。谁说摩洛哥买不到啤酒？只要坚持不懈，一问再问，必然会有惊喜。

男孩子带我去厨房取啤酒。他悄悄地对正在厨房里摘菜的胖胖的大姐说了一句话后，只见大姐擦了擦手，站起身来，从一个柜子里拿出一个小布包来。摩洛哥大姐一层层打开布包，里面赫然是两瓶卡萨布兰卡牌啤酒。

喝着冰镇的“卡萨布兰卡”，吃着煎蛋卷和蔬菜沙拉，时不时撕一小块鸡蛋卷递给蹲在我脚边，心急火燎找我要食物的虎皮猫。我稍稍慢半拍，它就直起身子来挠我。

脑子里涌上一句话来：对生活不同的叙述方式。

我有我的叙述方式。猫有猫的叙述方式。通过煎蛋卷，两种叙述方式交汇在一起。可惜，虎皮猫不会喝“卡萨布兰卡”。

四、艾西拉的阿西

我在大西洋边。站在麦地那堡垒的最边缘处。头发被吹得狂乱。天低低的，四顾茫茫，天之尽头。眼前的海天相接苍茫一片，比阳光灿烂之下更有一种难言的气势。无语凝咽，就是这种感觉。脑袋一片空白的感觉是很美妙的。

后来，我感觉身后有人来了。坐下，然后，有一双眼睛在一直看着我。

几分钟过去，那双眼睛，还在看着我。我在心底深深地叹了口气，转过身去。灰蒙蒙的天空下，我看见多好看的一双灰蓝色的眼睛。

灰蓝色的眼睛见我看着他，不好意思地低下头去。我笑了笑，走过去，把相机递给他，问他可否帮我拍几张照片。他有些惊讶地接过我的相机。

他非常快乐地帮我拍照，我在镜头的那边笑，他在镜头的这边笑。眼睛里闪耀着快活的迷人的光亮。

我们坐下来，我把他拍好的照片一张张打开给他看，只听见他说 beautiful（美丽），beautiful。也不知道他是夸我美丽呢，还是夸他拍的照片很美丽。

我们并排坐在大西洋边。风好大。好冷。

他叫阿西。阿西不说英语，只说西班牙语、法语和阿拉伯语。我们没有任何办法交流。他说什么我不懂，我痛苦地笑着摇头。我说什么他也不懂，他害羞地笑着摇头。

于是，我们只有不说话。

他递给我他手中的一板巧克力。我摆摆手，“说”不要。他再次把巧克力递给我，我只好接过巧克力，可是怎么掰都掰不下一块来。阿西从我手中拿过巧克力，隔着锡箔纸，掰下一块递给我。我拿着巧克力，放进嘴里。

我们就这样，无声地坐着，一块一块掰着巧克力，一块一块吃着巧克力。大西洋，在我们的面前。

阿西跟着我离开了城堡。他不知道我要去哪里，我也不知道我要去哪里。不管我在哪里停步，阿西也在那里停步。隔着虚空，我们对视而笑。

我们在寂寞如天空的麦地那里慢慢走着。有时候并排着，有时候一前一后。看见穿着黄色皮夹克戴着黑白毛线帽的阿西走在窄窄的巷子里，感觉他的背影也是寂寞如天空的。

艾西拉的寂寞不像索维拉的寂寞。阿西的寂寞，也是不同于阿明的寂寞。

在每一个涂鸦前，我都要停下，拍了再拍。拍了整体拍局部。有时候，在自己喜欢的涂鸦前，也让阿西帮我拍一张。他很想跟我说话，可是，我真的是连一句也听不懂他的西班牙语法语阿拉伯语，他也是，哪

麦地那里，就这样空落着。

阿西也请我帮他拍一张。

怕一句也听不懂我的英语。

我们只能这样默默地走着。

我想拍照了，就把相机递给他。大约比画一下，“告诉”他我想怎么拍。拍得让我不满意，我摇摇头，他很不好意思地看着我。我比画着“告诉”他，这样拍不好，应该把人物放在这个位置拍。他“听”懂了，然后再拍。直到把我拍得让我满意为止。我满意了，竖起大拇指，阿西眼睛里闪着光，很开心地笑了。非常干净的笑。

路过一家开着门的小店，店子里挂着许多一看就有气质的桌布、挂毯。我指指商店，又指指自己，“告诉”阿西我要进去看桌布，看挂毯。

我看上一张粗犷手法的撒哈拉风的蜡染布，和一张单人床单大小的孔雀蓝棉质桌布。桌布的工艺极为精湛，手感令人极其心悦。我拼命地跟老板讲价，希望把价格压低再低。

卖给我桌布的老哥说：如果你夏天来，这桌布我喊价就是600迪拉姆，最多50迪拉姆的还价。而冬天，我喊价才300迪拉姆。老哥满脸诚实，想了想，他的话我信。

最后，蜡染布讲到35迪拉姆，蓝色大桌布讲到220迪拉姆。阿西也许是觉得价格还不是很划算，但是对方又是自己的同胞熟人，不好意思说出口，帮我不是不帮我也不是，只在一旁干着急地跟我挤眉弄眼，让我不要买赶快走。

我舍不得。最后，我还是花220迪拉姆买了那张手工极为精细的蓝色的棉质桌布，35迪拉姆买了一张撒哈拉图案的蜡染布。

最为关键的是，老哥还说了一句让我有知遇之恩的话。他一点点都不开玩笑地说：你一进门，我就知道你是艺术家，懂得欣赏。因为这句或虚或实令我虚荣心无比满足的话，我乖乖地打开了钱包。

我把蜡染布和桌布塞进双肩包。阿西背着我鼓鼓囊囊的背包，我们继续往前走。

默默地走过广场时，我比画着“告诉”阿西：我要在这里喝茶，我要喝薄荷茶。

广场边只有一家咖啡店。即使别无分店，这家咖啡店也并没有太多的生意。咖啡店是蓝色的窗蓝色的门。店主是个妇人，长长的吉拉巴，裹着棕色头巾，站在咖啡店门口。咖啡店门口，几张方桌子铺着白色或者蓝色的方桌布，风吹动着桌布，让似乎凝固的画面有了动感。几株绿色植物挤挤挨挨地放在咖啡店的一角。

广场不大，空落落，悄无声息。偶尔有几个放学回家的孩子悄悄走过，在他们的身后或者旁边，跟着帮他们背着书包的妈妈。

很快，一切又归于寂寥，跟飘过云的寂寥的天空一样。

除了我和阿西，隔着一张桌子，坐着一个西方男子，喝着咖啡，正专心地翻看着手上的《孤独星球之摩洛哥》。

我跟阿西，还是无话可说。我们各自静悄悄地喝着薄荷茶。第一次，我完全理解了无法沟通和交流的痛苦；但也是第一次，我感受到用肢体语言进行交流，也是一件很好玩的事情。

或许是阿西为了让我不感到那么无聊，他想方设法无事找事。从他的里维斯小挎包里，阿西拿出一张纸给我看，然后指指自己。我虽然看不懂阿拉伯文，但是我能猜测到，那是他的驾驶证。我做了一个驾驶方向盘的动作，他开心地直点头。也是通过驾驶证，我才知道他的名字的拼写，Assi。之前，我只是“阿西！阿西！”地喊他。

他又把中指上戴着的戒指取下来，指指我的手，然后指指戒指。他很急切地用眼神告诉我，让我戴上戒指。戒指很大，我试着戴在中指上看看，一不小心，戒指滚落到地上去了。我没有去捡，阿西也没有。

阿西比画着“告诉”我，他想要和我合影。我拿出三脚架放在桌子上。我们一共拍了两张。我端端正正地迎着镜头，阿西微微向我这边倾斜身子，眼睛里都是不好意思的笑。

喝完茶，阿西付了账。他背着我的双肩包，我双手插在吉拉巴的口袋里，我们又开始在麦地那里无声地慢慢闲逛。听见远处有人喊“阿西！阿西！”阿西用阿拉伯语隔着街道回答着。那边的人说了一句什么，紧接又有善意的笑声传来。阿西在我身边害羞地笑着。

我们站在克里斯汀娜的房子前道别。阿西“说”自己要去工作了。他有些害羞地抱了抱我。左脸贴贴，右脸贴贴。他挥了挥手，转身朝着巷子那头走过去。高高瘦瘦的身影，转眼就消失了。

第二天早晨，我坐在飞驰的开往卡萨布兰卡的列车上。

我拿出这一路上在不同的城市买到的明信片，打开小桌板，找出存放在手机里的朋友们的地址，开始写明信片。

我接到阿西发来的短信。一段阿拉伯文的短信。弯弯扭扭的蚯蚓字，不知所云。我用英文回过去。

不一会儿，我又接到阿西一条断断续续不成句的英文短信。大意是，问我在哪里。他说他现在来找我。他并不知道，我那么快就离开艾西拉了。我想，在昨天告别时，他以为第二天还能见到我。

我告诉他，我回卡萨布兰卡了。隔了一会儿，他的短信过来，他问我：你还回艾西拉吗？我说：我不回艾西拉了。

阿西再也没有短信发过来。

回到国内后，阿西两次打越洋电话给我。第一次，是托朋友打来电话，告诉我，他很想念我，希望我还能回艾西拉去。我托他的朋友转告他，谢谢他，我也想念他。第二次，是阿西自己打来电话。他还是说不好英语，只是反复说：想你，谢谢。谢谢，想你。我反复用西班牙语说：谢谢，再见。谢谢，再见。

五、空　白

离开艾西拉的前一夜。

在克里斯汀娜的那栋大房子里，依然只有我一个人。替克里斯汀娜打理日常事务的西班牙女孩子披着吉拉巴出门去了。另一个房客，西班牙胖女孩还没有回来。七八点钟的艾西拉，已经像是晚上十点过了。

我坐在客厅里那盏落地灯下，面前那张低矮的圆桌上，放着我的电脑。每天晚上，我都要把当日拍下的照片整理导入电脑，然后删掉相机里的照片，第二日重新开始拍照。这样便于我以时间来将照片分类。

冬夜的风吹进客厅，直灌进我的骨头里。关上通向小庭院的落地门，风依然不屈不挠地从门缝里吹进来，细细的，却那么清晰。寂静，还是无边的寂静。孤独与寂静似乎就要成形并在我的眼前现身。

用手机播放谷村新司和加三雄山演绎的歌曲《故乡》，他们俩完美苍凉的嗓音，那么契合我的心境。

用眼前的这些曼妙的时光来享受一份安宁，我很高兴。我知道，当回到我喧嚣的城市，我将会多么怀念这个美好的夜晚和令人陶醉的孤独。这将是我记忆里最为永恒的东西。

这是，独一无二的时刻。

我告诉自己，我可能再也没有机会坐在艾西拉的一幢孤独的房子里，一个人度过一个夜晚了。我必须把逝去的时光都贮存起来。人活什么，活的是经历。我一刻都浪费不起。我想为自己贮存的，是另一种意义上的财富。“我在这里”，这种令人心醉神迷的感慨一次次让我的心微微地战栗。

保罗·索鲁在为毛姆的《客厅里的绅士》一书写导言时，指出：旅行是让他（毛姆）自己孤单的一种方式。

不知道别人是怎样看待旅行，反正，对于我而言，旅行就是让我陷入孤独当中的行为方式。我在这种孤独当中，熏熏然，陶陶然。人一生，孤独生孤独死，孤独来孤独去，想明白这一点，会觉得，孤独很美。喧嚣与热闹，终究是暂时与虚幻。

在灯下，我读着欧萨玛放在首饰盒里写给我的信，满满的两页纸的英文，满满的真情实意。对我，一个陌生的中国人，欧萨玛说了很多。关于他的国家，关于他的梦想。

我的心里有什么情绪在隐隐而动。在这种莫名的情绪牵动下，我决定将第二天离开的时间提前到早晨10点。我突然想赶快离开艾西拉，赶快回到卡萨布兰卡。

和离开索维拉、舍夫沙万、丹吉尔，以及后来离开卡萨布兰卡一样，离开艾西拉时，阳光灿烂，清澈天空。清早7点，我准时起身，迅速收拾好行李，疾步再往麦地那而去。我想在离开前，再看看阳光照耀之下的城堡和大西洋。

麦地那里不见一个人。我顺着城墙飞快地往城堡而去，留给我的时间，来回不到两个小时。转过弯，就可以看见大西洋了。半人高的白色城墙上，坐着一个手抱吉他的男子，头发飞扬，正对着大西洋拨动琴弦，自弹自唱。我根本无法听清他的歌声，即使当我走过他的身边时。

他的歌声被艾西拉的寂静淹没了。走过了，我拿出相机远远地拍他，他看着我，继续唱歌。

站在城堡上，大西洋边就我一个人。无人的海边，这是我一直期待的一个场景。

阳光倾泻在我眼前所有的景物上，一切都泛着心醉的金光。一切都变得十分熟悉，陌生的熟悉：蓝天，大西洋，礁石，海鸟，城堡，我。万籁俱静。天地有大美而不言。

于心头涌上，那是兰波的两行诗：

她又出现了！
什么？永恒！

走过满是涂鸦的那面蓝色的墙。走出通向岸边的那扇门。那就是永远的告别了。

一个穿着鲜亮，头发长而凌乱的吉他手坐在那面蓝色涂鸦墙下，手指划过琴弦，在寂寞冷落的大西洋边，他的音乐更显得热情奔放。他对我轻轻一笑，我也对他轻轻一笑。匆匆就离开了，没有停下脚步，没有放下几个迪拉姆，没有拍一张照片。现在想起来，觉得对不起他的音乐，还有大西洋。

回到克里斯汀娜的房子，来不及吃已经准备好的早餐，我跟西班牙

我拍下自己的影子，还有大西洋。

女孩匆匆道别。然后，跟来的时候一样，我拖着行李箱走在依然宁静的艾西拉。

一直找不到出租车，为了节省时间，我决定往火车站的方向先走着，边走边找出租车。为了避免南辕北辙的低级错误，我向路边商店里的一个妇人打听，火车站在哪个方向。妇人不懂英文，一问二问三问都不知。一如既往地只用法语跟我讲话。

实在是没辙了，我指指行李箱，又指指我自己，然后，大声地冲着她：呜呜呜……轰隆轰隆轰隆轰隆……还用手做出火车运行姿态的演示动作。终于，终于，她恍然大悟，大笑。她的兰花指指向正前方。

顺着兰花指指引的方向没有走几步，很幸运，一声口哨，一个当地大哥帮我在街角招了一辆出租车。

艾西拉的火车站跟我一样寂寞。除了阳光，只有几个人影晃动，但几乎可以忽略不计。

我到售票处，找售票的老爷爷要求换票。车站警卫帮我把我的请求大致翻译给了售票处的老爷爷。老爷爷看了看我的票，通过警卫翻译告诉我，票不需要换。拿着这张下午的票上上午的车就好。车上检票的人不会看你拿的是几点的火车票，只看你手里有没有票。反正车上座位多，随便坐。

咖啡店里，我要了一杯咖啡，找了一个临窗的座位。我完全沐浴在阳光里，全身暖洋洋。一个简单而美好的时刻。旁边有三个当地男人看着电视里的新闻，喝着薄荷茶。我问他们：十点的火车什么时候进站？他们告诉我：不要着急，慢慢喝咖啡。

喝完咖啡，九点四十分，我拖着行李去站台。路过喝咖啡的三个人，他们告诉我，我应该在二号站台等候。

艾西拉的火车站，主体建筑是白色，其他装饰性的颜色则为蓝色。车站只有两个站台，平时过往停靠的火车看起来不多，站台上远远近近有几个人在等车。隔着车站一扇蓝色的大铁门，我看见不远处翻滚着白色浪花的大西洋。

火车晚点了，已经十点过五分，我还在站台上四处游荡，行李箱随意放在二号站台的一角，不去管它。站台上，有两个醒目无比的摇滚音乐会的广告，图片上，一个戴着爵士帽玩着电吉他的长卷发男子正激情演绎。虽然摩洛哥是一个完完全全的伊斯兰国家，但是，从这两幅广告，看得出西方文化无处不在，摩洛哥被浸润至深。

火车静静地驶来。车站没有任何提示，甚至一段欢快的音乐都没有，更没有人通过麦克风告诉你：某次列车进站，请旅客们赶快上车。

上车下车的人加起来不到五个人。大家都是默默地。走在我前面的男人看见我拖着的行李箱，一句话没有，伸手就帮我把箱子提上车去。我还没有来得及说谢谢，那个人看都没有看我一眼，已经向车厢里走去。

车厢里空荡荡的，干净，一如既往的安静。

上车不到一分钟，列车启动了，依然没有任何征兆。我找了一个阳光铺满的座位。安顿好我的大包小包后，我打开瓶装果汁，靠着宽大舒适的椅背，慢慢地喝着。

车窗外，一闪而过的摩洛哥的原野，成为我此时空白的背景。

一想着到了卡萨布兰卡就要立刻寄出明信片，我便打开小桌板，开始一张又一张写明信片。

偶尔会恍惚。

车窗外，阳光灿烂。

卡萨布兰卡

一、哈桑二世清真寺

刚到摩洛哥的头两天，我在卡萨布兰卡，踩踩摩洛哥的地皮。到著名的哈桑二世清真寺（HASSAN II MOSQUE）看了看，大西洋边站了站，在街头跟当地人混着喝茶，打着手语聊着天。

到了卡萨布兰卡的第二天一早，我坐在出租车上，准备直奔火车站买去马拉喀什的火车票，然后再打的去哈桑二世清真寺。我本来想省钱坐公交车的，可是纳吉彼说摩洛哥的出租车很便宜也很方便，不用去挤公交车。

卡萨布兰卡的出租车分两种：一种红色的，车体小，价格便宜，只跑市内；一种白色的旧奔驰，车体长，价格贵，可以跑机场这样的远距离。纳吉彼反复叮嘱过我，坐上车后，必须要求司机打表计价。如果司机拒绝打表，要立刻下车。

我坐在一辆大爷开着的红色出租车里。之前我把《孤独星球》上卡萨布兰卡的地图递给大爷，并把显示着火车站标识的地方指给大爷看，问不懂英文的大爷是否知道我要去的地方，大爷连连点头“OK，OK”。

不知道开了多久，大爷把车停在一栋高高的现代大楼前，转过头亲切地让我下车，说到了。我看大楼前没有来来往往拎着包拖着箱的旅客，感觉不像是火车站。我说这里不是火车站。可是大爷对我的怀疑表示不用怀疑，坚持说到了。

我只好下车。走到大楼前找门口值班的两个小伙子打听，他们告诉我：第一，这里肯定不是火车站；第二，我应该去Casa Voyageurs train station，而不是去我在书上标注的Casa Port train station。可是书上明明白白写着第二个火车站有发往马拉喀什的火车。对第一个火车站，书上却没有明确说明。

两个小伙子没有必要骗我。所以，我决定听从他们的建议。他们帮我拦了一辆出租车，一上车，会讲些英文的司机就热情地跟我聊天，我完全就把上车要求打表的事情忘到九霄云外之外去了。到了车站，司机听说我还要去哈桑二世清真寺，就说他会在外面等我。结果我一感动，就更把上车打表的事情忘记了。

售票处的男子热情地帮助我，建议我还是买一等车厢的车票更好。在把票递给我时，他问我要脸书或者电话。我说我拍一张你的照片留作纪念吧。说着我举着手机拍下笑容可掬的他。然后，跟他说再见。

等车子在哈桑二世清真寺前的广场边停稳，司机缓缓地伸手跟我要150个迪拉姆。从我上车的地方到火车站，最多20个迪拉姆。他等待我的时间折合成迪拉姆，顶了天，大约10个迪拉姆。再从车站到哈桑二世清真寺，顶了天，也就20个迪拉姆。我没有多说，我最后给了他100个迪拉姆。50个迪拉姆，算我买的教训。谁叫自己忘记了打表呢。

回到纳吉彼的公寓，我把这件事告诉他，他用恨铁不成钢的语气说：我早就告诉你上车要打表，要打表。哦，我知道要打表，要打表。只不过我忘记了。我在心里说。

当我面对着碧空下的哈桑二世清真寺，慢慢地朝着它走过去的时候，我很快就把之前的50个迪拉姆的小郁闷彻底忘记了。

哈桑二世清真寺坐落在波涛汹涌的大西洋边，在卡萨布兰卡的西北部，是摩洛哥唯一一个对非穆斯林开放的清真寺。清真寺由前摩洛哥国王哈桑二世发起并捐建，得到皇室与民众积极响应并且筹资。后来，修建好的清真寺，作为哈桑二世60岁的生日礼物，献给了他。清真寺于1987年8月动工，1993年8月落成。全部工程由一家法国公司承包，耗资5亿多美元。

建成后的哈桑二世清真寺，富丽堂皇，美轮美奂，哈桑二世清真寺是伊斯兰世界最西端的一座清真寺，西北非洲地区最大的现代化清真寺，是仅次于麦加和麦地那的世界第三大清真寺。

清真寺全部是用乳白色的大理石砌成。远远望去，这座在蓝天下熠熠生辉的建筑像白日里编织的一个巨大的梦幻。清真寺的主体结构长200米，宽100米，高60米，占地约有2公顷。清真寺的屋顶呈金字塔形，装饰着深沉的绿色琉璃瓦。一个人，站在清真寺前可以容纳8万人聚礼的广场上，听着身边大西洋汹涌而来的阵阵涛声，那种感觉无法言喻。

哈桑二世清真寺最不同于其他清真寺的地方，是寺内可容纳两万人同时祈祷的祈祷大厅的三分之一的面积，是建在填海而成的地基上。据说，这个构思来自于哈桑二世的一个梦。他梦见祖先乘风破浪从海上来到摩洛哥。于是，他发誓要在水上为祖先建一座清真寺。他说，要让穆斯林信徒们来这里祈祷时，面对真主赐予的天空和海洋，更深切地缅怀祖先远征而来的丰功伟绩。

我到达哈桑二世清真寺的广场时，已经11点过了，这个时段不是清真寺的开放时间。清真寺开放时间是上午9点、10点、11点，以及下午的两点。于是，我计划把参观分成两个阶段：第一阶段，在清真寺的外部参观拍照，然后去附近的小街小巷找吃的，随便走走看看。等到了两点钟，再进入清真寺内部参观。

我向正从广场上经过的挂着工作胸牌的管理员打听卖门票的地方，这位壮实的男子一把拉着我把我带到一个延伸至地下的阶梯那里，然后说：记住，下午两点来这里买票。说完，又拉着我到广场上，说要亲自帮我拍照。还说看我用三脚架拍照费劲得很，还拍不好。

下午两点钟。我站在了哈桑二世清真寺门口。我把门票递给管理人员，把脱下的鞋子放进塑料袋，再放进背包里。一个人，走进了清真寺。清真寺里空旷浩大，没有任何多余之物。静谧与祥和。大厅正中，悬空建起两条平行的长廊，这是专供穆斯林妇女祈祷的位置。长廊的柱子和壁板都是用本色的杉木雕成。精雕细刻，圆润温柔。周围高大的墙壁呈现的则是阿拉伯的马赛克镶嵌工艺。从镂空木窗透进来的阳光，更是让整个大厅蒙上神秘色彩。大厅的地面全部是由摩洛哥自己生产的防滑大理石铺就。大理石下面铺设了电热力供暖装置。巨大的中央屋顶可以开启和关闭，天气晴朗时，

哈桑二世清真寺旁边是浩瀚的大西洋。清真寺祈祷大厅的三分之一建在填海而成的地基上。

祈祷大厅的屋顶开启，举目眺望，蓝天当空。

在清真寺的下面，还有巨大的地下层。顺着阶梯下去，在眼前展现的是供穆斯林信徒小净的莲花喷泉。数量之多叹为观止。那么多的莲花喷泉，足以满足一两万人净手，净面。如果需要净身，还可以去旁边浴室，有土耳其浴室和摩尔浴室供人选择。

我进入清真寺参观的时候，前后只有两个小小的不到10人的团队在参观。我们分散在似乎望不到头的祈祷大厅里，几乎感觉不到彼此的存在。而当在地下层，最后只剩下我一个人时，行走其间，巨大的孤独感和空落感笼罩着我。

二、四杯茶

2014年1月18日。清晨。飞机降落在摩洛哥卡萨布兰卡穆罕默德五世国际机场。摆渡车上，清一色的阿拉伯人。我披头散发眼睛浮肿望着窗外湿漉漉的天和地。脑子一团糨糊，迷迷糊糊地意识到：哦，到非洲了。就是那种“哦，到了”的感觉。飞了近二十个小时，谢天谢地，依然在人间。

我坐在机场冷冰冰的一个角落里，给纳吉彼发短信。可是半天没有回音。之前，我还以为他会举着写着WENDY的纸牌子站在出口处欢天喜地地迎接我。不一会儿，一个陌生的电话打来，一看号码是摩洛哥当地电话。我站起来四处张望，电话那头一个声音说：我看见你了。

纳吉彼对我轻轻一笑。看得出，他很早起身，没有休息好。纳吉彼很高很壮，起码一米八五的个子。他穿着深蓝色的皮衣，浅蓝色牛仔裤。皮衣没有扣上，里面是一件薄薄的蓝色毛衣，很得体。纳吉彼拖着我的行李箱，我们穿过有积水的停车场，走到他那辆深蓝色雪佛兰前。

纳吉彼行云流水开着他的雪佛兰，我们在非洲的大地上奔驰。我昏昏沉沉的心，这才开始飞扬。

之前令人沮丧的阴沉沉的天空突然放晴。阳光撕裂了厚厚的乌云，到处弥漫耀眼的金色。辽阔的大地上，从左到右，出现好大的一座清晰的彩虹。我们把车停在路边，用手机拍了几张照片之后，再重新上路。纳吉彼一边开车，一边告诉我，他也惊讶之极，说自己还没有见过那么大的彩虹。

纳吉彼是在Altocabo公司工作。快到市区之前，正好路过他的公司，他指给我看，我看见一栋非常气派的建筑。纳吉彼还告诉我，他同时也代理摩洛哥北部徒步旅行的业务。这是我回国后，纳吉彼在邮件里告诉我的。以纳吉彼的工作和生活状况来看，他应该是属于摩洛哥的中上层水平。

接近市区，天色再度恢复到之前的阴沉，甚至愈来愈阴郁。等到了卡萨布兰卡，开始下起雨来。接着，雨势越来越大。隔着车窗，隔着雨幕，卡萨布兰卡在我的眼前，迷迷蒙蒙地在我的眼前。那个曾经在电影，在书本，在我的想象中鲜活的城市。

纳吉彼的新式公寓并不是在市中心的老城区，而是在新建区，靠近哈桑二世清真寺不是很远。远远的，可以看得见清真寺高高的尖顶。到了家，纳吉彼为我安排了房间。他说我的房间最好，有单独的卫生间。旁边的那间，是留给当晚要到的朋友住的。他自己则睡在客厅沙发上。

我在房间里整理行李。纳吉彼在厨房为我准备早餐。

不到半个小时的时间，天空再度放晴，阳光耀眼。屋子里一片光亮。纳吉彼准备的早餐摆了一桌子，吃的喝的冷的热的，餐巾刀叉勺子一应俱全。沏薄荷茶的铜壶铮铮发亮。

我伸手去拿茶壶，想体验摩洛哥薄荷茶的滋味。纳吉彼说我倒茶的姿势不对。他示范：用布手帕包住茶壶手把，把茶壶高高举起，然后对准杯子缓缓倒下，一边倒一边还可以将壶上下移动。这样举高茶壶倒茶，是延缓茶水倒进杯子的时间，便于茶水在空中较快冷却。

纳吉彼很感兴趣我倒茶的样子，非要把我练习倒茶的动作拍下来。照片上，我的笑容很甜蜜，倒茶的样子看起来也很舒展。

这是我喝到的第一杯摩洛哥薄荷茶。

纳吉彼给我一份哈桑二世清真寺的参观介绍，简单地交代一番叮嘱一番之后，就把房门钥匙交给我，匆匆上班去了。

我赶忙烧水，用我带去的白色陶瓷茶杯，沏了一杯铁观音。一口铁观音之后，那才是满心满腹实实在在的幸福。拿出香盒，点一支藏香，然后沐浴更衣。之后，我蒙头大睡。睡了整整一个下午的非洲觉，我醒来时，已经是当地时间6点钟，北京时间凌晨2点。

看天色已经暗下来，我赶紧出门找吃的去。从纳吉彼的公寓到十字路口，短短的一条街最多五百米。没有发现有饭店，只有一家现做比萨的小店。饥肠辘辘的我没有选择只能走进比萨店，点了一个9吋10个迪拉姆的比萨。摩洛哥的比萨店都是材料新鲜现买现烤，要自己隔着玻璃柜选择想要的配料。做比萨的小男孩不到20岁，不说英语，只说好听的法语。我很费劲地告诉他我的要求后，小男孩给我现烤了一个香喷喷的比萨。

我赶紧喜滋滋地拎着我的比萨去隔壁的一家茶馆，我已经饿得快要扑倒在比萨上了。要了10个迪拉姆一壶的薄荷茶后，我在角落里坐定，打开装比萨的纸盒子，顾不得斯文，拿起一块比萨狼吞虎咽。我才管不了旁边的摩洛哥男人们好奇的目光。他们压抑着无限膨胀的好奇，偷偷用眼睛不断地瞟着疑是天外来客的我。

摩洛哥的薄荷茶是不续杯的。这个我不懂。他们一杯就只有一杯，一壶就只有一壶。一壶的量，也就是两杯的样子。我一直纳闷，这么少的量，怎么够喝。

一壶薄荷茶很快见底，我很自然就拿着壶到服务台找服务员，请他往我的壶里加开水。服务员好诧异，盯着我足足几秒钟，然后，纵然满脸疑惑还是很乐意地把我的壶里加满了开水。这是我第二杯薄荷茶。

第二日的中午，我在哈桑二世清真寺附近的小巷子闲逛，等着清真寺下午两点钟开门。小巷子里周围的房屋都是两三层高，一副往昔岁月的样子，丝毫没有现代色彩。不过，这种从老与旧之中传递出来的信息，让我觉得非常亲切，没有给我拒我千里之外的感觉。

路上经过一个小理发店，几条颜色已经洗得不知道本色的毛巾挂在门口。小小杂货店门口靠着一个身穿米色吉拉巴的男子正打着公用电

街边很夸张的涂鸦。两个小男孩看我把相机对准他们，笑着跟我打招呼。

话。也有网吧，可是望了望里面，没有人。两三个女人在路边聊天，她们的身后是她们的家。每家每户的窗口，几乎都飘着洗净的衣服。我从街上静静走过，一个青年男子倚靠在一辆轿车车门边，双手合抱，静静看着我。

摩洛哥是一个热爱足球运动的国家。街头巷尾，一拨儿又一拨儿的男孩子们认真地踢着足球，比比皆是。路过一个很小的足球场，高高的栏杆围着里面的小操场，十多个男孩在那里进行一场小小的足球比赛。足球场的设施极为简陋，面积不到半个足球场大，地面就是一般的泥土地。可是，再看那些踢球的孩子们的脸上，认真而快乐。

正对足球场是一个街的拐角，那里有个茶馆。我走进茶馆一看，一屋子的摩洛哥男人坐在那里，根本没有座位。吞云吐雾的，看电视里转播的足球赛的，窃窃私语的，看报纸的，什么事也不做发呆的……我走出茶馆再仔细找找，临街的座位还有两个位置空着。

摩洛哥的茶馆，是男人的社交场所，是男人的天下，在那里消磨时光的，永远只是男人，男人。永远不可能看见一个摩洛哥女人的身影出现在茶馆里。

我走过去，对着一个穿着棕色吉拉巴的男人笑了笑，问他我可不可以坐在他旁边的空位上。答案当然是肯定的。我要了一杯薄荷茶坐下来。准备喝我的第三杯薄荷茶。

棕色吉拉巴男子对我微笑点头，我也对他微笑点头。刚开始，我不知道他是做什么的，后来才知道，他是在街头卖烟的。他有一个小木盒子，大约宽15厘米，长20厘米。拉开木盒子盖，里面放着几包香烟。有摩洛哥当地烟，还有当地人喜欢的万宝路。买烟的人匆匆而来，几个硬币递过来，买一两支，借火点燃，叼着烟离去。

在国外，香烟是很贵的。看着身边那些男人们无比享受非常贪婪地一口一口吞云吐雾，我知道他们把每一口吸进身体的烟都享受到极致。我第一次见到香烟论根卖的情景，我对卖烟的男人说：你也卖一支给我吧。

我要了一支摩洛哥当地烟。就在他找零给我时，我对他说：停住，让我拍下你把零钱递给我的手。旁边的人见此一景，都哈哈大笑。

走来一个牵着一条大狗的男子，第一眼看我，有一丝诧异。然后，他坐在我身边的椅子上。他的神态和气质，跟旁边的人迥然不同，浑身上下写着诗人般的孤寂。眼神落寞，有些卷曲的头发，没有穿吉拉巴，牛仔裤、休闲鞋、深蓝色绒外套，外套里面，是橘红色T恤。看年纪，也老大不小了，四十多快五十了吧。他又看了我一眼，用英文问：你从哪里来？

他的狗非常乖巧地趴在主人旁边，但凡主人有丝毫的动作，大狗立刻站起来专注地看着主人，等着主人发令。男人幽幽地对我说：它是我最好的朋友。

我正要请他帮我用手机拍一张在街头喝茶的照片。我还没有开口，这时，一个在对面足球场踢球的高个儿男孩子过来买烟，看见我的手机，问我要不要帮我拍照。我正要顺手把手机递给男孩，这个男人很紧张地使劲摇头，示意我不要把手机给男孩，并且立刻站起来说：我帮你拍。

离开茶馆，我接着在附近闲逛。经过一个乱七八糟极为原汁原味的当地市场后，在街边的快餐店，我买了个摩洛哥三明治，店家还附赠了一袋新鲜炸薯条。我的胃口不大，这些食物足以提供给我游荡的浩然体力。但是，我是不能不喝茶的。

带着我的午餐，我赶紧找到一家室内茶馆，准备好好吃一顿喝一壶之后，就往哈桑二世清真寺去。

茶室光线暗淡，但是暗淡之中，却是让人感觉舒服。墙壁四周贴满了鲜艳的足球明星的画像，正对着茶馆门的墙壁上方，醒目地贴着摩洛哥国王的照片。

茶馆的电视，依然播放着足球比赛的画面，音量极小，几乎听不见。房间刷着深绿色油漆。墙边，坐着两个年轻人，没有交谈，各自正专心看着球赛，喝着茶。

穿着乳白色底黑色细条纹吉拉巴的男子端着盘子走到我的面前，笑眯眯地放下盘子。盘子里，一把铜质茶壶，两个杯子，数片薄荷叶，两大块方糖。

别的茶馆都是把沏好的茶端上来，这个茶馆有意思，要我自己动手，丰衣足食。笑眯眯的男子说：我来教你怎么做摩洛哥薄荷茶。来，先把薄荷叶子放进壶里，然后冲开水。放糖。把茶水倒进杯子里。把杯子里的茶水倒回到壶里。把壶里的茶水又倒进杯子里。这样重复三遍后，就可以喝了。

因为有纳吉彼之前的培训，我很从容地进行操作，整个过程行云流水，有一气呵成的浑然天成。细条纹吉拉巴笑眯眯地在一旁帮我拍照。是嘛，如此伟大的时刻，留下影像是必须的。这是我的第四杯茶。

三、他曾经坐在这里

在翻阅《孤独星球》之摩洛哥之卡萨布兰卡的文字时，读到一段话。内容非常少，寥寥数语，却给我无比震撼让我难以置信。我七零八落翻译过来，大约是这样：派提特酒吧（Petit Poucet），一个顽固派的遗迹。19世纪20年代的法国酒吧，当时只有男人们才能潇洒出入。法国作家及飞行员安东尼·德·圣埃克絮佩里经常到这里消磨时光，等待邮件，穿越撒哈拉。如今，这个酒吧极其低调，但是，却是我们凝视卡萨布兰卡旧日时光的一个无与伦比的缩影和符号。

实在是令我难以置信的是，卡萨布兰卡有一个酒吧，曾经是《小王子》的作者安东尼·德·圣埃克絮佩里在往返撒哈拉沙漠送邮件等邮件时，在那里喝酒喝咖啡消磨时间的地方。而更加难以置信的是，现在这个酒吧还存在于卡萨布兰卡，有地址有电话，我还能找到它。知道这个信息后，我一下子觉得我在卡萨布兰卡的日子有了非同一般的色彩。

从地图上看，派提特酒吧离麦地那不远，在Ave des Forces Armees Royales大街的一个小小的拐角处。看样子寻找的难度并不是太大。我闲适地走在落了一地淡淡日光的宽阔大街上，两边是摩登时髦很欧化的建筑。清风徐来，偶尔有轿车从我身边悄然驶过，或是一辆有轨电车从我身边滑过。

并没有走多久，一个穿着像是制服的摩洛哥大姐热情地跟我打招呼。大姐个子不高，相当丰满。当不太会说英语的大姐听说我是中国人后，热情度陡然剧增，她以非常坚定的语气告诉我，她爱中国，爱中国人民。既然如此，我顺便向热爱中国人民的大姐打听派提特酒吧的具体位置。我想的是，这个酒吧就在这条街上，而且具有如此重大的历史纪念意义，肯定无人不知无人不晓。

哪知大姐很茫然地看了看我手中的书，带着疑惑跟旁边的朋友讨论后，他们坚信不疑地告诉我，顺着这条街走下去。

我走了几分钟，感觉有些不对劲，再走，就是另一条大街了。正好旁边有一个很大的书店，我转进书店，向里面的店员打听酒吧的位置。两个店员看了我的地图，确定我要找的酒吧名字，然后，他们明确地告诉我，我的方向走错了。其中一个男子索性带我走出书店，指着我来时的路，告诉我酒吧的大致位置。

我原路又返回。又遇见了热情洋溢的摩洛哥大姐。大姐吃惊地看着我，我解释说我走错方向了。热情洋溢的大姐和旁边的朋友再次端详我的地图，恍然大悟，哈哈大笑。她的朋友伸手一指前面不远处说：派提特酒吧就在那里。

走了不到一分钟，果然，我看见了招牌：红色的底，规整的白色的字体。非常不起眼。

在来时的路上，我一直担心，派提特酒吧不知道会有多少来凭吊的人，肯定一座难求。实在不行，到时候就只有厚着脸皮跟人拼桌子了。可是，当我站在派提特酒吧门口时，竟然没有看见一个人。没有门庭若市，而是门可罗雀。

当我撩开塑料门帘，走进派提特酒吧，坐在酒吧吧台边的几个大男人几乎同时转身，用异样眼光冷静地看着我。我想，难不成现在还是女人止步？那才怪了。我快速地数了数，酒吧里，喝酒的，服务的。总共加起来，也就五个人。

为了求证这里就是派提特酒吧，我上前就问那个西装革履戴着眼镜文质彬彬的貌似领班的中年男人：这里是不是安东尼·德·圣埃克絮佩里曾经经常来喝酒的地方。

从酒吧望出去，遥想日落中的过去的旧时光。

这个中年男人看着我一脸的茫然。我心想：哦，或许是我的英语不够地道，他没有听懂。于是，我赶紧把《孤独星球》上的那段英文指给他看。他戴上老花眼镜，端详了再端详之后，还是一脸的茫然。他只能肯定地告诉我，这里就是Petit Poucet酒吧，至于其他的，就不得而知了。

我可以确定的是，中年男子根本就没有读懂这段文字。同时，他也根本就不知道酒吧曾经有这么一段历史，不知道曾经有一个叫做安东尼·德·圣埃克絮佩里的法国人，写过一本书叫做《小王子》。就是这个飞行员，过去曾经常常坐在这里，抽烟喝酒消磨时光，等他的邮件。

看来，派提特酒吧的后来人，并没有想着把安东尼·德·圣埃克絮佩里作为酒吧的一个标识，并没有借用他的名字来大造声名。酒吧里没有关于他的图片文字介绍，当然更没有注明，哪个座位是他曾经坐过的地方。派提特酒吧，的确就是一个毫不起眼的低调中透着质感的当地酒吧，平常地安处在一条街的拐角上。开始，我还觉得有些难以理解，后来，我也就想明白，释然了。

这样，也许更好。

在我的直觉里，安东尼·德·圣埃克絮佩里就是希望被人遗忘。他其实就是他书里的那个小王子，突然来到这个世界，又神秘地消失了。

在这个世界上，有三个人，让我每当想起，就唏嘘感慨。一个是莫扎特，一个是凡·高，一个就是他——安东尼·德·圣埃克絮佩里。他们身上隐含的什么特质，一直在牵引我，令我心醉神迷。这些隐含的特质，带给我永远无法改变的感动。这种特质，是他们共同的，就是天性的干净，灵魂的干净。

我很有礼貌地问这个五十多岁的男子，我可不可以拍几张照片，作为我此行的一个纪念。满以为他会微微一笑亲切地对我说没有丁点儿问题。万万没有想到，他居然态度极为强硬地说：不行。绝对不行。

想不到平日春风得意马蹄疾的我也有碰一鼻子灰的时候。大庭广众，被人义正词严地拒绝，这深深地伤害了我的自尊心。我真是后悔我画蛇添足地多此一问。早知就该啪啪啪拍完照再装疯卖傻道歉说对不起，然后揣着照片洒然翩翩而去。

善罢甘休就此作罢一贯不是我的风格。不拍几张照片我还就不走了。我选了一个拍照角度上佳的位置坐下，要了一瓶卡萨布兰卡啤酒。摸出在舍夫沙万买来的纯正摩洛哥当地香烟，点燃一支。他们送我开胃菜橄榄一小碟。我本想再弄几个佐酒菜，微醺一下，却被告知厨师下班了，要一个小时以后才上班。

就在我自斟自酌的过程中，我用手机悄悄地拍了几张照片。酒吧里光线不好，加上心里还是有些歉意的心虚，拍下的画面有梦幻的感觉。不过，总算是心满意足，了我夙愿。

我向酒吧里的人打听这附近可有卖邮票的地方。我想趁着喝酒的工夫，把写好的明信片上贴上邮票，到时候直接去邮局就可以投递。

不允许我拍照的中年男子很热情地说他知道旁边有商店卖邮票。他立即就带着我从侧门出去，没走多久，转过街角来到一个小卖部。他叽里呱啦问了问店里的人，店里的伙计隔着柜台摇头对我喊着说：这里没有邮票出售，邮票只能去邮局买。

我们俩只好返回酒吧。我继续喝酒，继续缅怀隐隐约约萦绕在周遭的旧日时光。看着中年男子这样帮我，我暂时忘记了他不允许我拍照给我造成的心灵伤害。不过，当他要我留下他的电话号码，要我明天早晨11点来和他一起出去闲逛时，我心想：哼，照片都不让我拍，鬼才跟你出去闲逛。

题外话：心底深处，我并没有真正责怪中年男子。因为，这或许本来就是酒吧的规定，并不是单单针对我的。

四、莫瑞咖啡（Café Maure）

Sqala，译作史奎拉，在卡萨布兰卡旧城麦地那的北边，这是卡萨布兰卡最后遗留下来的18世纪的堡垒。站在堡垒的高处，可以看见远处的大西洋。而我要寻找的莫瑞咖啡就在堡垒那里。去寻找莫瑞咖啡之前，我问过纳吉彼关于莫瑞咖啡的大致情况，他的回答是：那里很美，你一定要去那里喝杯咖啡。

在路边茶馆小坐之后，按照茶馆里热情的茶客指引的方向，我去找史奎拉，去找莫瑞咖啡。一路问过去，被问到的人都摇头。我才发现人们对这个咖啡馆好像并不是很熟悉。我站在小巷口思考下一步怎么办。突然，听见身后有人沙哑着嗓子在使劲叫我：这里来，这里来，我可以帮助你。

英文发音非常地道。

转头看过去，一个约六十岁，看起来曾经见过世面如今却有些落魄的高大男人，正懒洋洋地站在一扇雕刻精美的高大木门前，朝着我挥手。

我走过去，把书递给他，指着莫瑞咖啡给他看。他瞟了一眼，立刻非常自信加得意地说：跟我来，我知道那里。这些人不会说英语，你问他们，他们都不知道你讲什么。

我跟着他，走过两三条巷子，我们就站在了莫瑞咖啡的后门那里。

从莫瑞咖啡的后门进去，庭院里非常安静，中午的阳光直泻而下，绿色植物满眼盈盈。有些很可爱的蓝色小石桌、小石凳在露天过道摆放着。看我进去，穿着棕色制服的服务员跟我笑着打招呼。

莫瑞咖啡很大，被分为不同的区域，不同的空间。比如，这个绿色的古色古香的小房间里，装饰典雅，只摆放着几张木质的桌子，几把高靠背的木椅。那个阿拉伯风情的大房间里，有水池，有晚上抬头就看得见星星的透明的顶棚，沿着墙边有一张挨着一张的桌子，可以容纳许多人……

四处走了走，拍了一些照片之后，我走到莫瑞咖啡的正门。它的正门，俨然是一个厚厚的明黄色的城门。在正门内的石壁上，有介绍史奎拉的金属铭牌。走出去，看见阳光灿烂蓝天白云之下，飘扬着蓝色和橘色相间的写着SQALA字样的旗帜。环绕着堡垒，朝向远方的几门大炮威武依旧。堡垒上就我一个人。站在这里，我远远地看见了天边的一抹碧蓝。那是大西洋。

蓝天之下，四顾无人。在堡垒之上，我很认真地架着三脚架给自己拍照，调角度调高度选背景，一次又一次，一丝不苟，直到自己满意为止。我正坐在莫瑞咖啡大门口的台阶上认真给自己拍照，从大门走出两个面目和善的西方男子。他们并不急于离开，而是停下脚步，站在一旁，饶有兴趣地看着我在相机和台阶之间跑来跑去，忙上忙下。

待我收起三脚架，我们开始聊天。他们知道我来自中国，我知道他们来自荷兰。道别之时，其中一个非常礼貌地说：你非常美丽。我想，管你是不是客套的话，我都欣然接受。

我重新走进莫瑞咖啡，已经是午餐时间。可是整个莫瑞咖啡静悄悄的，我没有看见那些如我这般慕名而来用餐的人。我对一个端着盘子送餐的侍者说：我要吃午饭。他说：你跟着我走。我跟着他，向左一拐，继续往前走，再走，走进一个小门。

我再一看，哦，我的天啊，大院子坐满了用餐的人。

可是，我的天啊，那么多人用餐，几乎听不见声音。

铺着厚厚的黄色桌布的餐桌一个连着一个，这一个桌子的用餐人，几乎要和那一个桌子用餐人背贴背了。看起来没有空桌子了。我心想：这架势，悬了。可是，我的运气就是这样不可阻挡。在我十秒钟搜索之后，我奇迹般地在几乎座无虚席之中，找到一张靠墙的上好餐桌。墙面粗糙有质感的围墙在我的左边，墙边是高大的与墙同样高度的植物。我很奇怪，这么好的座位，怎么就无人选择呢？

顶着正午赤裸裸火辣辣的非洲阳光，我一页一页翻着图片丰富品种繁多的菜单。太多的选择，让我瞬间就没有了选择。彬彬有礼的侍者小哥儿极力向我推荐星期五的招牌菜库斯库斯。我再一看菜单，果然，逢星期五，是莫瑞咖啡的库斯库斯日。再看周围，果然几乎人人面前一盘硕大的库斯库斯。

其实，我并不是很喜欢吃库斯库斯。库斯库斯的构造为：埋在盘子中间好大一块鸡肉或者牛肉，周围放着胡萝卜、豆类、瓜类、土豆等蔬菜，然后放香料盐这么一蒸，味道极其清淡。之前，我真没有品出它的美妙之处来。尤其令我犹豫的是，一份库斯库斯的分量真的是太大了，我一个人根本吃不完，百分之五十是要浪费掉的。

只是，这一次，既然是库斯库斯日，既然大家都“库斯库斯”了，既然第二天我就要离开摩洛哥了，我也就最后一次“库斯库斯”吧。

我又要了冰芒果汁，加上赠送的酸奶一杯、橄榄一碟、面包一筐，桌子上已经丰富多彩了。

等到我的库斯库斯端上来，虽然有心理准备，可我还是吓了一大跳。好惊人的库斯库斯，完全是两人的分量。

为了对得起如此鲜美的非洲阳光，为了对得起我在摩洛哥的最后一顿午餐，为了对得起100个迪拉姆，我决定高举亮铮铮的刀与叉，埋头奋力拼搏，不吃完，不罢休。

新鲜的蔬菜下面，埋着很大的一块牛肉。看着牛肉，我陷入了沉思：吃牛肉还是不吃牛肉？这真是一个值得思考的问题。因为，我虽然没有完全茹素，但是，几乎是不沾肉了。可是，浪费是可耻的，我想。

想到最后，我切了一小块牛肉，缓缓放进嘴里。我想，如果味道不好，或者咬着费劲，就有了充分的理由放弃不吃。

那一小块牛肉被我含在嘴里，我轻轻一咬，再用唾液一搅拌，瞬间，牛肉就像融化了一般，满嘴的香味。细嫩鲜美的牛肉里混合着豆子胡萝卜黄瓜白菜土豆和小米的清香，那是用文火细细长时间蒸出来的味道。我在心底大喊：这是我吃过的最好吃的牛肉。这是我在摩洛哥吃过的最好吃的库斯库斯。

当然，也是我吃过的最贵的库斯库斯。

随即，我在心里发誓：如果，将来有朝一日，我还能再来卡萨布兰卡，我必定还要坐在莫瑞咖啡，吃一顿星期五的库斯库斯。

最后，我死撑硬撑，拼命挣扎，还是没有吃完这一份库斯库斯。我估计，如果吃完，我得捧着肚子扶着墙走路了。

服务生把餐桌收拾干净，笑眯眯地问肚子滚圆的我：要不要喝一杯咖啡或者薄荷茶？

五、在麦地那的小巷里

卡萨布兰卡是西班牙文Casablanca的音译，意思是“白色的房子”。它的阿拉伯文名Dar-el Beida（达尔贝达）也是相同的意思。据说，这个名字起源于在这里经商的西班牙人。起初，他们给自己的商铺取名为Casablanca，后来逐渐变成整个城市的名字。不过，在摩洛哥独立后，恢复了达尔贝达的名称，可是，人们仍然习惯称之为卡萨布兰卡。

卡萨布兰卡是摩洛哥第一大城市，是摩洛哥的经济首都，这里集中了全国2/3的现代工业，产值占国内生产总值的50%。卡萨布兰卡的港口是摩洛哥最大的港口，也是非洲大港口之一。卡萨布兰卡还是著名的足球之都。在20世纪的六七十年代，这里经常上演世界级和非洲级的足球大赛。摩洛哥国家足球队是第一支打入世界杯决赛的非洲足球队。

在我到过的所有摩洛哥城市之中，卡萨布兰卡无疑是最繁华、最现代，面积也最大的城市。许多渴望能够拥有一个较好的生活品质梦想的摩洛哥人，前赴后继来卡萨布兰卡淘金。这里的人流和车流，都是其他城市无法比拟的。

在任何国家的任何如卡萨布兰卡这样的大都市，我身处其中，总觉得有些茫然和局促，缺少些自在和安闲，不像在小城市的静雅里那般如鱼得水。在我认知里的卡萨布兰卡，不过就是那部如雷贯耳的同名电影而已。

离开摩洛哥的前一天，我分分秒秒都不敢耽误，为的是再多走走，多看看。我在中心邮局把明信片发出去之后，一路春风得意，却走错了去麦地那的路。好在直觉很灵，及时“拨乱反正”。

正如纳吉彼说的，比起非斯和马拉喀什，卡萨布兰卡的麦地那简直就不是麦地那。拐进麦地那一条寂静的小巷子，我看见一座清真寺的宣礼塔。

宣礼塔，又称光塔（阿拉伯语：مئذنة，灯塔的意思），是清真寺常有的建筑，用以召唤信众礼拜。早期用火把照明，后期由专人呼叫，现代采用扩音器。最早期的伊斯兰清真寺中无此建筑，在穆罕默德去世80年前后才出现。

麦地那里的这个清真寺的宣礼塔的历史也该是久远了，仰头凝望墙面的雕刻工艺，细腻繁复的花纹令人叹为观止。我沿着清真寺的围墙慢慢走。清真寺很大，并且，进入清真寺的门不止一个。有几个信徒在门口处铺着的席子上，向着清真寺，虔诚地默默跪拜。

回到小巷。第一眼我看见了路边的茶馆。茶馆，在我看来，是一个城市最令人心动神移之处。但凡看见茶馆，但凡坐下来，一杯茶或者一杯咖啡，加上一段无所事事的时光，加上阳光照在我肩上，那就是完美的时分了。

走进茶馆要了一杯薄荷茶，然后，我坐在茶馆外面的街沿上，无限幸福地被非洲的阳光温情地拥抱着。一个戴着眼镜穿西装打领带斯斯文文的中年男子，跟我合用一张圆桌子。喝着薄荷茶，我们开始例行的寒暄。

“日本人？”“不。”“韩国人？”“不。中国人。”“中国人？噢，天啊。”我看见眼镜后面的惊讶无比的眼神。

圆桌上摊着很多资料和申请表格，有空白的，也有填好的。拿着照片，以及复印好的身份证来找他的人络绎不绝。眼镜男子是一个专门帮人填写各种申请表格的人。茶馆对面十米远的地方，是一个当地政府办

他正在认真地填表。我喜欢他的职业。

事处，当地人到这里办理诸如更换驾驶证以及其他证件等事宜。

他每天坐在这个茶馆外面，等待那些需要填写表格的人，很有守株待兔的意思。我挺喜欢他的工作——喝着茶，抽着烟，晒着太阳，或者看着小雨丝丝；风吹不到，雨淋不到，阳光强也晒不到；不用踩着风火轮赶时间上班，不受人限制，独家经营。

中年男子告诉我，他正在积极地学习英语。说着，他从他的粉红色的塑料文件夹里，小心地拿出一张写满了英文的信签纸给我看。不看则已，我一看，忍不住呵呵呵地笑了起来。

他写的所有的英文句子，全部是跟爱情有关。什么我爱你啊，你是属于我的啊，你是我的全部啊，我想告诉你我是多么爱你啊，想你想到我难以入眠啊，等等，全部是这般山盟海誓天长地久的句子。我看着他直笑，我用眼神问他：莫非先生你正在热恋之中？我一直笑着看着他，直到把他笑得不好意思为止。

他起身离开，不一会儿，买了两支万宝路回来。他递给我一支，再打燃打火机，递到我面前，然后，将自己的那一支点燃。我们俩抽着烟，望着前面介于茶馆和灰色的高墙之间的那一小块空地，没有再多说话。空地上，铺着很长的草编席子，那也是供信徒礼拜用的。席子上，印着清真寺的图案，一排蓝色的清真寺。有一把椅子，孤零零地放在墙的角落。

在政府办事处的围墙外的街沿上，坐着几个身穿吉拉巴的中年妇女。她们的穿着几乎没有太大的分别，体型也几乎是一致——圆滚滚肉乎乎。我问眼镜男子：为什么摩洛哥女人结婚之前纤纤细腰而结婚以后却壮如水桶，体型差异如此之大？他说：第一，摩洛哥女人结婚后，大部分都在家里生孩子养孩子做家务。第二，摩洛哥女人追求的不是瘦，而是胖。胖，在摩洛哥人看来，那就是有钱有身份有地位的象征。

“不过”，他用眼神指向那几个坐在路边的女人说，“那些女人不好，她们是伸手向人乞讨要钱的人。”

不断地有人来找他填写申请表，我不想再打扰他。喝完最后一口薄荷茶，我起身向他道别。我告诉他我要去找莫瑞咖啡。他说：那地方不远，就在麦地那城堡的后面。他又说：等你去了那里之后，你再回来，好吗？我只是跟他笑着道别，没有答应他。我知道，我是不会再回来了。

六、Rick's Caf é

到卡萨布兰卡的第二天，我找瑞克咖啡馆（Rick’s Caf é）。也不是找，顺路而已。从哈桑二世清真寺出来，我看了看书上地图，发现瑞克咖啡馆离清真寺并不远。从地图上看，走过几条并不复杂的小街之后，就能到瑞克咖啡店。于是，我就一路慢慢走着，路过那些有着西班牙殖民地遗味的房子。中途坐下喝杯薄荷茶，再坐在路边吃一个摩洛哥三明治。

三个大概七八岁的大眼睛小男孩子坐在路边，看见我，吃惊一愣，马上咧开嘴对我笑。路过网吧、理发店、小卖部、茶馆、蔬菜店、水果铺，路过站在家门口聊天的妇人，还有玩球的男孩。一辆色彩鲜艳的送货车停在路边。一切都几乎是静止的，悄无声息之间，极像一部默片。

等我走到瑞克咖啡馆，发现大门紧闭。一个穿着黑色西服，笔挺地站在门口冷峻得像高仓健的中年男子告诉我，现在已经过了午餐时间，而晚餐时间是下午六点半开始。钉在门口右边墙上的铜牌上刻着：午餐是从中午十二点到下午三点。晚餐则是从下午的六点半到凌晨一点。在我的《孤独星球》这本书上没有指明营业时间，害我空欢喜一场。

看我一脸失望，摩洛哥的高仓健说：晚上再来吧。

第二次去瑞克咖啡馆，是我回到卡萨布兰卡的当天晚上。

黄昏时的细雨里，我打的去了瑞克咖啡馆。刚进门，一个男人优雅地对我微笑。定睛一看，正是十多天前站在门口的那个冷峻得像高仓健的中年男子。他问我是否有预订座位。得到我否定的回答后，他说：这里用餐都是要预订的，否则没有座位。看我再次一脸失望，他追问：你是用餐还是喝酒？如果你只是喝酒，可以上楼去看看，问问楼上的侍者，也许他会找到一个合适的位置给你。

我道谢之后，顺着电影里鲍嘉饰演的Rick经常上下的楼梯往二楼走。一边走，我一边想：本来也就没有想过要在这里用餐。我包里的那几枚小钱也只能是够我喝杯小酒。让我在这里用餐，钱包要大伤元气，一蹶不起的。

楼上优雅的中年侍者热情地接待我。我很喜欢在国外接受这种赏心悦目的服务。不论是大饭店还是街边小餐馆，无论是在精美典雅的咖啡馆还是在车站乱糟糟的小茶室，一个个侍者都是绅士派头，不卑不亢，永远挺直的背和腰，还有淡淡优雅的微笑。

他让我坐在酒红色木质落地电视柜旁边。电视里，正如书上讲的，在一遍又一遍永不疲倦地播放电影《卡萨布兰卡》。

我的前面，是一个低矮的精美木质圆桌，一盏灯罩上有流苏垂下的金属台灯放在圆桌一角。我要的是一瓶卡萨布兰卡啤酒。冰镇的啤酒拿上来，还赠送我一碟小点心、一碟爆米花。我心里想着，不错，晚餐就是这些了。

电视柜正对的，是一个迷你吧台。不断地有三三两两的游客上来参观拍照。他们都是跟我一样，属于没有预订的散兵游勇。他们中的有些人就坐在吧台边，喝杯啤酒，聊着天。虽然房间并不大，但是听不见说话的声音。唯一的声音来自电影的配音。房间的墙壁上，自然而然贴着《卡萨布兰卡》的电影海报。不止一种语言的电影海报上，是英格丽特·褒曼和亨弗莱·鲍嘉深情相依的经典画面。

精雕细刻的木质窗外，是疏影晃动的树枝，有风有雨的卡萨布兰卡的夜晚，有一种曼妙的凄迷情绪。窗台上，整齐放着七瓶大小不一高低不齐的红酒。房间的各处，漫不经心地放着各种各样散发着柔和灯光的台灯。

看我犄角旮旯都拍遍了，那个优雅的中年侍者走过来，微笑着让我把相机给他，他来帮我拍照。这样善解人意的男子，真叫人喜欢。我们选了两个地方拍照。我很放松，这样的环境，人必然是放松的。我看了

我很喜欢这张照片上的自己。

他帮我拍的两张照片，他拍得很好。照片上的我，有着看起来很舒服很放松的笑容。我很喜欢。

众所周知,《卡萨布兰卡》这部电影从头至尾并没有在摩洛哥取景。电影里的所有的场景,都是在美国电影厂的摄影棚里布景拍摄的。在那个时代,摩洛哥的卡萨布兰卡并没有一个叫做瑞克咖啡馆的地方。

瑞克咖啡馆是于2004年的3月1日正式开业的。它的缔造者，是前美国外交官Kathy Kriger。咖啡厅坐落在卡萨布兰卡的麦地那城墙边，是一座摩洛哥老式院落大宅。

圆润的弧形拱门，精美雕刻的阳台，华丽的栏杆以及串珠和丰茂的植物，白色的墙壁上隐约柔美的投光，一架货真价实的产于1930年的普勒耶尔钢琴……

餐厅里所有的建筑和装饰细节，无不令人想起电影里的一景一物。而这里所有的一景一物，追求的正是与电影的一致无二。一遍一遍播放的《卡萨布兰卡》，黑白影像流淌出来的，是令人缱绻不已的旧日情怀。这种情怀，来自一部遥远的虚构的电影，更来自电影之外，属于每个人自己内心的投影。

从星期二到星期日的夜晚，那个叫做伊萨姆（Issam）的演奏家会有不同风格乐曲的钢琴演奏。法国的，西班牙的，巴西的……还有就是那支人们喜欢的耳熟能详的《时光流逝》（As Time Goes By）。

我在门口的小桌上，看见了伊萨姆的照片。一个留着小胡子穿黑色西服的男子，安静地坐在钢琴边，笑意朗朗。

我没有等到听伊萨姆的演奏。

七、挥着翅膀的Wendy

先说一说Airbnb空中食宿。

Airbnb是Air Bed and Breakfast（“Air-b-n-b”)的缩写，中文名叫做

空中食宿。空中食宿是一家联系旅游人士和家有空房出租的房主的服务型网站，它可以为用户提供各式各样的住宿信息。Airbnb成立于2008年8月，总部设在美国加州旧金山市。Airbnb是一个旅行房屋租赁社区，用户可通过网络或手机应用程序发布、搜索度假房屋租赁信息并完成在线预订程序。到目前为止，Airbnb的用户遍布190个国家近34 000个城市，发布的房屋租赁信息达到5万多条。Airbnb被《时代周刊》称为“住房中的ebay”。

来摩洛哥之前，我决定不住旅店，我要住在当地人家里，体验当地人原汁原味的摩洛哥式生活。可是，做沙发客这个选择对我而言有一定的风险。所以，折中之举就是在Airbnb上找一个落脚的地方。这样，便认识了在卡萨布兰卡工作的纳吉彼。在Airbnb上显示的卡萨布兰卡的当地传统民居很多，权衡过来权衡过去，最后我选择住在纳吉彼家里。读纳吉彼的自述，以及那些曾经的房客给纳吉彼的评价，确定他充满活力，喜欢旅行，幽默，喜欢摄影，爱交朋友，语言交流没有问题。应该是和我有话聊的那种。

在往来的邮件里，纳吉彼请我在中国帮他买一枚中国冰箱贴。我在网上淘了许久，最终选择的是京戏人物冰箱贴：杨贵妃，赵云，穆桂英。到底是国粹，足够吸引纳吉彼。至于为什么选择杨贵妃这三个人物，倒不是偏爱他们，是因为这几枚冰箱贴图案精美，颜色鲜亮。我在邮件里向纳吉彼狠狠夸耀了一番我的中国冰箱贴，于是纳吉彼在邮件的那头欣喜若狂，连连感谢我，感谢我那了不起的冰箱贴。读着纳吉彼写的关于冰箱贴的赞美诗，我的脑海里浮现出的，则是在纳吉彼高大威猛的冰箱上，贴满了来自各个国家的冰箱贴的壮观景象。

我跟纳吉彼约好了，2014年1月18日一早，由他开车来穆罕默德五世机场接我。这是我平生第一次，在异国他乡，有人来迎接我。从来，一段旅程，都是一个人到达，一个人离开。这一次，感觉相当别样。

“Wendy was a great surprise for this 2014 starting. I was not expecting to meet such a nice and adorable human being. This is my first contact with chinese people. But if all chinese are like Wendy, I’ll to go ASAP to China!

A lovely person, full of kindness and open to sharing everything to see other people happy. An angle on earth!（2014年的新年伊始，对于我而言，Wendy无疑是一个巨大的惊喜。我从来没有设想过会遇见像Wendy这样一个美好和值得敬重的人。这是我今生第一次和中国人相处。但是，如果所有的中国人都像Wendy那样，我会一刻也不耽误立刻启程前往中国。一个让人心生喜悦的人，一个善解人意愿意把所有的快乐与人分享的人，一个人愿意让别人得到快乐的人。一个人世间的天使。）”

以上是纳吉彼在Airbnb网站上提交的关于Wendy，也就是我的评价。虽然我们你来我往的相互评价里有些惺惺相惜相互吹捧的痕迹，但是，实话实说，在国外旅行时，我把具有东方色彩的温良恭俭让发挥得淋漓尽致，有过之而无不及。得到天使的称谓，绝非浪得虚名，实则是名副其实，众望所归。

在摩洛哥二十多天，女王当了，公主当了，最后又成了挥着翅膀的天使，赚得盆满钵满。如果把所有我在摩洛哥相遇的人对我的评价都汇集起来，必定是一篇浩瀚的美文诗篇。这一点，我是相当有信心。

当年，从印度回来，我说，我还要回印度去。从土耳其回来，我说，我还要回土耳其去。从西班牙回来，我说我还要回西班牙去。从摩洛哥回来，我说，我还要回摩洛哥去……想想，说得容易，真是要回去，没有因缘是很难的。所有的发生都是因缘的具足，绝对不会无缘无故。错过的，注定是该错过的。遇见的，注定是该遇见的。都是注定。就在那个时刻，就在那个地方，就是那一个人。

过去爱独自在藏区旅行，后来喜欢独自去国外旅行。一个人的千山万水漂洋过海，意味着无穷无尽的不可预知和无法设定。紧随其后的，则是无穷无尽的妙趣横生和惊险刺激。

一个人被扔在一个陌生的境地里，新天新地，“谁知道谁在乎”的感觉太过迷人。那是一种令人飘飘欲仙的放浪形骸肆无忌惮。在那个陌生的环境里，没有人会在乎你的存在，你几乎是“虚无”的代名词。可是，你却比过去任何时候，都实实在在地感受到自己的存在。真的存在。

对于旅行，纳吉彼和我有一样的认识：旅行，应该是我们生活的一个组成部分，像吃饭穿衣读书那样的一件寻常事。旅行不是一件很特别的事情，更不是一件很刻意的事情。不过，旅行最根本的特质应该是好玩，它契合着我们秉性中的一些特质。就如黑塞在他的《荒野狼》里所谈到的：“在我的秉性中有许多天真的东西，好奇，贪玩，乐于消磨时光。这不，我花了很长时间才看到，玩耍总得有个够才是。”

为了“玩耍”这二字，也是要去旅行的。在旅行中，才可以遇见如此之多新奇而好玩的事，满足了我们的好奇，亦消磨了我们的时光。星云大师说，人生最有用的是欢喜。欢欢喜喜地去一个遥远的陌生的地方。欢欢喜喜的遇见，再欢欢喜喜的离别。这就是旅行带给我的好玩。

住在纳吉彼家的那几天，我几乎过着饭来张口的日子。每天纳吉彼做早餐，动作神速。有时候我怕给他添麻烦，告诉纳吉彼说不要做早餐。他不会停下手里的活，只说：给我几分钟就好。转眼间，一顿早餐，热情洋溢地摆一桌子：摩洛哥式蛋煎饼，酸奶，果汁，水果，面

在卡萨布兰卡一个市场上，无人看管的西红柿摊。

包，奶酪，黄油，各种果酱，薄荷茶……这么多东西吃不吃没有关系，反正要摆满一桌子。

一边吃早餐，我们一边看通过电视屏幕播放的纳吉彼在摩洛哥北部旅行时拍的照片。那种意气风发走在路上的快乐，我们心有戚戚焉，相视一笑。

接待我的同时，纳吉彼也接待了一位来自爱沙尼亚的男孩。男孩来摩洛哥出差，也顺便选了几个城市走走看看。男孩子一米九几的个子，金发披肩，一张斯文秀气的脸。我们坐在纳吉彼客厅里那个小小的壁炉前，看着壁炉里一大块一大块的木头燃烧着，安静地说话。四周，实在是太安静了。

我送给他们一人一张印着成都童谣的明信片，他们很喜欢，捧在手里爱不释手。对于他们而言，中国实在是太遥远太陌生了，甚至比月球还要远。

切·格瓦拉在他的《摩托车日记》里说过这样一段话："现在我明白了，我的命运就是旅行，或者更恰当地说，旅行就是我的命运。这一切既好像命中注定，又好像事实就是如此。也许有一天，等我已经厌倦了环游世界，我会回到阿根廷，在安第斯湖区安顿下来，就算不是久住也至少会住些时日，在那儿或许我的世界观会有所改变。"

这个世界不会因为我们的旅行而改变，我们却因为旅行在不知不觉中改变了。我不知道我何时会厌倦了环游世界，或者也会找个地方安顿下来。一切都是神秘而不可猜测。冥冥中早有注定。不过，我的世界观，早就随着我一次一次的出走，而改变了。

八、最后一杯卡萨布兰卡

很是有趣，在摩洛哥时，每天西班牙语、法语、日语，英语、汉语、阿拉伯语在我的嘴上自由切换。当然，西班牙语、法语、日语、阿拉伯语只限于见面打招呼和告别时用。然而即使这样，每日听着自己磕磕绊绊说着这样多种的语言实在是让我觉得有趣无比。我喜欢有新意的日子。新天新地的滋味跟打了鸡血一样令人亢奋。

在读商务印书馆出版的美国人类学家保罗·拉比诺的《摩洛哥田野作业反思》时，在总序里，读到过这样的一段话："有这样一种学术研究，研究者对一个地方、一群人感兴趣，怀着浪漫的想象跑到那里生活，在与人亲密接触的过程中获得他们生活的故事，最后又回到自己原先的日常生活，开始有条有理地叙述那里的所见所闻……"

我做不了学术研究，但是，我也在叙述着。叙述那些所见所闻，老老实实地，陈述事实。我喜欢搜集好玩有趣的故事。而这样的故事，都是发生在路上。一个人的旅行，固然会有很多的不方便，不安全，但是，却可以拥有更多的自由，更多的视野，更多的和自己相处的时光。在陌生的文化和风景的映衬下，在一段接着一段未知的无人帮衬的旅途中去遭遇那些奇奇怪怪好玩的事情，遇见那些形形色色有趣的人，人生的经历变得丰满而灵动。可是，人，不就是活一个跌宕起伏吗?

2013年的夏天，当我还在西班牙东游西逛时，我就开始遥想冬天应该去哪里旅行。后来，读了西班牙作家玛利亚·杜埃尼亚斯《时间的针脚》之后，我就决定去摩洛哥。做下决定，也就是几分钟的事。

首先，摩洛哥在非洲，我还没有去过非洲。其次，摩洛哥是多种文化交融的国家，有鲜明的民族特色，又绝对不同于其他非洲国家。国家祥和，国民温良。再次，在摩洛哥，能看见大西洋，能看见三毛和小王子的撒哈拉沙漠。另外，摩洛哥有许多被联合国教科文组织列为世界文化遗产的地方。还有，摩洛哥有卡萨布兰卡。最后，我国于2007年批准摩洛哥为中国公民组团出境旅游目的地。直到现在，每年去摩洛哥旅行的中国人不足一万人次，独自去摩洛哥旅行的中国人就更少了。趁着摩洛哥还没有成为人们旅行的热点，我要先独自走上去往摩洛哥的遥迢之路。

离开卡萨布兰卡回国的前一夜，我去了被称作"酒窖"的著名的酒吧La Bodega。酒窖在一个很偏僻的大街上，正对着一面色彩艳丽的涂鸦之墙。周围没有灯红酒绿，行人和车辆都极为稀少。酒窖的招牌在暗夜里，闪着并不明亮的光。

我去酒窖的时候，大约是晚上七点过。还没有到酒窖人头攒动的时候，只有寥寥的几个人坐着。烛光闪闪烁烁，四处的墙壁上，贴着西方电影海报之类的招贴画。各种看着可爱的小物件在角落里垂挂着。天花板上，还悬挂着二十几个国家的国旗。我仔细看了看，没有五星红旗。吧台很大，摆满了各种各样的酒瓶，酒杯一个个玲珑剔透整齐地挂在吧台上端。

服务生都是男孩子，在摩洛哥的公共场所，绝对是看不见女服务生的。一个服务生很热情地带着我楼上楼下参观。穿过走廊，走上楼梯，到处是铺天盖地的大的小的招贴画，灯光昏暗却极具诱惑，人，十分容易就迷醉了，在啤酒还未入口之前。

我们站在二楼，服务生指着前面的舞池对我说：到了半夜，这里将会是人山人海的壮观的景象。应该的，本质上，酒窖应该是一个让人high起来的地方。只是我形单影只，如何亲自出马体验这样的波澜壮阔。望洋兴叹，只得发挥我无穷无尽的想象力，想象那一种愈夜愈美丽的黑色诱惑。林忆莲早就唱过：夜太黑。

我坐在角落里，要了一瓶卡萨布兰卡。这是我在摩洛哥最后的一瓶卡萨布兰卡。

那时候，真是希望对面坐着一个可人儿，男女不限，年龄不论。跟我推杯换盏就行。借着酒劲，激越一下惨淡的人生。哪怕，退而求其次就是路人甲乙丙丁也可。但是，良辰美景奈何天。对手戏难演是因为难以找到赏心悦目的对手，于是总是独角戏了。

我一边喝着卡萨布兰卡，一边嚼着开胃橄榄。那小篮子里的新鲜面包，真香。

服务生盛情推荐给我一个海鲜拼盘，说这是酒窖的极品当家菜，如果不尝一尝，真会抱恨终身。我听了，心里有些动摇了。最后，为了此生不留下遗憾，我听从了他的建议。

待我的海鲜拼盘端上来，我不敢相信我的眼睛：多么硕大的拼盘。各种各样、大大小小炸好的鱼环绕着中间那条约一斤重的鱼。一枚柠檬静静地放在盘子的一角。我盯着这一大盘子的丰硕发呆。我怎么能够吃得完，我怎么能够吃得完。

面对桌上那支孤独的泛着柔光的蜡烛，我举起亮铮铮的刀叉，再次埋头奋力拼搏，不敢暴殄天物圣所哀啊。

最后，留下半盘子海鲜，我扶着滚圆的肚子推门走出酒窖。门的左边，一个男子正站在大啤酒桶边抽着烟。他看见我，问：出租车？我点点头。他丢掉烟头，站在马路中间去，看见过来的出租车，就挥手示意。很快，一辆红色的出租车停在我的面前。道过谢，我跟他挥挥手。夜色正阑珊。

2014年2月8日，早晨7点。我准时起床，收拾行李。纳吉彼照旧忙着给我准备早餐。我在一张小纸片上，用中文写下一段话给纳吉彼，也给摩洛哥。大意是说，谢谢摩洛哥给了我一生中难以忘怀的记忆。我们一边吃早餐，我一边一句一句把中文翻译成英文讲给纳吉彼听。然后，我用我送他的京剧脸谱冰箱贴把纸条贴在冰箱上。纳吉彼送给我两张他在旅途中拍下的摩洛哥风土人情的大照片。虽然我拒绝，但纳吉彼还是往我的背包里装了好多水果。

我把门房钥匙交还到纳吉彼手上时，我说：我还是有些小小的伤感了。纳吉彼说：可是，这就是人生。

纳吉彼送我去机场。我们在机场匆匆拥抱，匆匆道别。突然想起，我们还没有一张合影。赶快找了停车场的一位工作人员帮忙，我们把自己的手机交给他拍照。

然后，再一次拥抱，再一次道别。好了，就是这样，一散千里，很好。

飞机准时起飞，直冲云霄。我从舷窗看出去，下面是阳光灿烂的非洲大地。

写在后面

我对很多我遇见的摩洛哥朋友说：谢谢你，谢谢你们，谢谢你们的国家。从此，在我的记忆里，多了一份美好。2014年的冬天，在摩洛哥二十多天的日日夜夜，恋恋风尘，念念不忘。“痴心而保持明哲”，可是，这真是很难。

在卡萨布兰卡纳吉彼的公寓，我把所有在摩洛哥旅行时使用过的汽车票、火车票、门票拍照留作纪念后，就全部扔掉了。等回到家整理行李箱时，意外滑落一张从舍夫沙万去丹吉尔的车票。看来，上天是要我留下这张车票作为怀念了。

下面的文字，是我匆匆走过摩洛哥这个位于非洲西北部的阿拉伯国家之后的一些感念。真实记录我曾经的经历和遇见，真实记录我感受到的摩洛哥的人情和国情。所有的感念，都是来自于我内心的真实感受。代表我自己。

1. 治安。开始，我对摩洛哥的治安很警惕。担心自己遭遇被骗被偷被抢之类的惨不忍睹。但是情况是，我的背包没有被拉开过，哪怕我的背包时时背在身后。在我去过的地方，我没有发现小偷，也没有经历抢劫之类，虽然之前，听说摩洛哥有偷窃和抢劫。

2. 人情。每天都有人用不同的语言笑着跟我打招呼。各种各样的人，各种各样的语言：法语，西班牙语，日本语，阿拉伯语，英语，中文。我也会用简单的法语，西班牙语，日本语，阿拉伯语，英语，中文笑着做以回答。每天都是笑着的。因为心是敞开的。在公共场所，总是会得到想要的帮助，即使对方说着我不懂的西班牙语法语阿拉伯语。

3. 城市。摩洛哥的城市，基本是旧城麦地那和新城的结合。在旧城麦地那里，一切都是往昔的岁月。即使有新鲜的色彩掺入，但是那种古老，是真实而在的，不是翻新做旧的做作。而新城总是围绕着旧城。新城是现代的。

4. 交通。摩洛哥的交通很发达。火车和汽车包括船舶。火车分一等和二等，我都体验过，都很安静，很干净，各有滋味。摩洛哥的火车站都不大，一般只有两三个站台。火车站里到处都很安静。乘车的人不多，绝不会有一票难求的事情发生。在火车站和列车上都不会报站名，所以乘车人一定要注意发车时间以及列车到站时间。而且，留给旅客上下车的时间都很短，千万要抓紧时间。不然，"咣当"一声过后车门关上，要不就是你没有来得及下车，要不就是你还没有来得及上车。

摩洛哥经营汽车营运的有各个城市的当地汽车公司，也有像CTM和SUPRATOURS这样的大公司。最为国外游客所知道的，就是这两大公司。这两个公司的车都是沃尔沃，气派舒适，明显好于当地汽车公司。不过，价格也稍稍高，但却是在完全可以承受的范围内。一般而言，外国游客都会选择这两个公司的汽车辗转于摩洛哥各处。还要提醒的是，乘坐旅游大巴，行李是要收取费用的。如果某些城市没有这两大公司，还有其他大公司可以选择。同时，当地汽车公司也是可以选择的。只不过，当地汽车公司的汽车车况稍稍逊色，且沿途停靠的地方较多，乘客更多的是当地人。

5. 气候。摩洛哥空气质量非常好，我去摩洛哥彻底把我的肺部清洗了一番。小小的失误是，我错误估计了摩洛哥冬天的气候。以为摩洛哥在非洲，即使冬季也不会太冷，结果我带去的皮衣毛衣根本不够御寒。冬天的摩洛哥是雨季，时而阴时而雨时而阳光灿烂。早晚的温差也比较大。幸亏后来在尔佛镇的街头买了一件蓝色的又旧又脏的迷你吉拉巴，才让我感觉到自己的身体有了温度，才让我滋滋然然地貌似做了一回摩洛哥人。所以，如果冬天去摩洛哥，必须备齐棉服、轻薄的羽绒服，毛衣等。

6. 食物。在摩洛哥能找到的食物都很新鲜，很干净。我喜欢和当地人一起在街边吃东西，streetfood，就是街边小吃。没有腹泻也没有便秘，带去的药从来没有拿出来过。大部分摩洛哥的农产品都是小量生产，以传统的方式种植，没有转基因改造，没有杀虫剂等化学药品的使用。不同的季节不同的地方，有令人眼花缭乱的果蔬粮食海鲜让人选择。

摩洛哥烹饪食物大多是以炖、煮、蒸、烤为主，没有任何化学添加剂，使用都是天然的材料，比如胡椒、小茴香、肉桂粉、番红花、红椒粉、蜂蜜、奶油、柠檬汁等。

摩洛哥的餐桌上最常见的食物之一就是塔津，那是用特别的塔津罐用不加水的方式直接焖出食物天然风味。另外，就是库斯库斯，这是摩洛哥的一种主食，其实就是中东米。在一个深口的大盘里装上北非的米食——粗粒小麦粉，用鸡汁蒸熟后，加入陈年奶油再蒸。反复三次。鸡汁的香味、奶油的香郁都完全渗入后，再将各式各样的肉类、果蔬加入，再蒸。最后，所有食物天然的香味浑然交融，吃到口里的食物软软的，口感极好。

摩洛哥的沙拉分为冷盘和热盘两种。主食可以是新鲜得不得了的面包，也可以是摩洛哥煎饼，或者是颗粒饱满的米饭。摩洛哥还有一种让人心潮澎湃的特色小吃，那就是街头小推车售卖的蜗牛汤。

摩洛哥的面包新鲜之极好吃之极，一个迪拉姆可以买到，也就是人民币七毛钱。听在摩洛哥工作两年的小缪说，这是政府强制执行的价格，也就是说要让再穷的人也能买得起面包吃。政府会给做面包的人以补贴。摩洛哥也有烧烤和油炸，但是一般是用在加工海鲜上。摩洛哥的比萨店都是现做比萨，因为食材新鲜天然，比萨非常好吃，并且，相当便宜，九吋的，十元人民币左右。

7. 国情。摩洛哥是一个中等收入的发展中国家。人均GDP略略高于非洲的平均值。农业和旅游业占摩洛哥经济的主导地位。在旧城麦地那里，感觉当地人的生活朴素而闲适。每个家庭都有两个三个甚至以上的孩子。我在丹吉尔遇见的欧萨玛、雷达、阿尤布三个男孩告诉我，他们都是靠自己暑期打工挣学费，来维持自己的学习和生活开销。在一般的家庭里，父母基本上是不会供给他们学费和生活费的，因为，家庭负担不起。正因为如此，摩洛哥的孩子们，都非常懂事独立，一般十几岁的孩子，都会以己之能挣钱贴补家庭。他们认为向父母伸手要钱是不可思议可耻的事情。

1999年哈桑二世去世，儿子穆罕默德六世登基成为国王。直到今天，摩洛哥的人权记录在非洲和中东地区可以说是最为干净的国家。2004年，摩洛哥加入了非北大西洋公约组织会员国联盟，与欧盟和美国签订了自由贸易合约。国家的发展前景非常光明。

8. 旅店。去摩洛哥旅行，贵的是飞机票和签证，吃、住和行都可以节省。吃面包，喝水，买便宜的柑橘或者满大街都是的新鲜便宜的果汁，绝对可以健康而快乐地在摩洛哥行走。至于住宿，为了省钱，可以订便宜的公共住处，也就是一个床位的那种。不过，要扛得住夜晚里年轻人谈笑说唱的热闹。

在缤客（Booking）上能够很容易找到价格不算太离谱的旅店，也可以注册Airbnb，在那里找当地民居住宿。我在摩洛哥的住宿，除了在舍夫沙万、丹吉尔和梅克内斯住的是旅店外，其他都是在Airbnb上找的当地人家房源。当然，最好要带睡袋出行。

住在当地人家里，房主只知道是客人到了就足够了，并不会特别找客人要护照确认。房主会放心地扔一把房间和房子的钥匙给客人，然后就放任不管。我在摩洛哥时，很多时候，是一栋古色古香的三层楼的房子里，就我一个人在幻影游动。离开的时候，客人将钥匙放在桌上就可。如果愿意，也可放些迪拉姆作为小费感谢别人的照顾。

9. 语言。摩洛哥的官方语言是阿拉伯语。法语西班牙语是第二语言。在摩洛哥，英语处在比较凄凉的地位。摩洛哥曾经是西班牙法国的殖民地，所以，满大街的人讲西班牙语、法语和阿拉伯语。我常常连比带画唾沫星四溅讲英文，对方还是一个劲儿执着地问我会不会法语或者西班牙语或者阿拉伯语。于是，逼我当时咬牙跺脚萌发了学习西班牙语的念头。看来学好英语就想走遍世界的想法是不太现实的。

10. 对中国的认知。我相信百分之百的摩洛哥人都知道这个地球上有个国家叫作中国。因为，太多的东西made in China。但是，即使在旅游城市经营生意的摩洛哥人，也仅仅知道上海北京香港深圳之类。像成都之类的城市，整个摩洛哥估计只有欧萨玛他们几个人知道。有不少的摩洛哥人认为中国还很穷，很落后。我在街上走，当地人首先都认为我是日本人，其次是韩国人。听说我是中国人，大多数摩洛哥人都非常吃惊。

11. 洗澡。在旧城麦地那里，大多数居民是去公共浴室也就是HAMAM洗澡，是男女分开的HAMAM。在民居和旅店，基本是电热水器或者是太阳能热水器。这两种热水器的容量有限，如果我想非常舒服地按照我的节奏以及我喜欢的水温来洗头淋浴，往往满头还是泡泡，水就凉了。所以，在摩洛哥洗澡，我基本上没有洗暖和过，还常常被活活冻在半空中下不来。曾经一度，洗澡成了我的一场噩梦。后来有了经验，我把洗澡和洗头分开来。晚上洗澡，早晨洗头。可惜，我没有去公共浴室试试，也许，会令我大开眼界。

12. 运动。足球运动是摩洛哥人最爱的体育运动项目。但凡在公共场所开着的电视，画面98%都是足球比赛。街头巷尾，到处是一群又一群练球的摩洛哥男孩子。装备相当简陋甚至没有装备，连球都不是真正的足球，仅仅是一个皮球而已。但是，孩子们对足球运动的热爱和执着令人感动。喜欢踢足球的俊杰观看街头孩子们的练习之后，对我说：这些孩子踢得真好。别看他们小小年纪，脚法就那么细腻而彪悍。

13. 宗教。纳吉彼说，在摩洛哥，基本上小孩生下来，就是穆斯林。清真寺到处都是，甚至一条小巷子里，就有两三个清真寺。但是，除了卡萨布兰卡的哈桑二世清真寺对非穆斯林者开放以外，其他的清真寺拒绝非穆斯林进入。穆斯林每天必须有五次时间礼拜：晨礼拜，晌礼拜，晡礼拜，昏礼拜，宵礼拜。

到了这五个时间，高高的宣礼塔上的大喇叭，就会传出悠长的声声召唤，那是召唤信徒们快来清真寺礼拜了。

因为摩洛哥是伊斯兰教国家，所以，旅行者一定要注意自己的言行是否得当。比如，不能够随意去拍遮着面纱的妇女。不能随便对正在祷告的穆斯林拍照。如果想与人合影，不论大人还是孩子，都必须征得别人的同意。与人交谈，不要涉及宗教禁忌和个人隐私。

在酒店和餐厅时不要饮酒。如果遇到斋月，还不能当众饮水，进食或者吸烟。因为这会被视为对穆斯林法规的冒犯。在任何场合，尤其是进入清真寺，一定要穿戴整齐，保持肃静。因为穆斯林崇尚节约不喜欢浪费，所以，在点餐时，一定要适量。

除了无比敬畏爱戴自己的真主，摩洛哥人还无比热爱自己的国王。几乎所有的地方，都可以看见悬挂着国王及王室的照片。所以，旅行者对摩洛哥国王和王室的尊重是必须的。

14. 饮品。摩洛哥人的大众饮品是mint tea，就是薄荷茶，摩洛哥人称其为摩洛哥威士忌。薄荷茶很甜，也必须甜，不甜就不是薄荷茶了。不过，一小壶或者一杯薄荷茶就只有一壶和一杯，不续开水的。我刚去时不懂，闹了笑话。

摩洛哥的咖啡非常醇厚，滋味绵长。它也是摩洛哥人常喝的饮品。不过，在摩洛哥喝咖啡，一般都要加牛奶和糖。

摩洛哥满大街都是鲜榨的果汁，四五个迪拉姆可以买一大杯，完全是纯天然，绝对没有添加剂。在餐厅里，只供应纯净水、雪碧和可乐。除了在卡萨布兰卡，在其他城市基本买不到啤酒。摩洛哥的啤酒我尝试了两种，一个是CASABLANCA，一个叫做BPECIALE。两种都比较好喝。

早晨，中午，黄昏，晚上，几乎任何时候，到处都可以看见在路边喝茶喝咖啡，雕塑似的看着眼前来来往往的行人的摩洛哥男人们。感觉他们的时间，完全是静止的。

15. 货币。摩洛哥的官方货币是迪拉姆（Dirham），简写DH。纸币面额有Dh5、Dh10、Dh20、Dh50、Dh100、Dh200和Dh500，还有更小面额的硬币。很多地方都能接受Visa、Master等信用卡付款。在机场和街上的银行和外币兑换处都很容易换到迪拉姆。在摩洛哥，除非买非常贵重的东西使用欧元美元，其他的花费使用迪拉姆更为方便。另外，在摩洛哥，要习惯给为你服务的人支付一定数额的小费。这是对他人的尊重，也是你的教养的体现。

16. 时差。摩洛哥的时间分为冬令时和夏令时。从三月的最后一个星期天到九月最后一个星期六期间，为夏令时。其他的时间则是冬令时。摩洛哥正好位于0时区，和中国北京时差为八个小时。执行夏令时时，时差为七个小时。

17. 电源。摩洛哥的通用电压为220伏特，50赫兹。电源的插口为两脚圆插。去摩洛哥，一定要带一个电源转化器。

18. 购物。在摩洛哥能发现许多美轮美奂的艺术作品，只要你有足够的时间和善于发现的眼睛。在市集里，也许会意想不到地发现颜色鲜艳想象绝伦的工艺品。

摩洛哥的拼花瓷砖非常著名。每一片瓷砖拼花都被刻成精确的几何图形。所有灿烂美丽的几百或者几千块瓷砖放在一起，组成眼前绚烂完美的图样。墙壁，地板，喷水池都是以这样瓷砖拼成装饰的。买一块摩洛哥瓷砖回家，放在书柜里或者装裱挂在墙上，会成为别样的艺术。尤其是，非斯的绿色、黑色、白色的瓷砖，简直就是最精细的顶级作品。

毋庸置疑，摩洛哥的皮革制品世界闻名。这里生产的皮革制品除了继承了古老的手工制作工序，更是将皮革工艺与当今的时尚相结合，制作出来独一无二的背包、手套、皮衣、夹克等，甚至，任何你想得到的皮革制品。如果能够淘到一件有风尘有岁月的老品，则更是福气不浅。

摩洛哥有几百万只羊，甚至更多。每一年大约可以制造出12000吨的羊毛来作为地毯等其他织品的原料。摩洛哥的地毯颜色丰富灿烂，图案奇异独特。走在摩洛哥的大街小巷，几乎随处可以看见挂在街边或者商店里的大大小小颜色图案各异的地毯。

这里尤其要提到的是阿甘油。阿甘树（Argania spinosa）有摩洛哥铁树之称。这是一种多刺的常青树。高数米，主干并不是非常健硕。据说阿甘树的生命周期可到达450年。种植后40~60年才开始结果。主要种植在摩洛哥南部，小阿特拉斯山和大阿特拉斯山脉一带。

阿甘树的果仁能够榨出很稠的油质，油呈深黄色或者偏橘红色。阿甘油被称作“液体黄金”，是公认的天然优质的美容护肤品，对皮肤有护理和抗衰老的作用。还能长时间保持头发的湿度，使头发柔软而浓密。另外，阿甘油还是绝佳的食用油。味道醇香浓厚，跟我们的芝麻油有相似的气味。阿甘树的果仁被榨取油之后，其余渣呈浅巧克力色，颜色味道和我们吃的芝麻酱颇为相似。摩洛哥人加进少量的蜂蜜，早餐时，用来蘸着面包吃。

我在阿联酋的阿布扎比国际机场转机时遇到小缪，他偶尔问起我有没有带几瓶阿甘油回国，我才惊觉我居然忘记了这个最为神奇的纪念品。不过，后悔已经来不及了。

19．签证。游客可以通过旅行团统一办理团体的旅游签证，也可以自己申请个人旅游签证。办理签证，通常需要提交以下的资料：个人护照原件（有效期半年以上），两张两寸白底彩色照片，身份证正反两面复印，公司在职证明，银行的流水账单。

20．礼物。去摩洛哥旅行，一定记得带上一些有中国特色的小礼物。比如：冰箱贴，明信片，小扇子，丝质小方巾，大熊猫小饰物等。这些礼轻人意重的小礼物，也许会在旅途中，为你结下一段善缘，带给远方的朋友惊喜和无尽的感激和想念。

特别说明：本书写作过程中，参考了原中国驻摩洛哥王国大使穆文先生的著作《摩洛哥》一书的有关内容。

在此，深深鞠躬，深深感谢！